中国报告文学理论建构丛书

报告文学创作论

李炳银 主 编
丁晓原
李朝全 副主编
刘 浏 著

河北出版传媒集团
河北教育出版社

图书在版编目（CIP）数据

报告文学创作论 / 刘浏著 . -- 石家庄 : 河北教育出版社，2021.11

（中国报告文学理论建构丛书 / 李炳银主编）

ISBN 978-7-5545-6593-3

Ⅰ . ①报… Ⅱ . ①刘… Ⅲ . ①报告文学 – 文学创作研究 – 中国 Ⅳ . ① I207.5

中国版本图书馆 CIP 数据核字 (2021) 第 217934 号

书　　名　报告文学创作论

BAOGAO WENXUE CHUANGZUO LUN

作　　者　刘　浏

出 版 人　董素山

责任编辑　杨　乐

装帧设计　牛亚勋

责任校对　张亚楠　张翼成

出　　版　河北出版传媒集团

河北教育出版社　http://www.hbep.com

（石家庄市联盟路705号，050061）

印　　制　河北荣恩印刷有限公司

开　　本　890毫米×1252毫米　1/32

印　　张　7.75

字　　数　180千字

版　　次　2021年11月第1版

印　　次　2021年11月第1次印刷

书　　号　ISBN 978-7-5545-6593-3

定　　价　45.00元

序

李炳银

亲爱的读者，当这套《中国报告文学理论建构丛书》呈现在你面前时，我深感欢喜和欣慰！在经过近三年时间与多位学人共同努力取得这些成果后，收获的感觉十分甜蜜。可是，这种稍有缓释的情绪获得的同时，也有一种忐忑感却又开始了。这是因为，我深知这套理论丛书的编撰和出版，意味着中国文学，特别是报告文学理论工程的建设，第一次有了专题系统的研究成果呈现，这具有填补理论空白的意义和作用。这个行动本身，首先就富有价值，值得珍贵。但是，这个果子的品质如何？味道怎样？却需要读者鉴别。也正因为如此，使我喜忧共存。另外，丛书中《报告文学文体论》(郭志云)、《报告文学作家论》(刘叶郁)、《报告文学创作论》(刘浏)、《报告文学史论》(黄菲菂)几位年轻的文学理论研究学者，担纲撰写，也非常令人欢喜。这是报告文学创作走向深入高端，理论人才壮大的体现。我非常自信，《中国报告文学理论建构丛书》的出版，是报告文学理论建设的重大收获，是报告文学创作历史的新的里程碑，是具有开创和史性价值的中国文学理论研究现象。尽管它很可能会存在不少缺陷和偏颇，但一个正确方向领域的开启，就是成功和对理想目标的有效接近！

中国报告文学作为一种逐渐明朗起来的文体，是在1930年前后，受到德国等欧洲文化现象的影响，然后由日本传播进入中国的。报告文学在中国生发成长之后，在反封建、抗击外来侵略斗争和自身国家民族进步的发展过程中，曾经发挥了很多特殊突出的作用，出现了像瞿秋白的《饿乡纪程》，夏衍的《包身工》，萧乾的《流民图》，范长江的《中国的西北角》，黄钢的《开麦拉前的汪精卫》，王石、房树民的《为了六十一个阶级弟兄》，穆青、冯健、周原的《县委书记的榜样——焦裕禄》等作家作品；到1978年中国社会开始新的历史时期之后，由于徐迟《哥德巴赫猜想》、黄宗英《大雁情》、理由《扬眉剑出鞘》、柯岩《船长》等很多作家作品的巨大影响，在促进思想解放运动、拨乱反正、改革开放、讲好中国建设发展故事、追求中华民族伟大复兴梦的激情精神行动中，发挥了很好的作用。报告文学的旗帜在中国高扬，声势浩荡，繁荣兴盛，“由附庸蔚为大国”，在中国文学创作的天地定宗立派，成为显族。作为一种新的文体表达形式，报告文学在近百年的经历发展中，有借鉴吸收，更有开拓和创新，如今在作家队伍壮大、创作实践方面的丰硕繁荣成果，其影响作用十分罕见。报告文学创作的实际表现和特性存在，已经为理论的认识总结和探讨，提供了非常厚实丰富的基础。

可惜，此前很长时间里，对于报告文学的理论认识界定、分析归纳和深入的理论研究探讨比较少。虽然自一开始就有茅盾、袁殊、周刚鸣、以群、田仲济、秦兆阳等不少人给予不少关注和认识表达，但终究是零散和直观感受的，缺乏全面系统和深入。造成这种局面的原因，与报告文学多年处于生成发育阶段，处于逐渐成熟的过程中，还未能将自己的面貌性格比较充分地展现出来有关；还同很多人坚守诗歌、小说正宗的传统文学观念，缺乏对报告文学这样的新文体形态抱有开放接受态度有很大关系。报告文学很长时间存在于新闻和文学的夹缝当中，被相互推拒，招致地位模糊，根基未稳。这种未能比较清晰的面容和摇晃不定的存在状态，使不少人对报告文学产生疏忽隔膜和缺乏真准认识，也影响了更多人参与理论关注研究的热情。

创作实践和理论解析总结，是报告文学相互依存发展的两个方面。报告文学作为一种新颖年轻的文学表现表达方式，在缺乏精准理论观察引导下自由自然探索生长，当然对其无约束的自然生长会有好处，或许对其进行多方面多形式的寻觅实践还会有某些便利。但是，这样的创作状态不宜持续过长的时间；否则，反而会因长时间的无序状态影响报告文学沿着正确的个性轨道不断前行。因此，理论研究建设的适时出现非常重要。正如前面说到的，报告文学当今的创作实践，已经表现出的广大丰富和多样性存在，已经为理论性的认识研究和科学总结提供了很好的基础条件。所以，理论建构的活动可以说正当其时。《中国报告文学理论建构丛书》正是在呼应着报告文学创作的需要而开始和结果的。

《中国报告文学理论建构丛书》从报告文学“文体论”“作家论”“创作论”“史论”四个主题角度分别展开研究，试图首次给报告文学一种全面系统深入的认识解析和判断总结表达，渴望对报告文学文体特征、作家要求、创作规律、历史行迹等给予系统分析阐述，入其堂奥。这些研究表达，更多是在认识总结报告文学作家作品实践成果基础上的归纳认识，也是在回顾辨析此前很多人关注表达对报告文学理解观点时的吸收表达。当然，这些理论归纳分析和力尽系统性的呈现，无疑也是代表了撰著者自己的或部分人们的理解层面和观点，具有个性主张立场。但是，不管是归纳总结别人，还是自我思考表达，其目的都是希望通过这些研究表述，能够对报告文学给予相对真准到位的认识理解，对报告文学作家的创作独特性包含及要求给予观察判断，对报告文学作为一种文学现象的发生发展历史判断等给予理论表述。这几个方面的内容，基本涵盖了报告文学的所有理论范围，也是人们在接触、认识、感受、判断等时候经常会遇到的问题。这也恰好说明，回答这些问题疑问的迫切性和必要性。这里容纳的学术见识表达，自然是努力抵达肌理，但由于各种原因，很可能依然会存在不周全、不充分、不精准的地方。我们恳请所有关注者坦诚批评指正，提出建设性意见，使之日臻完善，长远地有利于报告文学发展繁荣。

报告文学作为一种独特的文学表达，之所以在诗歌、小说等其他文学形式之外还有新生的空间和个性存在价值，就是因为报告文学具有自己介入社会生活，并以独特的表达手段产生作用影响的特殊能力。报告文学这种文体的出现，就是因为诗歌、小说在现实社会生活日益复杂多变的局面下，社会生活中存在的许多真实思想情感蕴含、戏剧故事性和巨大的群体期待性内容，事实上已经大大地超越和覆盖了作家、诗人的虚构想象空间和私人情感，故而小说、诗歌很难真实及时、精准鲜明、周详充分、简短艺术地描绘表达社会生活中真实存在的故事人物，不易给读者的渴望以迅速满足的情况下发生的。社会生活的真实表现，经常是一种因为复杂的环境条件改变而出现，并非完全遵循固定逻辑发展的存在，作家的虚构可是在按照一种主观逻辑设计延伸的表达。因此，虚构永远不会比真实生活的表现更富有新鲜和机动灵活丰富性。作家的虚构想象活动，是在主观构想逻辑过程中的延伸推进，而实际的社会生活经常是突破逻辑的动感表现。爱因斯坦说，逻辑可以从A点到D点，但生活实际却可能从A到任何一点。这种社会发展变化情形，在如今这个迅猛发展的信息网络化时代，表现就格外突出。当社会现实人生中的矛盾以至灾难、战争正在激烈蔓延，各种纷纭复杂的现象、信息使人失去接近精确判断的时候，如果诗人还在局限于主观自我抒情怀，小说家还在安坐室内主观虚构编织平庸浮泛的传奇故事，置读者的强烈需要而不顾，读者就会对文学因为不满足提出新的期待和要求。

真实性是人们生存生活渴望的重要欲望表现，真实性也是人们开始自己认识选择行动的基础。所以，真实是所有精神文化行动和表达的根基所在。当其他文学体裁表达在与真实，与社会现实生活出现疏离和表现无力的时候，以趋向真实表达为根本原则的报告文学，就在这种社会文学关系背景下创新出现了。作为新型文体，报告文学是社会人生存在需要催生和作家适应读者呼唤生长出的文学新苗。一个时代有一个时代新兴茁壮的文学。《诗经》、先秦散文、汉赋、唐诗、宋词、元曲、明清小说等，书写了中国漫长的文学道路上的辉煌。文学体裁的探索改变，是适应着时代社会生活的需要而发生的。这种发生在很多时候是时代的要求和选择，并不完全以作家的爱好为取舍，作家只有敏感地接受和积极地参与这样的文体写作，才能够以最新式的表达实现对时代社会人生的充分书写。如今，报告文学这种带有分明时代特征的文体出现，是一个文学书写和历史的新开始。

报告文学创作既是作家自己的文学行为，但因为这种文体的特殊需要，作家的创作却总是同现实的社会人生对象紧密联系。所以，报告文学作家应当具备时代天下观念、家国情怀，非常需要有像屈原一般的对于国计民生的真诚关注，需要有一种与民众忧乐共享的社会人生态度和使命精神。报告文学总是在积极的社会建设与合理的批评淘汰中发挥自己独特的作用。新闻的基因和文学艺术的基因组合与巧妙变异新生，催动了新的更强的报告文学。报告文学的生成，与现代新闻报纸业的发展关系紧密。在其初期阶段，也是以特殊手段表达填充报纸新闻的不足为目标的。但是伴随着时代的进步改变，报告文学在接触更加广泛多样的社会生活对象的过程中，自身也在不断地变化和调整，已经很自觉和努力开阔自己的视野和思路，在更加宽泛的社会生活面上表现自己的观察和思索，对于新闻已经有很大的补充和超越，将报告文学自身推移到了社会生活变革与文明发展的重要舞台。报告文学作家已经在社会生活中担当起瞭望和监督的神圣责任，对那些伟大高尚和英勇坚韧的文明行为给予真挚的歌赞；对于那些罪恶丑陋和自私怯懦的消极行为给予抨击和规劝；为社会的公开、公正和公平，趋向文明健康发展建设提供有力的支持。报告文学写作，因为作家需要认真地参与社会变革发展的进程，将自己置身现实社会的潮流旋涡之中，总会不断接触各样的题材事件人物。对于作家来说，这种不断放射性的写作过程，面对不同题材领域人物的情形，是对作家的高要求，很大考验，难度甚多，自然就需要作家既要密切了解感受社会脉搏变化情形，及时广泛阅读社会这部大书，还需要多方面的文化知识积累，并获得深入抵达广博的层级。所以，报告文学写作，对作家要求虽然很严格，但这样的写作，同时也是对作家不断的提高和丰富的过程。最后聚沙成山，纳流成河。报告文学创作，不像某些作者，总在自己熟悉的社会生活范围创作，还声称“挖一口深井”。有人虽然将一生的积累和能量掏空了，但挖到了丰水，可以欣慰！可仍有不少人，一生都在一个地方开挖，付出很多劳动，筋疲力尽了，结果却还未见到水，自己反成了个井底之蛙，使人惋惜。

鲁迅先生曾经将文艺视为作家在现实社会人生环境中“感应的神经，攻守的手足”。我以为用先生这句话来认识感受报告文学很贴切。报告文学创作经常是发生在作家对现实生活的独特观察感受或众说纷纭的信息状态下的一种独特发现和判断的时候，似乎不同于小说创作中那种作家自己生活经验的积累与抒发情形。报告文学与社会现实生活这种电光石火、冰冷血热般的联系，是格外强烈的。报告文学说到底是作家个人密切结合真实社会现实存在的主观社会表达，借用了新闻事实真实原则特性和文学艺术形象描述叙述的手段，但却不同于新闻更多是客观事实简洁表述呈现的情形。新闻最大的特点是客观真实和快速简洁等要求。新闻在很多时候是被动地追寻，是对于新的事件现象和人物的选择追踪记述，因此有人自嘲地说：“新闻记者总是像狗一样追寻着味道在奔跑。”可报告文学的特点是真实独特和深刻充分与形象生动，作家有比较大的主动选择性。尊重真实性原则的态度就不必再说，但新颖独特、个性深刻和形象生动，却是报告文学作家需要非常重视和认真对待的。独特，深刻，是一种对作家社会眼光和理性思维高度的考验要求，是不同于机械感应跟随和客观描述的。报告文学“忧思”的价值正是在这些独特的题材选择和个性见识判断中表现出来，“攻守”的行动也因为这些表现发生不同的作用。

报告文学创作，不是社会人生真实事实的机械搬运挪移，是对社会生活现实的一种理性的关注点化过程。“忧思”是报告文学“攻守”的利器，是报告文学有别于新闻客观机械描述而具有主观态度的地方。报告文学的“忧思”是“苟利国家生死以，岂因祸福避趋之”式的大“忧思”，是应当将人类文明进步和当下的国家民族利益与百姓的冷暖喜悲感受放在前面的。像屈原、范仲淹、鲁迅等那样，是“忧思”天下，而不是纯粹个人的自哀自叹、得失计较等。“忧思”也不只是简单地揭穿疮疤，暴露隐私，报告文学是一种应当有突出理性思考表达的文学表现。我曾经归纳说：报告文学是有社会责任使命担当的知识分子，在密切参与现实社会建设发展过程中，以真实存在的事实人物对象为基础，独特观察、理性判断和艺术形象地图文表达的文学形式。报告文学隶属于文学范畴。但同时，又因为报告文学立足于真实事实的原则，它就自然地具有了一种“存史”的功能。我最早提出“史志性报告文学”的概念，正是基于很多此类作家作品的基础。在这个“存史”的表现中，报告文学是接受了人们对现实矛盾焦点问题渴望了解需求的同时，也很好地吸收了中国文化优秀传统中记事抒怀发思的文化特点。司马迁的伟大著作《史记》，被鲁迅赞美为“无韵之《离骚》，史家之绝唱”，是在文学和历史表达存在方面具有伟大意义的。《史记》虽然不能够简单地与报告文学等同，但两者是存在很多的内在沟通联系的。报告文学这个存史功能的拥有和运用，有对《史记》的借鉴和吸收，是一颗种子在新的土地上生长的结果。“史志性报告文学”的出现，很大地丰富和延展开阔了报告文学的领域，也使得报告文学的内容生命力因此而更加拓展茁壮和长久，价值作用突出有力。

报告文学面对的是现实社会生活间各种纷纭的世相人物，也需要思考和真实记述，但在具有这所有的基础内容之上，作家对于自己面对的对象，是否能够给予独特深刻的思想评判和文学形象艺术的表现，使之产生很好的“经世致用”的作用，却是个非常重要的问题。一切的文艺，看似直观生动叙述和形象展现，但在根本上都是对于某种思想精神和情感情绪的追求与有益事实的记述与生发。所以，作品理性情感的内容蕴含，才是所有文艺作品的核心所在。这种蕴含成分的有无、多少，往往是文艺作品价值力量显示的尺度。那种过分地将故事性推向文学作品的极端位置的看法，是浮浅偏执和错误的。这样的理解是基于初始时小说生发于“街谈巷议”“道听途说”“志怪”“传奇”等娱乐性基础上的浮浅见识。报告文学也会是这样。对于报告文学作家作品来说，仅仅是事实对象的真实呈现是远远不够的，更加重要的是作家通过真实的事实人物，在认识评判对象以至在更大的范围空间，鉴别出对象的价值作用和影响才是终极目标。作家需要有对真实事实的确切理性把握解释，更需要由此开启生发的能力。文学创作，是作家观察选择和认识把控社会人生的表达过程，不是机械的社会人生事实拍照和搬运。

报告文学倚重新闻的真实品质，汲取小说等文学体裁的叙述表现艺术手段和智性的观察校鉴，然后构筑自己具有个性表达的文学风格，使自己自立并强势表现于文学天地。所以，在很好地面对现实社会人生，给社会人生丰富内容以理性的观察理解，在保真社会存在的事件人物之后，报告文学依然需要很好地解决完成文学艺术表达的任务。而这些也是内容范围的形式传输表现，依然是报告文学构成的重要部分和价值所在。报告文学是要依靠这样的文学艺术表现翅膀从社会大地起飞，飞向广大的社会空间和读者中间，在作家作品和读者之间建立起沟通的桥梁，完成初心到目标的到达。积四十多年的报告文学阅读研究感受，我曾经指出：真实是报告文学的生命、现实社会人生是报告文学的舞台、思想理性穿透力是报告文学的灵魂、文学艺术表达是报告文学的翅膀。优秀的报告文学作家作品，需要具有转事成识、转识成智、转智成诗、转诗成史的能力。

报告文学作为一种独立个性文体，自然应当会有自身的规定性和规律存在。但是，对于这些独特性规律性给予精准系统深入的理论阐述，却不是一个简单的事情。不同作家会有不同的表现，各有高招，互见优长。其中，会出现见仁见智的现象。但我相信，所有相关报告文学的认识理解，创作实践，都会是趋向对其深透理解把握的有益表现。我清楚地以为，这部丛书所包含的大量内容，都很好地具有这样的趋向作用。应当承认，报告文学的现实表现非常令人欣慰，但报告文学这种文体的特性优势和承载潜能，还没有充分被我们的作家发挥运用出来。在文体与成果之间，空间依然很大。报告文学是一个可以出大作家、大作品的新型文体，大山在隆起，山峰在耸立，但更多的高峰还令人期待！

《中国报告文学理论建构丛书》，是在2018年6月，呼应报告文学创作发展需要和很多相关人士建议开启的一项重要文学理论研究活动。在开始这个活动之前和之后，我们广泛地开展情况调查和咨询活动，力求从一开始就树立端正、严谨、客观、多元、科学等学术态度和立场方法，先后在河北峰峰、山东泰安、北京等地，开展项目论证、确定论题对象、选择撰著人选、撰写提纲、初稿审阅等。在这个过程中，很多作家、文学理论家给予热情关注和支持。赵瑜、张陵、李春雷、丁晓原、李朝全、魏建军等人发挥了很多建设性的作用，傅洁也作了许多联络工作；郭志云、刘叶郁、刘浏、黄菲茜四位年轻的文学博士，在多年报告文学理论研究积累的基础上，各自分别承担撰著，使得丛书工程得以切实落位。这几位学人都严肃认真对待此事，不惜投入很高的热情和大量的时间精力，尽力出色完成写作，显示了新一代报告文学理论研究人才的新姿态和新气象。十分令人感动，值得点赞。对新时期中国报告文学有辟疆贡献作用的作家理由先生，在得知《中国报告文学理论建构丛书》项目启动的消息时，给予了热情的赞赏支持和帮助，并表达殷切的关注期待；2019年，中国作家协会经严格审定，将《中国报告文学理论建构丛书》项目，确定为年度“全国重点文学创作扶持”对象，我们颇感荣幸和责任担负；河北教育出版社知悉相关消息后，积极表达接受出版这套丛书的热忱态度等，都非常使我们感动，在此深表感谢！正是这种各方向心辐辏的态度和持续支持，聚集和成全了《中国报告文学理论建构丛书》项目的最后成果。中国的文学，特别是报告文学的历史，将会因此有一个新的纪录和开始！

2020年5月23日　于北京

目　录

绪　论

报告文学作为一种独立文体，至今不过数十年历史。与诗歌、散文、小说等文体相比，报告文学显然是年轻的。因为文体的特殊性，报告文学从诞生之日起就肩负起了超越文学的使命。正如报告文学理论家李炳银先生所说：“瞿秋白的《赤都心史》《饿乡纪程》等作品的出现，标志着现代报告文学从一登上文学舞台就以鲜明的时代性显示自己的撼人力量。夏衍的《包身工》、宋之的的《一九三六年春在太原》等报告文学力作更表明它同人民命运的血肉联系。其中几十年的风雨岁月中，伴随着社会的发展和人们对文学的要求，在虚构的文学不再能够完全满足人们对真实事件、人物和相关社会矛盾内容了解欲望的时候，后来的新闻传媒又因为要适应社会生活的纷纭与变化迅速的需要而无法将更多、更丰富多样的事实背景和主观理解诉诸大众的时候，报告文学就应运而生了，就在虚构文学不能直达真实的事实和新闻传媒不可能充分报道事实真实的空白地带，建立起了自己的营盘，开始独立和个性地行动起来了。所以，报告文学是有着坚实的社会生活成长基础和广阔的社会生活活动空间的，并不像有人偏颇地认为其缺乏生长基础，是一种人为的制造和作秀。报告文学是一种及时地适应了时代的要求、社会生活变化和人们的文学需要而出现的有自己特性的文学体裁，这已经是被许多作家和他们的作品证明，被众多的读者欢迎并习惯接受检验的事实。”[①]正因如此，报告文学的理论研究也变得非常重要和迫切。

一、文献综述

在文体的萌发和成长初期，报告文学创作与研究都处于探索与尝试阶段。1963年3月，《人民日报》编辑部和中国作家协会在北京召开“报告文学座谈会”，就报告文学的“正名”、报告文学的“时代精神”、报告文学的“真实”与“虚构”、报告文学的“范围”、报告文学的“作者队伍”等有关报告文学创作的重要话题展开了讨论，这是报告文学史上第一次专门讨论这一文体创作的会议。随着作品的丰厚，对报告文学的理论研究深度也在不断推进。中国报告文学创作井喷式发展是在改革开放的历史时期，报告文学作家的文体自觉和报告文学文体地位同步提升。1984年10月20日，中共十二届三中全会在北京召开，邓小平同志在会上作了《党在组织战线和思想战线上的迫切任务》的讲话。在这篇讲话中，他特别提到，“近年来反映社会主义建设新生活的文学作品多了一些，但是，能够振奋人民和青年的革命精神，推动他们勇敢献身于祖国各个领域的建设和斗争，具有强大鼓舞力量的作品，除了报告文学方面比较多以外，其他方面也有，可是不能说多。”在重要学术刊物和报告文学研究者们共同推动之下，报告文学创作的学理探究得到进一步推动，学者们对报告文学创作的状况、发展趋势及理论批评等问题展开了热烈讨论。以《扬眉剑出鞘》等众多报告文学作品而蜚声文坛的理由认为，

①李炳银、袁鹰，《中国当代报告文学精品书系》总序，人民文学出版社，2005年。

自1977年以来，之所以出现了诸如《哥德巴赫猜想》《大雁情》《人妖之间》等一系列优秀报告文学作品，同作家在恢复现实主义传统上找到了共同点是分不开的，这一时期的报告文学同小说的创作发展是并行不悖的。这些作品在社会上引起的轰动和反响更主要的原因是当时的政治、经济和文化诸因素形成一种吻合，百年不遇，天赐良机。由此我们也可以看出报告文学挣脱过去新闻封闭性的痕迹。

随着报告文学创作逐渐走向成熟，研究者们对报告文学的考察视野更加开阔，思考更加深入。对报告文学的研究从原来单一的“就创作谈创作”发展至从社会、经济、文化等各角度全面透视报告文学的创作，更从读者接受、大众文化等方面反向评价文本与创作的价值。在著名的《太行夜话——报告文学五人谈》中，李炳银就谈到，一种文学形式的突破和转变，固然在很大程度上取决于作家本身，但是，由于报告文学和社会生活、和读者具有特殊紧密的联系，报告文学的转变又并不完全决定于作家的主观愿望，作者不能不顾及时代对报告文学的制约作用和读者对它的希望，如果忽视这一点而强行转变、突破，有可能走到脱离时代和读者的境地。

报告文学研究者队伍也在逐渐壮大。进入新世纪以来，除李炳银外，包括丁晓原、李朝全、王晖、龚举善、章罗生等当代学者对报告文学创作的学理溯源、报告文学与其他文体的比较与关系、报告文学的创作特性、报告文学审美意义等文体做了重要研究。丁晓原的《文化生态演化与百年中国报告文学流变》是中国第一篇以报告文学作为研究对象的博士毕业论文，《中国报告文学三十年观察》《纪实文学（非虚构）年选》《21世纪中国文学大系（2001—2010）·报告文学卷》等是丁晓原三十多年来对报告文学研究的耐力耕耘。他在《论“全媒体”时代的中国报告文学转型》一文中谈到，以报纸为物质基础的发生于近代的报告文学，在其发生发展的进程中，形成了新闻性、文学性和政论性等基本的文体特征。作为时代文体的新闻文学类型，报告文学因其时代的演进和媒体传播形态的更新，它的写作和文体的规制也随之发生着变化。“全媒体”时代媒体传播的多态化、媒体生活的泛化以及由此形成新的非虚构审美文化，显著地推进了中国报告文学的转型。原有的新闻性有所弱化，代之以非虚构的故事性，非虚构叙事成为文本文学性建构的基本方式。写作主体性退隐，全知式作者的“报告”渐变为有限视角的“对话”，作品的政论性淡去。书写对象向现实和历史漫溢，题材的窄化已被打开，表达方式的多样化消解着既成的模式化，报告文学在公共性与个人性之间达成其新的价值定位。要之，报告文学已由新闻文学方式演化为叙事性非虚构文学方式。由此，我们需要走出固化，重新认知报告文学。李朝全在《报告文学的范畴泛化及创作底线》中指出，报告文学有狭义与广义之分。他认为：“狭义报告文学指的是切近当下现实，形象描写新近发生的人和事的纪实性作品，具备鲜明的新闻性、信息性和时效性。广义报告文学可谓‘泛化的报告文学’或‘报告文学的泛化’，其外延很广，包容性很强，等同于非虚构类纪实作品。多年以前我曾将其命名为‘大报告文学’，它既包括描写新人新事、揭示新问题的狭义报告文学，也包括历史纪实、传记、回忆录、口述实录、田野调查、笔记日记、通讯特写等，还包括纪实片、纪录片、政论片、记录视频等影视、网络作品。换言之，凡是以纪实、记录、非虚构的方式，反映、描写或表现某些史实、现实或事实的文学作品，均可归入大报告文学范畴。”王晖在《报告文学：作为非虚构文体的文学魅力》中用“全景式”线型结构和“集合式”非线型结构来概括了这一文体的文学魅力。

本书的写作，参考了《新中国报告文学史料与研究》《中国新文艺大系·报告文学集》《中国新文学大系·报告文学集》《报告文学论集》《中国报告文学史》《转型期报告文学论纲》《中国报告文学的凝思》《时代文体和文体时代》《中国报告文学发展史》等文献资料，研读了张光年、秦兆阳、傅溪鹏、周明、李希凡、刘白羽、徐迟、朱子南、李炳银、周政保、范培松、丁晓原、李朝全等人关于报告文学的论著和观点，大量搜集并阅读了巴金、刘白羽、徐迟、李延国、黄宗英、陈祖芬、理由、孟晓云、张锲、胡平、张胜友、钱钢、何建明、王宏甲、杨黎光、李鸣生、赵瑜、徐剑、徐刚、许晨、王树增、黄传会、杨守松、李春雷、陈启文、朱晓军、杨晓升、陈桂棣、彭荆风、张雅文、长江、纪红建等数百位报告文学作家的作品，查阅了数十年来《人民文学》《当代》《中国作家》《人民日报》《光明日报》《文艺报》等报刊上刊发的报告文学作品及评论文章，搜索了中国知网上截至目前所有关于报告文学创作的研究论文。

二、创新之处

《报告文学创作论》系《中国报告文学理论建构丛书》中的一册，是围绕报告文学的创作以及与创作相关的问题进行研究。本书试图对报告文学的创作作一个较为全面的、系统的、深入的研究。通过对报告文学创作史的梳理，对报告文学的创作类型和样态有一个全局把握，再根据写作对象、创作题材、书写方式等将现有的报告文学创作进行归纳和总结，从而以创作发展史为时间坐标、以创作内容为空间坐标，对报告文学文体创作形成概览式的定位。将报告文学创作按照对象属性划分为纪事与写人两大类，按照题材划分为工程类、揭示问题类、精神弘扬类、史志性报告文学、改革发展类、区域主题类、灾难事件类、生态报告文学、民生主题类、边缘群体类、行业题材类等。

《报告文学创作论》将从作者、文本、传播、审美等方面，结合具体的作家、作品，分章节论述报告文学的创作主体、创作客体、创作要素等，对报告文学内部作全面解析；并且在对报告文学的接受、报告文学的传播方式和传播效果、报告文学的审美意义、文体创作特性等研究基础之上对报告文学作文学外部研究，以内外结合的研究路径，对报告文学的创作作全方位、多维度考察。具体而言，对报告文学创作者的研究以“为何而作”的立论为基，认为报告文学作家要守护好自己那份创作初心和使命责任，不应被文学以外的其他事物裹挟。在对作者群进行分类梳理后发现，报告文学的创作者来源主要由三部分组成——以记者身份“出道”的或是以职业作家身份专门从事报告文学创作，直接以“作家”身份进入创作领域的，以及“跨界”到报告文学创作领域的作者——丰富的作者群来源，造就了报告文学创作者“多合一”的身份认知，也促使报告文学作家要肩负行动派、采访者、叙事者、知识分子、时代见证者、思想启蒙者的多重责任。

笔者在与一些报告文学创作者进行交流时发现，有一些情况是存在共性的，尤其是青年作家和接触报告文学创作不久的作者，他们在创作实践中遇到的一些问题是比较有代表性的。在本书的论述中，也会将这些问题重点拎出来。比如，有关“现场”的矛盾处理。笔者将这个矛盾表现分为三个方面——创作者处理事情发生时的不在场以及在场书写的矛盾，读者感知现场与文本传递的矛盾，以及研究者对现场感的质疑等，结合实例分析每种情况之下矛盾产生的原因和造成的后果，从而寻找解决对策。对于报告文学创作者而言，处理矛盾伴随着整个创作过程。如果简单地将处理矛盾看作为到达采访现场后的反应和应急的话，那可以判定，他的创作一定好不了。作家创作并不是指发生“写字”这个动作，它包含了长年累月的积累、思考、采访、查阅文献，以及写作、修改、否定之否定等过程。报告文学的创作，作者尤其需要充分的知识准备、机敏的现场反应、高超的文学表达能力，这些综合作用之后将最终反映在文本自然地处理“在场”矛盾上。这些能力具体包含八个方面——思想，生活，借鉴，语言，这是属于创作准备阶段的；构思，细节，造句，修改，这是属于创作实践阶段的。报告文学同其他一切文学作品一样，他们不是真实本身，而是再现真实、建构真实，这个过程可以被看作“仿真”；那些被再现的、被建构的真实，可以被称作“后真实”。报告文学建构的“后真实”是对事件真实的无限追求，尽管作家不在场的矛盾经常存在，但是报告文学创作总是通过各种办法去接近事件真实。同时，报告文学家在创作时也坚守情感真实——还原被写作对象的情感真实，也真诚于自己的情感真实。优秀的报告文学作品以理性为骨骼、以非虚构为血肉、以精神为灵魂。解决“现场”矛盾，不是报告文学家刻意为之的。优秀的报告文学作品阅读起来不会令读者有“跳出”之感，而是读者完全融入作品的叙述之中，沉浸于作家所营造的场景、故事和人物之中，感受作品要表达的情感和思想。再比如，真实性的问题。中国报告文学从特殊的时代岁月生发，伴随着时代与社会的发展，报告文学创作在创作题材、创作模式、创作方法、艺术表现等方面都有了改变。报告文学之所以始终能成为中国文学重要文体之一，并且在社会生活中发挥着重要作用，就是因为报告文学创作始终坚守着三个坐标——面向时代、集体写作、知识分子责任与担当——这是报告文学区别于其他文体的特性，也是报告文学创作动力的来源。真实，是报告文学的生命基因，是报告文学绕不开的话题。本书从创作的角度来看，将报告文学的真实性以生活真实、作家真知与情感真切三个部分来探讨，认为生活真实是基础，作家真知是工具，情感真切是目的，三者缺一不可、相互支撑。

《报告文学创作论》将报告文学的审美放置在重要位置，挖掘和提炼报告文学的美，呼唤和强调报告文学创作对美的追求。报告文学的审美与报告文学的功能并不冲突。报告文学创作有明确的写作目的——书写时代、反映现实。审美意义是文学乃至一切艺术都应追求的，报告文学理应将审美作为其文学性表达的一部分。报告文学的写作目的回答"为何而写"，而审美价值则是衡量报告文学"写得怎么样"的一个指征。审美性是报告文学作为文学文体天然具备的，也是值得追求的。所谓美，可以有诗意的美、散文的优美、小说跌宕起伏的变化之美，也包含像《我是女兵，也是女人》朴素的美、《谁是最可爱的人》鼓舞人心的美、《哥德巴赫猜想》催人奋进的美。

本研究也是一个跨学科的研究，从传播学五个要素——传播者、文本、传播媒介、接受者、传播效果入手，分析文学生态中媒介与报告文学创作的关系。媒介技术发展至今，报告文学创作已经不再只能以纸质出版物形式呈现，而是可以以数据编码形式等多样态表达存在于电视、电脑、手机等媒体终端。相对于传统的文学载体，在媒介融合之后，报告文学可以以全新的姿态绽放魅力，主要表现为传播速度、传播广度、传播维度上的增强、扩张和拓展。如果说过去普通读者之于报告文学写作的关系是“接受式”的，犹如传播学中的“魔弹论”所形容——传播媒介拥有不可抵抗的强大力量，它们所传递的信息在受传者身上就像子弹击中身体、药剂注入皮肤一样，可以引起直接速效的反应；那么，随着新媒介技术和大众文化的发展深入，读者对报告文学的审美需求与作家的创作初衷就变成了“互动式”的关系，即拉扎斯菲尔德所说的“有限效果”。无论是影视政论片还是纪录片，从表现形式上来看都是文本与媒介融合后的产物，是技术进步的结果。若是把它们的诞生与发展放入整个社会进程中审视，它们既是文化流变的重要组成部分，也是推动文化变革的主要因素；但另一方面，也要充分意识到消费文化对严肃文学的冲击，新媒介视觉化、碎片化消解着传统文学的意义。进入全媒体时代，报告文学生态整体改变，表现为书写对象多元化、文学传播方式多媒介化等特点。对于报告文学写作者而言，要清晰地认识到媒介时代的来临，勇敢地面对新文化，不惧怕；更要合理利用新媒介技术，使其成为创作的加分项，使媒介真正成为拉近与读者距离的桥梁。

三、基本思路与框架

无论是对报告文学创作理论的历时性梳理，还是对报告文学创作实际的全局性观察，我们可以得出一个明确结论——报告文学创作的立身之本就是用再现和反映真实的方式实现文学功能。文学的功能，可以是表达作者对世界的思考，也可以是传递作者内心的情感。对于报告文学而言，表达时代性、政治性、主流意识形态被置于很高的位置——这是报告文学区别于其他非虚构写作的关键。

需要申明的是，本书所涉及的“非虚构”概念，是在将报告文学视为真实叙述，区别于像小说、戏剧、电影等虚构叙述的一种文体类型来看待的，而不是认为“非虚构”即是一种单独的文体。也就是说，报告文学是以写实为生命成因基础的“非虚构”类型创作中的一种，其他还有传记文学、回忆录、日记体等。

针对报告文学创作的发展以及理论研究的现状，本书将对报告文学创作发展史作一个更全面系统的研究，针对创作实践中突出存在的问题分析原因、提出解决对策，从理论高度把握报告文学创作的真实性、功能性、审美性、责任与价值。同时，将报告文学放置于大众传播的场域里考察其文学意义以及存在形式的可能性。根据这个基本思路，本书共分为绪论部分和正文部分。正文包含八章内容，第一章是对报告文学创作的整体体察，梳理报告文学创作发展史和报告文学创作研究史，总结已有的报告文学创作的类型和样态，从而明确报告文学创作的独特性、手段和目的。第二章是对报告文学创作主体的论述，分析报告文学创作主体的共性与个性，更重要的是对报告文学作家的多重身份进行审视，因为报告文学创作者对创作起着决定作用，所以其所具备的能力、责任与意识就更加重要。第三章是具体论证报告文学创作的价值和特点，创作的三个坐标轴是面向时代、集体写作与知识分子担当。第四、五、六章分别就报告文学创作实践中最突出的一些问题作实证性研究，比如真实性问题、有关“现场”的矛盾、报告文学的审美性等问题。第七章关注报告文学的创作转型，从载体和文本流转的角度考察报告文学书写格局的变化以及文学传播的多种可能。第八章则是在媒介融合时代考察报告文学创作的责任，并且论述新技术手段与报告文学创作联动后产生的新的文化样态和审美方向。

第一章
和而不同：报告文学创作的独特性

报告文学的创作是再现和反映真实，再现是手段，反映是目的。报告文学创作的过程，就是不断地向真实贴近的过程。报告文学创作的最基本、最鲜明的特质就是真实。虽然没有绝对的真实，只有相对的真实，但报告文学创作的真实就是对真实性的坚守和追求。作为发展的文体，报告文学不是一成不变的，而是在不断地探索与推进中寻求突破和创新。报告文学的创作也是随着时代的演进、社会的发展，逐渐被确立、被改善的。报告文学实现再现和反映真实的方式及路径，也在被逐步挖掘和拓展。

第一节　报告文学创作研究的发展

曾经有人将苏联瓦·奥维奇金的《谈特写》作为中国报告文学创作研究的源头。奥维奇金是苏联著名特写作家，曾经访问过中国。他的《谈特写》介绍了苏联和他自己特写的创作情况，提出了“直接干预生活”“问题是生活的真实”等观点。在《谈特写》中，奥维奇金介绍苏联有两种形式的特写，一种是“写真人真事，有真实姓名、地名、时间的特写”，“叫作记录特写或写实的特写”；另一种特写，“它的任务是着重提出生活中的问题，概括一定的社会现象，战斗地帮助人民发现和解决生活中的矛盾与冲突”，这种特写“叫作深思的特写，同时也叫作研究性的特写”，“允许作家有更多的可能去想象、虚构”，“那里，问题是生活的真实”。奥维奇金的译文刊发在1955年第7、8号《文艺报》合刊，很快就产生了重要的反响。何直（秦兆阳）、以群、李希凡、刘白羽、井岩盾等分别撰文参与了讨论，论争的焦点是特写的真实性问题，即特写必须真实还是可以虚构想象；特写能否干预生活，揭示现实中的问题。

1963年3月，《人民日报》编辑部和中国作家协会在北京召开“报告文学座谈会”，这是报告文学史上第一次专门讨论这一文体创作的会议，会议历时十一天。座谈会就报告文学的“正名”、报告文学的“时代精神”、报告文学的“真实”与“虚构”、报告文学的“范围”、报告文学的“作者队伍”等有关报告文学创作的重要话题展开了讨论，取得了丰富的座谈成果，对后来报告文学的发展具有重要的引导作用。到会的同志结合各自的具体感受，阐述对当时文学、文化发展的认识，认为当下我国社会主义建设和世界人民反对帝国主义斗争的蓬勃发展，的确是大好形势。他们同时指出，在表现我们伟大时代的精神风貌上，报告文学从来都是一支强有力的快速部队。抗日战争时期、解放战争时期、抗美援朝时期、合作化运动高潮时期以及1958年“大跃进”初期，都出现过较多的报告文学作品。刘白羽、华山、魏巍、杨朔等作家的作品，正是因为及时地反映了当时斗争生活的风貌而受到读者的广泛欢迎。近几年来，我国人民在连年遭受自然灾害的情况下，发愤图强，克服重重困难，把社会主义革命推向新的阶段。报告文学有责任反映这些火热的斗争和劳动人民的英雄业绩；有责任在平凡的生活中敏锐地发现新事物的萌芽，满怀热情地扶持它们。但这一切，我们做得还很不够。在《中国农村的社会主义高潮》里，《合作化的带头人陈学孟》一文的按语中，毛主席就曾经批评我们："在中国，这类英雄人物何止成千上万，可惜文学家还没有去找他们。"参加座谈会的许多同志认为，我们不能忘记毛主席的指示，要正视自己的政治责任，充分运用报告文学这个武器，及时地反映我们当前蓬勃发展的革命时代。座谈会上谈到，当前的斗争是尖锐而错综复杂的，党的八届十中全会指出了阶级斗争的长期性。许多同志说，国内外无数触目惊心的事实证明了马克思列宁主义的科学论断，不管是国际范围还是国内范围，生活每前进一步，都要经过复杂的斗争。我们这个伟大的时代，就是由无数阶级斗争的壮丽图画所组成的。与会的同志都认为，必须认真研究马克思列宁主义、毛泽东著作，用社会发展、阶级斗争的规律性知识，用战斗的唯物主义和革命辩证法武装自己。文艺工作者武装了思想，提高了思想，才会提高作品的思想性，增强作品的战斗力。这对于迅速反映时代精神、积极扶持新事物发展成长、鼓舞人们前进的报告文学写作者，同样是十分重要的。论及"我们报告文学今天需要表现的时代精神"的话题时，与会的同志经过充分讨论之后，一致认为文学的任务是反映人民群众的意志、愿望、情绪、心理和要求，以便教育人民，团结人民，打击敌人，推动历史前进。一个时代人民群众的意志、愿望、情绪、心理和要求，就是这个时代的时代精神。我们今天所要表现的时代精神，就是社会主义精神，共产主义精神，无产阶级领导下的人民群众反对帝国主义、资本主义和一切反动势力的革命精神，以及爱国主义与国际主义精神。人民群众在社会主义建设中的革命英雄主义，是我们今天时代精神的最突出的表现。高尔基说："我们现实真正的名字就是革命。"这对我们当前所处的时代来说，也是完全适用的。目前国内错综复杂的斗争，有的表现为敌我矛盾，而大量的表现为人民内部矛盾。我国人民的干劲儿和革命英雄主义，主要是在这些斗争中表现出来的。所以，如何正确地反映社会主义建设中两条道路的斗争，新与旧的斗争、先进与落后的斗争，以及在斗争中社会主义新事物取得的胜利，也就构成当前表现时代精神的主要内容。会议达成共识，报告文学的范围需要宽广一些，不要把报告文学的路子搞得太窄，不要给它许多限制，定出许多清规戒律。当然，也不能宽大无边，太宽了，和别的文学样式区分不开，报告文学就不存在了。报告文学属于散文，但并不是所有散文都算报告文学；报告文学接近新闻通讯，但并不是所有新闻通讯都算报告文学。报告文学可以包括特写、速写、文艺通讯、文学性较强的报告，有的同志主张把游记、知识性散文也列入它的范围，但多数同志认为还是不列入更好些。很多同志不同意以"真"和"假"作为报告文学和小说的主要区别，报告文学应该以写真人真事为主，但有些作品加工的成分很大（用假人假名真事），仍可列为报告文学。如徐迟的《鱼的神话》和《祁连山下》这两篇作品的内容，就有不少内容是作者在真实情节的基础上加以虚构的。报告文学的范围宽广些，是有利于组织更多作家写这类形式的作品，如果限制太严，把报告文学的特征仅仅理解为就是写真人真事，那就要束缚作者手足，对发展报告文学未必有利。但是，宽广的范围绝不能冲淡报告文学的特征。大家认为报告文学的基本特征有四点：一是写真人真事或以真人真事为基础；二是迅速反映当前现实斗争，反映时代精神，具有强烈的战斗性和鼓舞作用；三是主要从正面歌颂先进人物、先进事迹；四是用文学语言、文学构思来进行写作，与一般新闻通讯有别。他们认为，报告文学的题材是十分广泛的，也需要贯彻百花齐放的方针。波澜壮阔的世界人民革命和我国社会主义建设的洪流，都是报告文学的好题材。这股汹涌激荡的洪流里的每一个浪花，都可以在报告文学作品里闪烁出动人的光彩。

中国报告文学真正取得独立的文体地位，是在改革开放的历史新时期。报告文学作家文体的自觉、报告文学文体的独立和与之相应的文体地位均有所提升。在1981年全国优秀中篇小说、报告文学、新诗评选中，报告文学的文体地位已明显被重视。“这次三项文学评选获奖的作品共计八十篇，加上这三年先后获奖的短篇小说八十篇，标志着近几年优秀文学新作大量涌现，宣告着党的十一届三中全会以来，文艺上百花齐放的新局面开始形成。这不仅是我国文艺界的大喜事，也是我国新时期人民文化生活的大喜事。”①在张光年1983年3月7日的日记中，也曾有对报告文学设奖等工作的记录。“上午去沙滩，与冯牧、子奇、达成、张僖、葛洛、罗荪、沛德等同志开个碰头会，我汇报了天津之行，询问了诗歌、报告文学评奖进行情况，提出尽早着手作协‘四大’筹备工作，及早组成起草组、设计组。”②“由于我国报告文学作家的共同努力，近几年来，报告文学这一生动活泼的文学品种，已经蔚为大观。大家知道，列宁十分重视报告文学对于重大革命事件的及时反映。约翰·里德的《震撼世界的十天》因此在各国革命者中间广泛流传。20世纪30年代，埃德加·斯诺

①张光年，《发展百花齐放的新局面——在全国优秀中篇小说、报告文学、新诗评选发奖大会上的开词》，载《人民文学》，1981年第6期。
②张光年，《文坛回春纪事》（下），海天出版社，1998年，第432页。

的《西行漫记》，基希的《秘密的中国》，在我国青年中产生很大影响。夏衍同志的《包身工》，开创了我国革命报告文学的新局面。这以后，在历次革命战争中，在开创根据地、建设新中国的斗争中，虽然有不少作家和记者不辞辛劳，对时代的重大变化作了珍贵的动人的记录，但或者作为文艺性的通讯报道，或者归入散文特写领域，未能在文艺创作和文学史上占有独立的地位。直到粉碎'四人帮'，三中全会前后，在拨乱反正、除旧布新的伟大斗争中，报告文学异军突起，开始显示出它强大的社会功能。报告文学作家们以其强烈的社会责任感和敏锐的观察力，最先注意到我国知识分子的命运同祖国命运、人民命运的血肉联系。《哥德巴赫猜想》《一个人和他的影子》《大雁情》《船长》等名篇，以及小说《人到中年》等等，报告文学在文艺创作中深刻体会了党中央的意图，最早提出了知识分子问题，大声疾呼地引起全党全国人民的注意。报告文学作家们以热情的笔墨，及时描绘了各条战线上的社会主义新人，宣扬了他们可爱的性格，美好的心灵，共产主义的精神风貌，从而在促进社会主义精神文明中做出了优异的成绩，在艺术上也突破了以往的水平。报告文学作家们以多情的细致的笔触，真实地生动地血肉丰满地勾画出当代活生生的社会典型（这里指的是现实生活中实际存在的社会典型，不是经过作家高度概括的艺术典型），描写他们同各种困难、阻力、邪恶作斗争。作家支持了他们的斗争，扩大了他们的影响，从而为新事物开辟道路，为新文学增添光彩。他们和她们坚持不懈的努力，必将在新中国的文学史上占有光荣的地位。希望报告文学队伍日益发展壮大，努力反映党中央直接领导下的城市与农村、经济基础与上层建筑各条战线波澜壮阔的调整改革，深入地多方面地进行调查研究，严格地遵循生活真实，十分注重真实性和艺术性的完美统一，使鲜艳壮美的报告文学之花放出更大的光彩！”[①]就是在这个格外重要的中国作家协会第四次会员代表大会的发言，明确了报告文学乃至整个新时期中国文学的地位与发展方向。“党的十一届三中全会以来，我们的社会主义文学，出现了前所未有的蓬勃发展的崭新气象，在我国当代文学史上，写下了异彩纷呈的新篇章。新时期社会主义文学的历史性成就，得到了党的高度评价和人民的热烈赞扬，也吸引了全世界进步人士的目光。”[②]张光年的报告对报告文学这一文体给予了重点关注。“新时期文学对另外一个时代课题，即对于进行社会主义建设和改革，全力发展社会生产力的反映，也是相当敏锐的。发表于1978年初的报告文学《哥德巴赫猜想》，最先提出了知识分子在四个现代化建设中的重要作用，热情歌颂了中国优秀知识分子献身于科学的聪明才智和美好品格。这篇曾经产生强烈反应的作品，在扭转长期形成的对知识分子的歧视气氛，激起人民群众对现代化科学技术的向往和探求的热情方面，起了显著的作用。随后产生的《人到中年》《大雁情》等力作，对知识分子的献身精神作了扣人心弦的刻画。”[③]建议将报告文学列入中国作家协会评奖的秦兆阳，是推进新时期报告文学发展的关键人物之一。他曾以何直的笔名在《人民文学》1956年6月号上发表《从特写的真实性谈起》，产生过很大反响。在朱盛昌的《秦兆阳在〈当代〉（日记摘录）》中有许多记载。如1980年2月20日日记：“上次秦兆阳曾说过下期要搞个报告文学专辑，经过这一段努力，约了一批

① 张光年，《社会主义文学的新进展——在四项文学评奖授奖大会上的讲话》，载《人民文学》，1983年第4期。

② 张光年，《新时期社会主义文学在阔步前进——在中国作家协会第四次会员代表大会上的报告》，载《人民文学》，1995年第1期。

③ 张光年，《新时期社会主义文学在阔步前进——在中国作家协会第四次会员代表大会上的报告》，载《人民文学》，1995年第1期。

稿子。秦说，这一期至少上三篇。他说，只要有一篇好就可以做头条。他说，对报告文学的取舍标准可以宽一点。有的文艺性强些，有的政论性强些，都可以。《当代》如能在报告文学方面闯出一条路，也会很有特点。”1980年8月27日日记：“在编辑组会上，秦兆阳讲了对于编辑工作的意见。”“要加强现实性。我们名为《当代》，作品就要有当代水平。《命运》就是当代水平。我也寄望于张锲的报告文学，就是要记录下时代的精神状态。光靠小说不行，要报告文学。”①正是在秦兆阳的主导下，《当代》发表了像《命运》《热流》《励精图治》等大量有影响的报告文学，《人民文学》《解放军文艺》《中国作家》《十月》《文汇月刊》等成为新时期报告文学的重要孵化器。

1984年10月20日中共十二届三中全会在北京召开，邓小平在会上作了《党在组织战线和思想战线上的迫切任务》的讲话。在这篇讲话中，他谈到文学方面的情况时，有两处提到报告文学。一处是总体提及：“文艺出现了空前的繁荣，在反映现实生活的深度和广度上，在艺术的表现力上，都有显著的进步。小说、报告文学、电影、电视剧、话剧、戏曲、诗歌、音乐、美术、舞蹈、曲艺等各个方面，都出了一批优秀作品。”另一处是特别提到：“近年来反映社会主义建设新生活的文学作品多了一些，但是，能够振奋人民和青年的革命精神，推动他们勇敢献身于祖国各个领域的建设和斗争，具有强大鼓舞力量的作品，除了报告文学方面比较多以外，其他方面也有，可是不能说多。”报告文学是一种意识形态色彩显见的文体。新时期的中国报告文学一方面是在文体上由附庸而独立成体，走向了文体的自觉，另一方面在

① 朱盛昌，《秦兆阳在〈当代〉（日记摘录）》，载《新文学史料》，2015年第3期。

特殊的时代，报告文学以特殊的方式参与了改革开放、思想解放的重大历史进程，因此受到高层的关注和肯定。领袖人物关注报告文学，这在报告文学史上是一个传统。早在20世纪40年代延安文艺座谈会之后，丁玲和欧阳山深入边区生活，分别写作发表报告文学《田保霖》和《活在新社会里》。毛泽东看到这两篇作品后，当即写信勉励他们："你们的文章引得我在洗澡后睡觉前一口气读完，我替中国人民庆祝，替你们两位的新写作作风庆祝！"此前，列宁专门为约翰·里德《震撼世界的十天》作序，肯定并推荐这部反映俄国十月革命的长篇报告文学。

1987年12月19日，由《文学评论》编辑部和《报告文学》编辑部联合召开的以报告文学为话题的作家、评论家对话会，就报告文学创作的现状、发展趋势及理论批评等问题展开热烈的讨论。报告文学作家、《报告文学》编辑部主任傅溪鹏在开篇时谈到，新时期的报告文学创作发展极快，不同的题材、风格、流派交流融汇，曾经被一些人视为"亚流"文学品种的报告文学一跃而起，开始了它的辉煌时代。近两年涌现出许多优秀的报告文学作品，在读者中掀起了热潮。在今后报告文学的发展中，我们要注重提高作家队伍的素质，以进一步繁荣报告文学创作。评论家何西来认为，新时期以来，报告文学作家创作出许多优秀的作品，有的作品具有里程碑意义，可以说是不朽的。报告文学作家从民族良心、艺术良心出发，不能不对现实生活中一些很尖锐的矛盾发表自己诚挚的意见。在文学诸样式中，报告文学是与生活贴得最近的，不像小说那样有虚构和幻想的广阔空间，因而有它的特殊难度。主要的问题是报告文学作家要讲真话，要把话讲到千百万读者的心里，要按准时代的脉搏，以便推动我们民族前进的历史。在这里，作家的胆识、勇气是非常重要的。以《扬眉剑出鞘》等众多报告文学作品而蜚声文坛的理由回顾了新时期报告文学的发展。他认为，自1977年以来，之所以出现了诸如《哥德巴赫猜想》《大雁情》《人妖之间》等一系列优秀报告文学作品，同作家在恢复现实主义传统上找到了共同点是分不开的，这一时期的报告文学同小说的创作发展是并行不悖的。这些作品在社会上引起的轰动和反响更主要的原因是当时的政治、经济和文化诸因素形成一种吻合，百年不遇，天赐良机。由此我们也可以看出报告文学挣脱过去新闻封闭性的痕迹。在谈到报告文学正在努力寻找和把握使其作为独立样式立足于文坛的审美特征时，丁临一说，新时期以来我们的作家关于报告文学的观念变化，是在与其他文学门类，尤其是在与小说创作的相互影响、相互竞争中逐步完成的。当然，总体上说来，优秀的小说家和报告文学作家都是十分注重探索人生与解剖社会的结合的，但是也许由于各自门类的艺术特点不同，为了扬长避短，小说家的关注重心愈来愈转向人生，他们把探索和解剖社会逐步变为探索和解剖人生的手段，以至于“向内转”成为当代小说创作的一大趋向。而报告文学作家则常常将探索和解剖一个个具体的文学主人公的人生作为探索和解剖中国社会的有力手段，一种“书记官意识”或曰“史官意识”在报告文学作家的创作实践中逐渐积淀凝聚成形。因此，不仅是那些足以牵动人们政治视听的大题材、大事件常常成为报告文学家们所热衷的题材，即如肖复兴、孟晓云等一批善于写小人物、小事件、小画面、小角度的作家的作品，在发掘寻常生活与普通人身上的诗情与美的同时，也自觉地反映着时代生活的发展、变迁和讴歌着人的解放的当代社会生活大趋势。报告文学作家的这一选择，无疑是富于创造性的，同时也是明智的和有见地的，这一选择决定了报告文学创作所特有的选材方向、思考重心、社会与文学的价值以及未来广阔的发展可能性。

1988年8月5—10日，由山西省作协与山西省晋城市文联在晋城召开报告文学讨论会，《光明日报》编辑冯立三借此契机邀请麦天枢、赵瑜、李炳银等就报告文学的现状和趋势各抒己见，后以《太行夜话——报告文学五人谈》发表在当年9月23日《光明日报》上。其中，李炳银谈到，一种文学形式的突破和转变，固然在很大程度上取决于作家本身，但是，由于报告文学和社会生活、和读者具有特殊紧密的联系，报告文学的转变又并不完全取决于作家的主观愿望，作者不能不顾及时代对报告文学的制约作用和读者对它的希望，如果忽视这一点而强行转变、突破，有可能走到脱离时代和读者的境地。根据时代和读者心理的变化，根据报告文学实际存在的问题，不断做出调整是对的，但报告文学注重揭示社会矛盾，强调社会批判功能的基本特征应该坚持，没有这一点，将没有报告文学的地位。赵瑜说，一个朴实的报告文学，文学是它的题中应有之义。报告文学为了强化它的思想批判力量而采取了综合的手段，最初阶段，对文学性是有所忽略的，这是在报告文学的进步中同时出现的问题。报告文学如果仅是调查报告，那还有什么魅力呢？仅有可供上头决策时参照、参考的价值，是不够的。优秀的报告文学，既有这种功能，又不限于这种功能。成功的、引起广泛注意的报告文学作品，其实并不存在报告性和文学性相互脱节的问题，至少并不严重。

1988年被称为“报告文学年”。在报告文学的大潮中，一种全景式的、综合性的、以反映社会问题为主的报告文学文种，像一面旗帜，横跨诸多学科，以其广阔的题材领域涉猎、强烈的思辨色彩和政论性、对于现实生活的大胆参与和干预，在社会上造成很大影响。但是，此类报告文学在兴起和发展进程中出现了一些值得探讨的问题，也存在着不同的意见和看法。为了及时地总结创作经验，从理论上把握这一报告文学文种的内在规律和发展趋向，继1987年的对话会后，《文学评论》和《报告文学》编辑部又于1988年3月2日联合召开“问题报告文学研讨会”。何西来和肖复兴认为问题报告文学是沿袭了问题小说的概念，但提法上不够科学。何西来认为任何一篇报告文学都是或者提出问题或者回答问题，很难严格地划分出什么样的报告文学才算是问题报告文学，他似乎无意于概念的纠缠，认为既然现在大家都用这么一个说法，又没有一个比这更好的概念来概括，还是用这个约定俗成的称谓。他将问题报告文学界定为：从包容对象上看主要不是一人一事的，从作者的创作态度上看大致是趋向于揭露、批判、否定的，主要部分是现实参与型的报告文学作品。肖复兴指出，人生面临着许多问题，人和世界都被一个一个问题困惑着，世界要被问题压塌了，对这些问题报告文学是承担不了的，因而叫社会报告文学更合适。《中国作家》编辑部雷达却不赞同问题报告文学的提法，认为这种提法缩小了报告文学本身所包容的思想内涵、思想深度和艺术结构的方式，他说，问题报告文学的概念容易给我们一个感觉，就是把社会切割成一个个孤立的小块，成了一个个问题，而报告文学就是贴近生活本身直接回答和解决一些问题的，这仅是报告文学的一个粗糙、初级的阶段，而报告文学目前的创作状况已远远超出了问题报告文学的发展阶段，就是说它已经发现社会中的任何一个问题都是与整个社会联系在一起的，它面对的是整体性的而非单独性的问题，并且注意把它上升到一个全景式的文化视角，甚至作为一个文化哲学的问题来观照，叫问题报告文学则把问题拉回到原来那样一个较低的层次。

在1998年首届鲁迅文学奖评定中，报告文学获奖作品共有十五部，分别是邢军纪、曹岩的《锦州之恋》，杨黎光的《没有家园的灵魂》，冷梦的《黄河大移民》，一合的《黑脸》，金辉的《恸问沧冥》，江宛柳的《没有掌声的征途》，郭晓晔的《东方大审判》，张建伟的《温故戊戌年》，陈桂棣的《淮河的警告》，徐剑的《大国长剑》，王家达的《敦煌之恋》，何建明的《共和国告急》，李鸣生的《走出地球村》，程童一等的《开埠》，董保存的《毛泽东与蒙哥马利》。值得注意的是，在这次鲁迅文学奖设定的中国当代优秀短篇小说、中篇小说、报告文学、诗歌、散文杂文、文学理论评论、文学翻译七大类单项奖中，报告文学以十五部的数量（并列）高居榜首，其他分别是六个全国优秀短篇小说奖、十个全国优秀中篇小说奖、八个全国优秀诗歌奖、十五个优秀散文杂文奖、五个全国优秀理论评论奖、五个全国优秀文学翻译彩虹奖、六个散文杂文和文学翻译荣誉奖等。

继问题报告文学创作大讨论后，报告文学创作进入一个漫长盘整期。尽管20世纪90年代的中国报告文学与70年代末到整个80年代的报告文学相比，文体的轰动效应是有差距的；但反过来说，一个文学文体的“爆炸式”影响力不可能是一直持续着的，这不符合事物的发展规律，正如文学史的其他规律一样，文体的发展都是此起彼伏、波峰波谷曲线前进的。对20世纪90年代的中国报告文学而言，正是由于之前十多年报告文学产生了巨大的“爆炸式”影响，才使得90年代显得更加平稳。这一时期的报告文学创作减少了“尖锐的、刺穿式的揭露”，更多是“横向发力”，展现社会的丰富面向以及作家对历史与时代的深刻观察。正如报告文学研究学者丁晓原所言，“90年代的报告文学，就为我们提供了这一时段中国社会发展的一段风景，留存了一份关于知识分子精神史演变的档案”，“描绘着此间知识分子的一段心路历程，反映着他们的思索、进取以及某种无奈”。[①]直到2007年10月，第五届全国报告文学理论研究会学术年会召开，大会以“新的启程：新世纪报告文学的创作和研究”为主题，讨论新世纪以来这一文体创作的变化和发展。丁晓原认为，报告文学作家应是人民的代言人、社会良知的守望者，应该能沉静下来、沉潜下去，通过对真实人物真实的心理世界的精微透视，触及人性独特而有意味的深处，报告文学作家应该“以人为本”，叙述重大事件和典型的社会现象，但是新世纪报告文学回避了社会深刻转型时期一些重要而被人普遍关注的问题的报告，使得报告文学在整体上显示出某种“甜蜜化”的倾向，削弱了报告文学的影响力。新世纪的报告文学部分地承接了20世纪80年代“问题报告文学”的基本精神，在问题的题材选择以及题旨表达等方面形成了新的特色，但是“问题报告文学”的规模趋小了，对于问题的分析见浅了。“问题报告文学”作家在整体上的思想穿透力偏弱，作品追求所谓的“客观化”的平面叙事，实际上反映了主体深度思想的缺失。谈到文体，他认为，报告文学的篇幅是以短篇、中篇为主，少有长篇的，而报告文学的过度长篇化以及由此反映出的文本的粗糙化，是新世纪报告文学的一种不应忽视的不足。造成这种现象的重要原因一是“利益最大化”的驱使，写作长篇对作者和出版商都有利可图；二是与报告文学作家对于报告文学体把握的偏颇，与他们文学表现力的退化有关。正是在这样的背景中，“报告文学精短化”显示出其重要的价值。因此，报纸媒体报告文学的研究是设计报告文学精短化路径的有效之举。此后，2011年7月，中国作家协会在北戴河创作之家也召开了“全国报

① 丁晓原，《中国报告文学三十年观察》，作家出版社，2011年，第103页。

告文学创作理论问题研讨会”，围绕新世纪报告文学的创作态势和存在问题展开了深入的研讨。会议围绕报告文学创作的机遇与挑战展开探讨，在面临新闻、影视、网络等强势媒体的巨大压力之下，报告文学的创作空间和时效性受到很大压制。报告文学必须与时俱进，随机应变。一是在新闻结束之后再出发、再挖掘，在作品的思想性、文学性上做文章，赋予作品理性反思的色彩；二是要充分适应和利用新传媒的便捷，借助网络尤其是博客、微博、搜索等技术，主动与影视特别是电视台合作，制作质量上乘的记录纪实类节目，开拓报告文学的创作方式和传播方式，扩大报告文学在大众社会生活中的影响力。

第二节　报告文学创作的类型

可以看出，报告文学创作的理论探讨伴随着这一文体创作，经历了从争论、确立到发展、优化的漫长过程，这是一条以时间为轴线的报告文学创作发展演变过程。而另一方面，报告文学创作在范畴、题材、表现等横向维度的发展也需要被厘清。

报告文学创作按照对象属性可被划分为纪事与写人两大类。纪事类的，像发表在《春风》1981年第6期的《三门李轶闻》，作品讲述的是一个小村落中“五个共产党员和他们的一段奇异遭遇的故事”，在联产计酬、自愿分组的改革中，“五个共产党员是哪组都不要”，党员只能单独建立“党组”，靠他们反思自强的努力，不仅喜获丰产，更重要的是让共产党员重得人心。故事以小见大，通过小事反映农村改革中党群关系这一重大命题。又如《马家军调查》，作家的“调查”就是一种行动的记录。当他来到马家军培训中心，隐隐觉得这个基地像个无援的孤岛，风雨飘摇，而且一点儿也不热闹。你说它同广大体育爱好者以及老百姓究竟有什么关系呢？其内在的关系还是很多的，其中有一点不知大家是否注意到，跑、跳、投是体育运动的基础，尤以跑为第一要素。马家军的胜利之所以同普通百姓的联系那么深切，正因为看谁跑得快——这几乎是人类与生俱来的一个基本命题。不论男女老少，不论高低胖瘦，不论职业千万种，跑和人生同在。每个健全的人都或多或少曾经有过跑步的经历，但却不一定打过乒乓球或者排球，在所有运动项目中，跑的参加者应该说是最多的。跑步大赛虽然也有技巧战术，但相比其他运动项目而言，跑的竞赛是最单纯的，是功能型的，甚至比竞走还要单纯。在民间，跑步的前提条件又是那样的充分，几乎什么都可以不要，有活泼泼的生命就可以跑起来比起来。手里用不着拿任何器械，不用网，不用台，不用球门，不要专门场地，凡是人可以生存的地方，你在道路上跑起来就是了。小孩子穿着开裆裤就会赛跑。在古代奥林匹克运动会上，跑步从来都被列为第一项，在今天仍然是第一项。最早参加奥运会的中国人刘长春就是去赛跑，而我们总是跑不过外国人。如今，灰色的历史终于结束，于是，在中国人心目中，马俊仁的意义非同凡响，是他把中华民族女子中长跑的成绩提高到全世界全人类的巅峰，把梦想变成了现实，把现实又塑造成神话。报告文学创作中的“我”因为进入“调查”，成为全知的我。作品揭示真实，马家军的崛起可以同中国乒乓球队的连年胜利和中国女排在国际上的五连冠并称中国体坛的三座高峰或三大奇迹，其影响都远远超过了体育本身而渗透到全社会的各个阶层。

写人物的代表作之一是1966年2月7日《人民日报》发表的

《县委书记的榜样——焦裕禄》。这是一篇广有影响的报告文学，作品的主人公是已故兰考县委书记焦裕禄，作者将人物置于人与自然、人与社会和人自身的多方面的矛盾冲突中加以真实地叙写，并且充分地展现了焦裕禄“他心里装着全县人民，唯独没有他自己”的崇高精神品格，鲜活地塑造了“当群众最困难的时候，共产党员要出现在群众面前”的真正的共产党人的感人形象。在焦裕禄的身上体现着共产党人的本色，洋溢着催人奋进的时代精神。《县委书记的榜样——焦裕禄》是人物报告文学中写得十分成功的优秀作品，作品以其叙事的真实和人物精神的开掘使其超越了具体的时代，成为影响一代又一代后来人的经典性作品。又如《大雁情》，这是一篇很有思想力度的作品，主人公是一位普通的女科技工作者。作者并没有简单正面叙写主人公献身科技的事迹，而是着重通过描写围绕主人公的评价而产生的各种“歧义”，以“她”“她？”“她？？”“她”“她？？”的独特结构方式叙事，较早地直接表达了如何解放思想、拨乱反正、正确对待知识分子的重大而严肃的时代课题，充分显示了黄宗英敏于时事、关注现实、介入生活的强烈的主体意识和报告文学作家的思想品格。《大雁情》获首届全国优秀报告文学奖（1977—1980）、首届徐迟报告文学奖。

报告文学的写人是有代表性的。“代表性”并不意味着“高大全”，假如将报告文学的写人理解为为优秀人物写传记的话，就显得十分浅薄和无知。代表性的人物，可以是在他身上某种精神有突出表现，也可以是这个人物身上具有某一类群体典型的样态，比如理由的《中年颂》。《中年颂》发表在《北京文艺》1979年第11期，是理由报告文学中的重要作品。在新时期初期报告文学多写科学家、文艺体育明星的背景中，这篇作品显得独特而别有意义。作品的主人公索桂清没有多少新闻性，也没有更多的政治关联。索桂清“不是科学家，她的文化程度只有初中三年级；她不是音乐家，她每天要听八小时的刺耳的噪音；她不是作家，她的作品从来没有署过个人的名字”，她只是一家毛纺厂的一名普通的挡车工。理由通过诉说索桂清的故事，揭示了平凡人的生命价值。索桂清作为中年人生的象征，她们是“社会的壮工，国家的筋骨”。《中年颂》拓展了报告文学的表现空间，表示着报告文学反映普通人生活的可能与价值。

当然，纪事与写人是不能绝对分开的，写人需要用具体的事把人物立起来，写事需要鲜活的人物将事具化。事与人，都不可能独立存在。以《哥德巴赫猜想》为例，1978年全国科学大会召开，预示着科学春天的到来，《哥德巴赫猜想》就是科学报春的信使。作品中的陈景润，“是一个传奇式的人物”，沉潜于数学世界，有着“愚公一般的精神”，是特定时期“中国牌知识分子”的典型。作品以对陈景润的叙写和肯定，是对知识分子所受不公对待的拨乱反正，具有思想解放的重大主题意义。作者以诗人的激情和笔墨写作，融史、思与诗于一体，是一篇思想性和文学性兼优的作品。《哥德巴赫猜想》宣告了一个文学新时期的开启，昭示着报告文学由文体附庸而蔚然大观，自成一体，成为中国文学的重要组成部分。

按照题材划分，也可将报告文学创作分为以下几个类别：

一、工程类

20世纪50年代报告文学有两大主题，一是记写抗美援朝，二是反映建设新貌。《柴达木手记》收录了包括《怀念你呵，柴达木》《噶尔穆纪事》《戈壁夜车行》《茶卡行》《不平常的事业》

《在铅锌矿山上》等二十二部作品，这些作品描写记录了柴达木美丽的风景和建设者在此修路开矿采油的劳动生活，是新中国建设题材报告文学中的重要代表作。除李若冰外，有徐迟的《我们这时代的人》《庆功宴》、华山的《黄河散记》、靳以的《佛子岭水库》、刘白羽的《熊熊的火焰》、杜鹏程的《速写集》等，人民文学出版社编辑出版了《经济建设通讯报告选》《经济建设通讯报告选二集》等。经济建设类作品既报告了一个时期巨大的建设成就，更存录了一个时代的火热生活和精神气场。《长江三峡：中国的史诗》是卢跃刚报告文学的代表作之一，发表在《中国作家》1992年第6期，曾获全国优秀报告文学奖（1992—1993）、首届徐迟报告文学奖。正如作者所说，“长江是伟人和天才们施展智慧和伟力的场所，三峡工程是他们留给我们的一个世纪性的历史命题”。作品没有叙写三峡工程的建设，而是实录了长达半个多世纪关于三峡工程的争论。“无论是三峡工程的赞成派还是反对派”，他们“肝胆相照，激烈论辩，构成了一部撼动世界的宏大史诗”，因而别有重大的历史价值。《东方哈达》是徐剑叙写青藏铁路建设的长篇报告文学。作品题材重大，内容丰富，叙事厚实。作者特别注意结构的营建，结构与叙写对象相应，巧妙地采用“上行列车”与“下行列车”并置推进的方法，把历史叙事和现实报告有机整合在一起。“上行列车”部分记录青藏铁路建设的本事，“下行列车”部分则是展开与青藏铁路有关的历史文化和民俗等。《命脉——中国水利调查》全方位地揭示了中国水危机形势的严峻，写作直接源于作者对水利和水危机强烈的问题意识，作品既是一部“关于中华江湖水系的族谱和传记”，又是一种全景式地凸显中国主要水系即时状态的“现场直播”。何建明采写被誉为新世界七大奇迹之一——港珠澳大桥以及它的建设者们，揭秘这座“海上长城”的核心控制性工程岛隧工程——地标性建筑东、西人工岛和世界上最长的海底沉管隧道的建造过程。一桥连三地，大桥是中华民族的一个伟大胜利，《大桥》书写的是这实现伟大胜利的中国智慧和中国力量。

二、揭示问题类

《人妖之间》发表在1979年第9期《人民文学》，获首届全国优秀报告文学奖。这篇不足万字的报告文学揭露了黑龙江宾县王守信贪腐案以及发生的原因：党风不正，社会风气恶化。通过王守信案件及其形成背景的叙写，作者告诫“人们啊，要警惕！现在还不是欢呼胜利的时候”，因为“大大小小的王守信在各个角落继续蛀蚀社会主义，继续腐蚀着党的肌体”。《人妖之间》上承20世纪50年代“干预生活”的特写如《在桥梁工地上》《本报内部消息》等作品，下启新时期的“问题报告文学”，作品产生了广泛的影响。《中国的“小皇帝”》是一部最早反映独生子女教育问题的报告文学。独生子女的教育，不只是家庭父母的责任，更是社会的责任，这关系着“我们应该怎样缔造历史”，因为“将来驾驶这时代列车奋进的，正是我们的独生子女”。作品所报告的独生子女的种种典型问题，现在看来依然值得关注。作品后被长春电影制片厂改编成同名电影，并获全国优秀报告文学奖（1985—1986）。

三、精神弘扬类

《中国姑娘》写的是中国女排。中国女排是一个走向世界、为国争光的光荣集体，1981年在世界杯比赛中勇夺冠军。鲁光写作《中国姑娘》，以真实生动的叙写再现了女排群体刻苦训练、协力拼搏的故事和场景。作品最为打动读者的是中国姑娘为国争光、顽强拼搏的女排精神，“这是一曲振奋人心的搏斗之歌。它的主旋律，就是祖国的荣誉高于一切！人们把体育比喻为一个民族精神的橱窗。那么，就让我们打开中国女排这个小小的窗口，看一看我们中华民族应有的精神风貌吧！”这是作品的开篇语，也是作品主题之所在。女排精神也成为时代精神的重要标志，感染鼓舞着一代又一代人民。作品获得了全国优秀报告文学奖（1981—1982）、“中国改革开放三十年优秀报告文学奖”等。《见证》采访的老党员，有1931年出生的陈现雪、1921年出生的许丙兰、1929年出生的韩树荣、1930年出生的何兰香、1928年出生的李春田、1924年出生的王少九、1930年出生的马永秀、1927年出生的盛昌桂、1924年出生的王厚文、1925年出生的王永标……截至2004年年底，在全国38.9万在世的新中国成立前老党员中，一个人口不足40万的莒县就有近2万人。铁流和纪红建走近他们，与他们交谈，听他们的故事，然后再讲他们的故事。如此庞大的采访量，面对的又是年纪在80到100岁之间的老人，采访难度可想而知。如果不是《见证》，也许我们永远不会知道在山东莒县小店镇后横山村的虢月洲，这位1976年就去世的党员贫穷一生，却因一个信念坚持了一辈子。

四、史志性报告文学

“史志性报告文学”是由文学评论家李炳银命名的。李炳银有文章《“史志性报告文学”——报告文学的新形态》，专门述说“史志性报告文学”。李炳银认为，“史志性报告文学”是继“社会问题报告文学”出现之后报告文学在表现形态上出现的又一次重要变革，是报告文学在题材和内容方面寻求发展，在认识和把握现实社会生活时有更多的渠道方式的探寻努力的结果。因为是以历史题材为对象的报告文学，就有着显然的历史内容和思辨力量了。“史志性报告文学”的重要特点，就是在实现报告文学的同时，有了一种可喜的史志价值，因此，它在文学和历史的两个方面存在价值和意义。“史志性报告文学”简言之就是历史题材报告文学，它以过往的人物事件等历史存在作为写作对象。在写作的主题取向上，这类写作实际上是一种特殊的历史与现实的对话，叙写的是历史，却有重要的现实意义。新时期随着思想解放的深入，原来一些敏感的“冷冻”的史料被解禁，成为报告文学写作的重要题材，如《西路军女战士蒙难记》《志愿军战俘记事》《文坛悲歌》等。后来“史志性报告文学”成为报告文学写作的一种常态，《革命百里洲》（赵瑜、胡世全）、《部长与国家》（何建明）、《长征》（王树增）、《解放大西南》（彭荆风）、《胡风案中人与事》（李洁非）等作品获得鲁迅文学奖。《解放大西南》是作家彭荆风从1987年开始构思，历时十二年，完成了这部五十五万字的全景式再现百万人民解放军解放大西南壮阔历史图景的厚重之作。

五、改革发展类

《中国农民大趋势——胶东风情录》发表于《解放军文艺》1985年第5期，是李延国主要代表作之一，获全国优秀报告文学奖（1985—1986）、“中国改革开放优秀报告文学奖”、首届徐迟报告文学奖等，是一篇全景式反映农村改革面貌的作品。中国的改革开放发端于农村，李延国以其对生活特有的敏感，洞察出题材本身所具有的价值。作品不从个体微观的角度构篇，而是以“大”字落笔。全篇九章，既展示农村令人欣喜的物质变化，更全面地报告了农民精神观念的种种更新和确立。一部《中国农民大趋势——胶东风情录》就是一幅其时关于农村改革的特大全景，一幅动态的色彩纷呈的立体图画。《热流——河南漫行记》发表于《当代》1980年第4期，是张锲报告文学的主要代表作，是新时期报告文学中最早报道改革的优秀作品之一，获首届全国优秀报告文学奖（1977—1980），后又获得“中国改革开放三十年优秀报告文学奖”。这篇作品以一个省域的改革新气象为写作对象，如副标题“河南漫行记”，以“漫行”的结构方式对河南全省上下，工业与农业、城市和农村等跃跃欲试的改革“热流”作了全景式的观照，为我们真实展示了改革开放之初人心思改、景象取新的生动图景。

六、区域主题类

《昆山之路》是苏州城市书写的代表作品，自问世以来，这部作品获得了江苏省人民政府个人文艺大奖和中国作协全国优秀报告文学奖，《人民日报》《新华文摘》《上海文学》等多家报刊选载和转载。《昆山之路》回顾了昆山创业的历程，描写了当年刚现雏形的“昆山之路”，作者通过对吴克铨等一批共产党人在艰难中成功开辟昆山经济发展之路的真实描写，向读者展示了社会主义制度的优越性和巨大潜力，通过昆山的“路”对中国特色社会主义的“路”作了一番追寻和思考，“昆山之路”所创造的物质的尤其是精神的财富激励着后人。《我的天堂》是对苏州另辟蹊径的描述。苏州是一座古老美丽的江南名城，素有“上有天堂，下有苏杭”之美名，亦是作者何建明的故乡，但是过去人们在感受苏州的时候往往是从历史文化和山水园林这些方面出发，而《我的天堂》中何建明在保持苏州古老闲适的风韵的同时，更关注新苏州发生改变的原因和动力，正如李炳银所说："《我的天堂》的写作就内存了何建明其他作品中不曾有过的情感元素。例如他对童年生活的回忆，对已经故去的父亲的依恋，苏州这块土地永远也不能够使他离弃的历史、精神、情感、生活联系等丰富内容，都很自然地进入了作者对苏州的叙述。这样的叙述，是存在一种磁性吸引的力量的，既很容易使作家在自恋中忘却写作的限制，同时也会使读者在作家投入的述说中发现一种真爱。"2009年，《我的天堂》获第十一届中宣部精神文明建设"五个一工程"奖。《苏州是我的天堂》发表在6月5日的《苏州日报》上；2012年出版的《园区革命》是何建明的另一篇写苏州工业园区的作品。

《沂蒙九章》是李存葆与王光明合作的长篇报告文学，获全国优秀报告文学奖（1990—1991）。《人民文学》1991年第11期以整本篇幅刊出，《小说月报》《中篇小说选刊》等作了转载，产生了重要的影响。《人民文学》推出这部作品时作有特别推荐："这是刊物创刊四十二年来，首次几乎倾尽篇幅刊载的一部作品。时代需要黄钟大吕。这战栗发烫的文字，是血的潮动与真实的结晶。匆忙剖析评介无疑是打碎晶体，我们仅以庄重和虔诚将它奉献给读者。"沂蒙山是一片创造奇迹的热土，它不仅创造物质，更创造精神。《沂蒙九章》既写了老区革命的历史，也写了这片热土上改革发展的新创造。张雅文的《百年钟声：香港沉思录》叙写香港的历史，特别是回归的历史，又写基于香港历史与现实的反思。作品"奔跑于现实与历史之间"，历史与现实构成两个音调不同的声部，形成了一种有意味的对话关系。不同于作者以往的写作，作品不仅有真实细致的叙事，而且也有引发读者"沉思"的思考。李朝全《最好的时代》选取浙江省长兴县的发展样本，通过讲述新中国成立以来特别是改革开放后长兴县曲折坎坷的发展，生动反映长兴经济社会、生态环境、文化建设等各方面发生的变化，长兴的事迹可以成为县域发展的模板和案例。

七、灾难事件类

《唐山大地震》的作者钱刚曾参加抗震救灾工作，亲眼见证了这段历史，书中通过大量真实的史料、大批珍贵的图片向读者展现了这场猝然袭来的自然灾难，使读者看到了那座在顷刻之间被毁灭了的城市，看到了那无数从废墟上起来而忘记自己的衣不遮体的男女，看到了掩埋在新的城市下面的二十万长眠者，也看到了人类对劫难的抗争力和坚韧性。徐怀中在为解放军文艺出版社《唐山大地震》所写的序言中，认为这部作品“是作者为今天和明天的人类学家、社会学家、地震学家、心理学家……为我们整个星球上的人们留下的一部关于大毁灭的真实记录，一部蒙受了不可抵御的灾难的人的真实记录”。作品超越了一般的地震灾难书写，走向一个真实的多面立体，由此达成复合厚重的多种价值。《瘟疫，人类的影子——“非典”溯源》是较为完整的一部全景式展示我国特别是广东省、深圳市抗击“非典”历程的长篇报告文学，它多视角、全方位、立体地反映了广东省委、省政府在那场惊心动魄的抗击“非典”的斗争中的坚强领导和广东人的抗非精神，同时也是一部人类与瘟疫几千年的斗争历史，是一部可读性很强的普及流行病学和传染病理知识的科普书，也是一部对人类文明发展进程进行反思的哲理书。

八、生态报告文学

《伐木者，醒来！》是徐刚报告文学主要代表作，也是他作为当代生态报告文学作家的奠基之作，获“中国潮”报告文学征文一等奖、首届徐迟报告文学奖、中国改革开放优秀报告文学奖等。这部作品创作于1987年11月，《新观察》1988年第2期以整本篇幅发表，引起文学界和社会的强烈反响。这是最早的以人与自然关系为题材，揭露中国森林危机，呼唤生态保护的优秀报告文学。作品主体是事实的叙写，同时又有诗性的语言和散文的意趣；有尖锐的直面现实的批评，也有对森林保护者的讴歌，还包括了对人类命运的思考。《毛乌素绿色传奇》作者肖亦农以自己真切的亲历亲验见证了沙漠变成绿洲的“传奇”，生动地描绘了生态梦、中国梦的美好图景。作品结构精致，叙事饱满，表达富有文学性。李青松的《塞罕坝时间》叙写对象是中国生态建设的一个奇迹——塞罕坝。塞罕坝的故事是塞罕坝人以自己的勇敢和执着书写的美丽自然失而复得的传奇故事。在第三届联合国环境大会上，塞罕坝林场建设者荣获联合国环保最高荣誉——地球卫士奖。李青松的作品，回叙了数代塞罕坝人艰苦创业的故事，描写了“美丽的高岭台地”的生态之美，令人向往。《穿越共和盆地》先抑后扬，陈启文穿越西部高原共和盆地，痛心于人类曾经战天斗地改造自然、索取自然后的悲剧，好在惨痛换来了警醒，如今正以科学的精神退牧还草，在荒漠上育苗种树，盆地上的绿色希望冉冉升起。作品以史为镜，爱憎分明，我们与作者一样，期待下一次穿越时，共和盆地草木丛生、绿色环绕。

九、民生主题类

《粮道》是粮食题材的报告文学，不仅叙粮事，也论粮道，主题直达国计民生，作品叙写虚实相生，有严峻问题的呈现，有精警思考的导入，有美文随笔式的表达，是一部在叙写方式上别开生面的报告文学，是报告文学写作去模式化的一种收获。任林举凭此作品获第六届鲁迅文学奖报告文学奖。《直面北京大城市病》“直面”的是“北京大城市病”，作者长江以调查、采访和个人的亲验将环境污染、人口膨胀、交通拥堵、医疗超重等大城市问题真实地呈现在读者面前。作品又不只是展览问题，还记写了治理大城市病的种种举措和方略，给人以问题中的新期待。《塘约道路》中篇规模，但却产生了很大反响，成为乡村党支部书记的培训学习材料。《塘约道路》主人公是左文学，在他的带领下，一个贵州贫困山村经过短短数年的努力，彻底改变了贫困落后的面貌。“塘约道路”是脱贫解困之路，是乡村振兴之路。作品通过塘约道路的这一重大典型的真实报告，告诉读者“一个好社会，不是有多少富人，而是没有穷人”。话语简单，其意可大，作品所表达的主题使其在扶贫脱困类题材写作中显示出独特的思想价值。纪红建的《乡村国是》以十多个省区市二百多个村庄的行走，全景式描写了行进中的中国扶贫脱困的靓丽风景，真实生动地呈现出精准扶贫这一国家战略所取得的重大成就，使主题的宏大与乡村扶贫故事书写的细实有机地融合为一体，使作品显得厚重而丰富，感人又可信。

十、边缘群体类

《夹边沟记事》写的是甘肃酒泉的一处关押右派的劳改农场。从1957年10月开始，这里羁押过近三千名右派分子。作者杨显惠历时五年，采访了一百多位当事人，写出《夹边沟记事》，连载在《上海文学》2000年7月号—2001年6月号，后由广东花城出版社出版单行本，作品真实沉重地存录了一段尘封的特殊的苦难历史。《快递中国》发表在《北京文学·精彩阅读》2015年第

10期，获得第六届徐迟报告文学奖、《北京文学》2015—2016优秀作品奖。作品叙写的是一个大众创业的生动故事，快递已成为大众生活中一种重要存在，是有关国计民生的业态。作品具体生动地叙写了“中国快递第一集团军”的四支劲旅——申通、中通、圆通、韵达艰难而成功的创业史，其中有故事、有人物、有经济数字，也有人文温情。叙事主线清晰，视野开阔，是对最新的时代生活的一种别有意义的实录。

十一、行业题材类

“航天七部曲”是李鸣生航天题材报告文学的结集，包括《飞向太空港》《澳星风险发射》《走出地球村》《远征三万六》《中国长征号》《千古一梦》《发射将军》七部，约二百五十万字。李鸣生不仅是航天报告文学作品写得最多的作家，更是这类写作的标志性作家，其中《走出地球村》获首届鲁迅文学奖报告文学奖，《飞向太空港》获中国改革开放三十年优秀报告文学奖。李鸣生十七岁入伍就到了西昌卫星发射基地，发射场成为他的精神牧场。李鸣生的“航天七部曲”是一部文学化的中国航天通史，也是当代中国发展史的一个重要篇章。2016年1月8日，中国作家协会创研部、中国作家协会报告文学委员会、文艺报社和天地出版社等联合举办李鸣生“航天七部曲”作品研讨会。

对报告文学创作进行分类，没有绝对的划分标准。以上根据题材和范畴的划分也并不是最全面的、最严谨的。报告文学创作本来就不是单一属性的，跨题材、多角度的写作比比皆是。如果将某篇报告文学作品结构认定为某一种类，那也是十分机械的、愚蠢的。无论是题材的重叠还是表达方式的融会贯通，都能够使报告文学创作展现出丰富的文学价值。

第三节 报告文学创作是用再现和反映真实的方式实现文学功能

无论是对报告文学创作理论的历时性梳理，还是对报告文学创作实际的全局性观察，我们都可以得出一个明确结论——无论时代、文体如何发展，报告文学创作的立身之本就是用再现和反映真实的方式实现文学功能。文学的功能，可以是抒发作者对世界的思考，可以是表达作者内心的情感。对于报告文学而言，表达时代性、政治性、主流意识形态被置于很高的位置——这是报告文学区别于其他非虚构写作之处。

需要申明的是，本书所涉及的“非虚构”概念，是在将报告文学视为真实叙述，区别于像小说、戏剧、电影等虚构叙述的一种文体类型来看待的，而不是认为“非虚构”即是一种单独的文体。也就是说，报告文学是以写实为生命成因基础的“非虚构”类型创作中的一种，其他还有传记文学、回忆录、日记体等。

“非虚构写作与报告文学从本源来看，是两片不同土壤里生长出来的产物。成熟的报告文学、纪实文学文体起源于20世纪40年代前后的国统区和延安时代，是中国本土的报道和宣传范式催生的写作理念、写作方法与文本样式的综合，最终形成其立足宣传、立场鲜明、文学色彩浓厚等风格特质。而非虚构写作是一个舶来品，产生于19世纪30年代的美国报业。当时的美国报业形成了资讯型和故事型的两种传统。非虚构写作是西方客观主义新闻学理念催生的写作哲学和文本样式，成熟于20世纪60年代的美国传媒业。报告文学、纪实文学和非虚构写作虽然都追求真实，但是在具体的文本生产与写作实践中，报告文学、纪实文学发挥的空间过大，以至于受到诟病。报告文学中充斥的议论、抒情、合理想象被视为理所当然，更不用说对材料的选择性使用与立场了。而非虚构写作在写作技术上试图中立、客观、平衡，特别是对真实性的苛求，显得不近情。”①申赋渔在《“非虚构”，在新闻达不到的地方生成力量》中谈到非虚构与新闻的联系：“刚开始时，‘非虚构’被称为新新闻主义写作，其最显著的特点是将文学写作的手法运用于新闻报道，重视对话、场景和心理描写，不遗余力地刻画细节。在这种新闻报道方式里，洋溢着浓郁的小说化气息和主观性色彩，其代表人物包括汤姆·沃尔夫、诺曼·梅勒、杜鲁门·卡波特和亨特·汤姆逊等，他们的作品主要发表在《纽约客》《乡村之声》《老爷》等杂志上。另外，一些获得普利策奖的记者，也越来越多地参与到了其中……俄勒冈大学新闻学院于1995年在全国范围内第一次开设‘创造性非虚构写作’的研究生课程，标志着新新闻主义作为一种20世纪重要的新闻学流派被学术界正式接纳。美国普利策奖特稿的评选标准一直是‘创造性’和‘艺术性’。这两个标准就跟文学不可分割。你甚至可以认为，它就是文学的评奖标准。”②张沛沛和刘利华两位学者充分解释了“非虚构写作”与“新闻”有密切关系绝非偶然——“20世纪60年代的美国，越南战争、太空探险、政治谋杀等重大事件动摇了人们传统的人生信念，这种对传统人生信念的怀疑，诱发了道德风貌、生活方式、人生态度的巨大改变。诸如‘代沟’‘反文化’‘性解放’‘上帝死亡’等口号，成为这种变动

① 沈闪，《“非虚构”：写作的“十字路口”——刘蒙之访谈录》，载《写作》，2018年第4期。
② 申赋渔，《“非虚构”，在新闻达不到的地方生成力量》，载《传媒观察》，2012年第10期。

的鲜明注解。剧烈的震荡就在身边，残酷的现实触目惊心。读者们指望小说家会直面人生，出版商们也期待小说家们能够创作出反映现实的优秀作品，但是，他们失望了。于是，揭露现实的历史重任就必然地落到了新闻记者身上……非虚构写作曾被蔑斥为'准新闻体'、专门描写'无关紧要的小人物'。不错，非虚构写作同18世纪和19世纪的欧美批判现实主义一样，是描写了非'英雄'、非'贵族'的'下等公民'：政府小官吏、越战中的士兵、黑手党分子、杀人犯、拉皮条的、娼妓、地下影星、嬉皮士、吸毒犯等等。然而，这并不是非虚构写作的耻辱；相反，应该是它的光荣：在小说家们龟缩在他的象牙之塔中，不愿接受他们的先驱巴尔扎克和狄更斯引以为荣的'社会编年史'的重任的时候，是非虚构小说作家们站出来承担了这一历史职责。其实，非虚构写作也不仅仅囿于'无关紧要的小人物'的圈子，风云世界的人物（总统大臣、皇室巨族、金融寡头、影视明星、体坛名将）和震动世界的事件（登月旅行、太空探险、种族隔离、各国战争）尽入笔端，涉及的题材非常广泛，可以说是殊无禁忌。"[①]

1980年前后，李炳银、周政葆就对中国的报告文学与西方国家的"非虚构"概念有所关注，在追寻类比的考察下，以为二者虽有差异，但在写真实这个基础上是一致的。因此，很多人是将报告文学等同于"非虚构"的。2010年，《人民文学》再次提出"非虚构"概念，情况就有了变化。他们给予"非虚构"的解释模糊虚浮，从此"非虚构"变得面目不清了。李炳银曾经质疑：如今"非虚构"代表作家梁鸿讲，她"不局限物理性真实"，有获得"非虚构"征文奖的作家说，自己作品的内容是"不能够自

①张沛沛、刘利华，《当代美国的非虚构小说的艺术魅力》，载《文艺争鸣》，2007年第1期。

证的真实”，那么，后来这些所谓的“非虚构”作品的真实到底是些什么真实呢？

国内较早使用非虚构这个中文概念的是王晖和南平等学者。从1986年开始，他们先后在《当代文艺》发表了《美国非虚构文学浪潮：背景与价值》《1977—1986中国非虚构文学描述》等文，讨论非虚构文学的内涵和意义以及新时期中国非虚构文学发展等问题。之后，张柠、许姗姗、缪俊杰、吴炫、张沛沛、刘利华等学者也做过非虚构文学叙事和审美等方面的研究。《钟山》杂志开设过《非虚构文本》栏目，一些作家也开始称自己的作品为“非虚构文学”。到2010年，《人民文学》提出“非虚构”和“人民大地”非虚构写作计划后，非虚构文学进入主流文学媒体的视野，成为大众关注度高、学界探讨热烈的文学议题，包括丁晓原、王晖、孟繁华、龚举善、霍俊明、邢军纪、张文东、房伟等学者，从学理研究角度撰文阐释对中国当代非虚构文学尤其是对中国非虚构写作的看法。在对中国非虚构文学的起源和文类性质界定方面已形成普遍共识，“非虚构文学是一个相对于‘虚构文学’的文学族群，在狭义上，它专指美国20世纪60年代至70年代兴起的非虚构小说、新新闻报道和历史小说等新的写作类型”①。涉及中国非虚构文学的内核问题时，一直是众声喧哗的状态，比如《人民文学》主编李敬泽对《非虚构文本》栏目创办的目的解释，“希望由此探索比报告文学或纪实文学更为宽阔的写作，不是虚构的，但从个人到社会，从现实到历史，从微小到宏大，我们各种各样的关切和经验能在文学的书写中得到呈现”②。丁晓原与王晖在合作的《2010年报告文学的

① 王晖，《“非虚构”的内涵和意义》，载《文艺报》，2011年3月21日。
② 见《人民文学》2010年第9期内容简介。

三个话题》[①]一文中表达了不同看法，他们认为《人民文学》的"非虚构"有一种"去报告文学"的意味。对于具体文本而言，创作者和批评者之间、评论者与评论者之间，也存在着不同的看法。以近年来广为关注的梁鸿的非虚构作品《中国在梁庄》的讨论为例，就展示出了多面的关于非虚构性的不同理解。当有人质疑《梁庄》是否是非虚构文学时，梁鸿给出自己的解释，她认为"不局限于物理真实本身，而试图去呈现真实里面更细微、更深远的东西，并寻找一种叙事模式，最终结构出关于事物本身的不同意义和空间，这是非虚构文学的核心"[②]。

报告文学创作是中国非虚构文学重要的组成部分，1951年4月11日《人民日报》发表魏巍的报告文学《谁是最可爱的人》是最具影响力的报告文学作品之一。周恩来在第二次文代会上说："我们就是要写工农兵中的优秀人物，写他们中间的理想人物。魏巍同志所写的《谁是最可爱的人》就是这种类型的歌颂。它感动了千百万读者，鼓舞了前方的战士。我们就是刻画这些典型人物来推动社会前进。"[③]丁玲评论道：魏巍的文章好在哪里？就是他写了英雄人物的思想活动，写了有崇高思想有崇高品质的人物的灵魂。魏巍是钻进了这些可尊敬的人民的灵魂里面，并且同自己的灵魂融合在一起，以无穷的感动与爱，娓娓道出了这灵魂深处所包含的一切感觉。因此，他所要歌颂的人，就非常清晰、亲切地贴在人心上，使人兴起，使人愿意把自己的思想感情提高一步，向着这些最可爱的人们靠近。这就是有教育意义的好作品，这就是有"思想性"的好作品。他没有一点儿板着

①丁晓原、王晖，《2010年报告文学的三个话题》，载《文艺报》，2011年2月28日。
②梁鸿，《非虚构的真实》，载《人民日报》，2014年10月14日。
③文化部文学艺术研究院编，《周恩来论文艺》，人民文学出版社，1979年，第53页。

面孔说教的神气，他没有以“思想性”骇人。真正有思想、能达到教育目的的好作品，就必然有它的优美的表现手法和形式，这也就是有“艺术性”。[①]另一个具有代表性的作品是1978年1月20日在《人民文学》第1期发表的徐迟报告文学《哥德巴赫猜想》，《光明日报》在2月16日转载并加了“编者按”，认为“广大科学工作者和知识分子会从这里受到鼓舞，受到教育，受到鞭策。广大工农兵群众读过以后，肯定会为我们国家有这样优秀的科学家和这样出色的科技成果而感到骄傲和自豪。一个民族科学文化水平不提高，四个现代化是搞不起来的。我们要刻苦学习，要研究新问题，勇攀科学高峰，要努力提高我们整个民族的科学文化水平，争取对人类做出较大的贡献”。《人民日报》在2月17日转载时也加了“编者按”，提到“它以生动的文笔，如实地反映了我国著名数学家陈景润不畏艰苦，勇攀高峰的动人事迹，受到广大读者的欢迎。这一期《人民文学》很快售空，这是一种十分可喜的现象。它反映了粉碎‘四人帮’之后，全国人民非常关心祖国科学研究事业的进步，反映了党中央关于向四个现代化进军的伟大号召已经深入人心，也说明在社会主义新中国，凡是有发明创造的科技工作者和工农兵群众，都会受到国家和人民的尊重，受到整个社会的尊重”。到20世纪80年代，黄济人等人“以长篇重武器向报告文学‘轻骑兵’的传统观念提出挑战”和“‘苏晓康模式’对‘新闻性’‘文学性’的挑战”到叶永烈为代表的史传报告文学家将“报告文学题材从‘现实’全面扩展到了‘历史’”，使得作品的原创性和开拓意义被提升到了报告文学审美标准的高度。伴随着报告文学向“人学”的回归，涌现出一大批

① 丁玲，《读魏巍的朝鲜通讯——〈谁是最可爱的人〉与〈冬天和春天〉》，载《文艺报》，1951年第4卷第3期。

作品，它们在文学的感性与客观社会及文学批判用意的理性中间找到了一个平衡点。例如在《解放军文艺》刊发的钱钢的报告文学《唐山大地震——“7・28”劫难十周年祭》，“作品采用在整体鸟瞰统摄下的分割布局法，为后人留下了一幅全景抗震救灾图，兼具长而不冗、杂而不乱之妙。作品的出色之处还在于，它的‘全方位’的结构方法从形式深入到内容。作者没有把作品写成一篇抗震救灾中好人好事的报道，他登上了更高峻的陡坡，他要以独特的角度表现真实可信的众生相”[①]，“在这里，大自然的景观和人的心灵世界的景观叠加映照，宏观的泼墨和微观的工笔交融一体，畸形年代的畸形思维和严肃科学的严肃命题对立统一，逼真地画出了一幅属于唐山也属于人类的7・28劫难日‘全息摄影图’”[②]。又如，获得了第四届全国优秀报告文学奖（1985—1986）作品《中国的“小皇帝”》，它反映了当时我国独生子女问题，以生动、凝重的笔触为我们展示了众所周知但未引起警觉的事实：中国的独生子女问题已成为影响国家能否真正走上现代化之路的重要因素。作品充满焦虑与厚望，描述简洁生动，议论精辟自然、发人深省，引发了较大社会反响。与之前相比，以报告文学为代表的非虚构文学无论在题材内容还是在形式表达等方面都更富批判性。在对待政治的理解上，这时的作家有一个认识转变——极左年代，“政治”被狭义地限定为特定时期、特定语境中的党派政治，这种简单地把政治性等同于去自主性的共识限制了文艺创作的自由。自改革开放开始，以知识分子为代表的文化先锋逐渐以多元、理性的态度重新树立政治观，将

①丁忱，《我们有——比地光更亮的东西：读〈唐山大地震〉》，载《红旗》，1986年第9期。
②钱刚著，《凝神于北纬40度线的思考——1986年版代序》，《唐山大地震》，当代中国出版社，2008年。

政治看作“人的言谈与行动的实践、施为，以及行动主体随着言行之施为而做的自我彰显”[①]。政治认识的转变改变了非虚构文学的创作观念和文学意识，作家不再预设“正确”和“错误”或是“敌”和“我”，而是将评判任务全部交给读者；同时，他们不以党的方针政策为唯一创作指南，将创作领域扩展到了社会公共空间，任何关于劳动、工作、行为等都可以成为创作题材。像《马家军调查》这类作品，不仅具有一般文学作品的生动形象，也因为富含深刻的问题意识而使作品具有很强的批判精神。

① 陶东风著，《文学理论的公共性——重建政治批评》，福建教育出版社，2008年，第2—3页。

第二章
多元的统一：报告文学创作者的身份认同

有学者认为，“报告文学作者应兼有记者和诗人的素质。因为一方面要真实地再现具体人物和事件的形象；另一方面，还应该揭示人物、事件背后蕴含的生活本质，从而表达出富于哲理的和具有丰富历史内涵的思想和激情。新闻记者的作风，有益于保持报告文学的新闻性、真实性。而诗人的气质和才智，则有助于在具体人物和事件的基础上使思想、感情得到张扬与升华。从某种意义上来说，报告文学也是新闻和诗的结缘，因此，一个优秀的报告文学作者，既要有新闻记者的敏锐和求实作风，也需要有诗人的气质和激情。”具备记者的素质，可以完成新闻的要求；具备诗人的素养，可以完成文学的要求。这样的看法是有一定的根据和道理的。历史上，中外很多著名的报告文学作家就曾经是记者出身，像埃贡·埃尔温·基希、约翰·里德、埃德加·斯诺、范长江、萧乾、理由、孟晓云等就曾经是新闻记者。但是，仅仅简单地将报告文学作家理解为记者与诗人的交集，那就错了，报告文学创作者的身份是多元的、复杂的。

第一节　报告文学作家为何而创作

“为何而叙”对报告文学创作而言格外重要，这一点区别于其他文体创作。“1977年9月18日，党中央决定召开全国科学大会。紧接着，10月《人民文学》的选题会自然跟‘科学’挂上了钩。编辑觉得，如能组织一篇反映科学领域的报告文学正当时。十年浩劫，以知识分子为主角的文学作品几乎绝迹。不过，中央既然要重新评价知识分子的地位和作用，文学领域自然应该有所突破。然而，写谁好呢？也不知是谁，想起一则流传甚广的民间故事：20世纪70年代初，有个外国代表团访华，一位美国专家点名要见大数学家陈教授。有关方面千方百计寻找，终于在‘牛棚’里发现这个人，他取得了震惊世界的成果，竟然谁也不知道。此人就是陈景润，编辑纷纷补充自己听到的轶事：他是‘白专’典型，有一回挨斗，他气得跳楼，不过这位数学家自杀还不忘算角度，结果连伤都没受；他是一个‘科学怪人’，不刷牙不洗脸；有人说他财迷，棉袄都舍不得买，就用两个棉毛衫，里边装上棉花，一绷，随便缝几针就行。”①在《哥德巴赫猜想》发表不久之后，全国科学大会召开，成为改革开放的先声，陈景润、徐迟和千千万万中国知识分子迎来科学的春天。作为“科学的春天”的领唱，《哥德巴赫猜想》的创作初衷和目的在这里呼应。如今，我们从周明的回忆中，仍能感慨这部影响一代人的作品的创作价值，从而更能体会报告文学创作者的责任。

①孙文晔，《〈哥德巴赫猜想〉发表的前前后后》，载《北京文摘》，2018年2月22日。

科学大会的召开，预示科学的春天即将到来。我们深受鼓舞，同时也就想到了自己应负的责任和使命。作为一家全国性的文学刊物，《人民文学》如能在这个时候组织一篇反映科学领域的报告文学，读者一定会喜欢看的，同时也可借此推动思想解放，呼吁人们尊重知识、尊重知识分子。这便是我们当初一些朴素的想法。

然而，写谁好呢？又请谁来写呢？编辑部就这两个问题展开了讨论。对于报告文学来说，选题和选作者同等重要，如果两者都选准了，这篇作品几乎可以说就成功了。

突然间，我们想起当时社会上流传着一个叫陈景润的数学家的故事。一个传言是，美国有一个代表团来访问，见到我国领导人就问陈景润。领导就让人找，结果在中国科学院数学研究所找到了，说这个人是个“怪人”，是走“白专”道路的，有许多不食人间烟火的笑话和“自私”的行为。但是，我们了解到，“哥德巴赫猜想”在国际数学界是一个大难题，陈景润在国内没有刊物发表论文的情况下，把论文偷偷寄到国外发表了，引起国际数学界的重视，是很了不起的。邓小平在1975年整顿期间得知陈景润的情况后说：“中国能有1000个陈景润，就了不得了。”我们一致认为，就写陈景润吧！不管怎样，他是有贡献的。

把这个选题确定下来以后，我们又开始考虑，请哪个作家来写比较好。这时，大家不约而同地想起了徐迟。徐迟是诗人，也是散文家和翻译家。1964年，他曾在《人民文学》发表过一篇名为《祁连山下》的报告文学，就是写敦煌的大艺术家常书鸿的，这是一个知识分子题材的作品。而且，他写李四光的报告文学《地质之光》，也即将在《人民文学》发表。那时作家写工农兵的比较多，写知识分子的比较少，因此大家一下子就想到了徐迟。

我以前和徐迟就认识，所以杂志社让我和他联系。徐迟原来在《诗刊》做副主编，后来响应中央的号召“作家到火热的生活中去”，连编制也转到了湖北省文联。我在电话中先问候了他，他告诉我身体还好。我告诉他我们的打算，徐迟说单位正要动员他退休，他准备回老家浙江湖州南浔镇看房子，如果要他做这个事，就必须跟单位打招呼。我说：“可以，我们借调你出来。”他说，能这样那我当然太高兴了。我跟他们单位的领导说明了这个事情，由于《人民文学》是全国性刊物，单位也表示支持。我告诉他单位同意了，他很兴奋，但是对写陈景润，他只是说“试试看”。我说我安排你住招待所，他说不用，我住亲戚家。两天后，他就到了北京。

这时，一位老同志的意见让徐迟下定了决心。那位老同志说：“陈氏定理，了不起啊！应该写。”这位老同志是谁呢？我事后才知道，原来是徐迟的姐夫、解放军总参谋长伍修权将军。徐迟到北京后就住在他家。①

报告文学作家要守护好自己那份创作初心，不应被文学以外的其他事物裹挟。以当代报告文学作家铁流为例，作为跨越城乡、亲历城乡变迁的作家，他的报告文学创作都市性与乡土性交融，聚焦“交叉地带”的突出矛盾，攫取城乡变迁中的真实

① 周明，《春天的序曲——〈哥德巴赫猜想〉发表前后》，载《百年潮》，2008年第10期。

素材，书写时代发展过程中的深刻问题。铁流是从农村走出来的作家，后因求学和工作，有数十年城市生活经历。他“对农村、对农民都有一种割舍不断的深情”，“现在农村的生活比以前好多了，可是比起城里的生活还差得很远。每一次回老家，面对着还不富裕的父老乡亲，心里很沉重。这些年，我到过很多地方采访，让我感到沉重的是，农村在城市改造过程中出现的严重问题，失地农民的生存问题。……城市的扩展为村民的发展提供了广阔的发展空间，村民付出了很大的牺牲。我们不应该歧视他们，更不应该盘剥他们”。[①]他的很多作品包括《支书与他的村庄》《“莱西经验”诞生记》《代村人的好日子》等，都是关注农村的变化，尤其是自己的家乡山东。《代村人的好日子》是一篇很接地气的短篇报告文学，充满了烟火气和人情味儿。“听儿子要干村支书，王德胜慌了：‘老大，你这是逞啥能？’还没等王传喜张嘴，王德就扳着指头数落开了，咱王家，从祖上一辈辈走下来，有当官的没？王传喜摇摇头。王德胜拍着自己的膝盖说，‘龙生龙，凤生凤，老鼠生来打地洞。远的不说，从你老爷爷、爷爷到我都是老老实实庄稼汉，到了你，咋？就出了你这个能种了？’王传喜轻声笑笑，沉默着一时没有说话。稍许，他换了个话茬道：昨晚上程家的牛被人家偷了，一家人心疼得直落泪。还有，一个晚上就有三户人家丢了。王德胜一声叹：这都是穷闹的！”铁流抓住了最有代表性的细节——当时自身经济条件已经不错的王传喜要干村支书，父亲知道后很是不理解，但王传喜两句实在话，让早已感同身受的父亲再次深刻意识到贫穷的本质问题，从而默认了儿子的举动。《代村人的好日子》与《“莱西经

① 任启发整理，《小人物写大篇章——〈支书和他的村庄〉研讨会发言摘要》，载《中国作家》（纪实），2008年第2期。

验”诞生记》可以看成铁流对“莱西经验”书写的姐妹篇，前者以一个个典型的人物和故事具体诠释新时代的“莱西经验”，后者则以一个人物周明金为线索溯源“莱西经验”的初心和使命。铁流在两篇作品中将原生态的表达一以贯之，他善于抓取人物最精髓的画面，用地道的语言还原故事，使得他的报告文学作品保留了山东农村的原汁原味。

第二节　丰富的创作主体

在报告文学的作者队伍中，有一部分是以记者身份“出道”或是以职业作家身份专门从事报告文学创作的。作为新闻文本的传播源，记者对于中国非虚构写作的传播发展做出了重要贡献。甚至有人说，近代中国文学史从侧面看去，正是一部新闻事业发展史。晚清以后，现代报刊成为整个文学的组织者。大多数的作家都加入报纸和杂志的编辑和写作中，许多作品都是在报纸和杂志上发表之后才结集的。报刊催生并哺育了新文学。《新青年》拉开了文学革命的序幕，以此为阵地的新文化运动提倡文学语言文体简洁、表达通俗，继而使得中国传统的古典文学在报刊中失去了地位。同时，如《每周评论》等所刊载的文章浅显易懂、条理清晰、富有感情、针砭时弊，也成了当时传播知识、启蒙思想、开化民智的重要途径。

随着社会需求的增加，大量的、出色的新闻记者涌现。作为典型的知识分子写作方式，非虚构写作也在社会变革的大背景下思考文体的创新和突破，抱着这样的思考出发点和不断地亲身践行，报告文学在几代书写者的努力下终于登上了历史舞台。19世纪的晚清，报纸登陆中国，散文与新闻相结合的产物——报告文学开始孕育。鸦片战争之后，出现了第一批初具报告文学雏形的作品，但直到梁启超的《戊戌政变记》才明显具备了报告文学的基本特征。在梁启超之后，报告文学作品慢慢多了起来。五四运动为中国的思想、文化带来深刻的变革，此时的报告文学在题材和思想内容上取得了巨大突破。冰心、瞿秋白、梁启超、鲁迅、柔石、谢冰莹和文学研究会的作家们都积极写作报告文学。除坚持一贯的爱国主义精神的宣扬外，作品的抒情性大为增强。到这时，作者们尚没有文体的自觉性，“报告文学”这一名词直到1930年才正式被引进。1932年，阿英选编的《上海事变与报告文学》是第一部以“报告文学”命名的作品集，对报告文学这一新兴体裁的发展起到了积极的推动作用。20世纪30年代初报告文学创作的主题是宣传革命与抗日，在“左联”的推动下，反映工农苦难生活的作品日益增多。此外，作家们的视野进一步扩大到社会其他各行业中。题材得以广泛开拓的同时，报告文学在思想、技巧、文体等各方面也日趋成熟。20世纪30年代中后期，报告文学创作迎来了丰收期，这主要表现在一批风格各异、形式多样，在艺术性、思想性上都非常成熟的作品的集中问世。到目前为止，可以看到许多报告文学作家都曾经当过记者或是有记者相关从业经历，比如范长江、萧乾、刘白羽、华山、何建明、张胜友等。

除了记者以外，还有一部分报告文学创作群体是直接以“作家”身份进入创作领域的。像徐迟、魏钢焰、李若冰、柯岩等就曾经是诗人、翻译家，还有像黄宗英、理由、肖复兴等人开始也是写散文小说的。军旅作家黄传会，创作了大量海军题材的报告文学作品，特别是反映中国海军百年历史三部曲《龙旗——

清末北洋海军纪实》《逆海——中华民国海军纪实》《雄风——中国人民解放军海军纪实》等。“1979年到海政创作室的时候，刚开始什么体裁都写，诗歌、散文、小说，包括影视文学，1990年以后，便开始专攻报告文学，屈指一算，已近三十年了。”[①]军旅生活为他提供了丰富的创作素材，就像他所说“海军是个多兵种军种，包括水面舰艇部队、潜艇部队、岸防部队，还有观通雷达部队等，执行各种任务，生活丰富多彩。跟随驱逐舰巡逻海疆，跟随潜艇在水下远航，跟随破冰船到黄海破冰，它是文学创作的一座富矿，提供了取之不尽用之不竭的‘资源’”[②]。但黄传会的创作题材不仅仅是海军，他的创作广度并不受限于自己军人的身份，而是以一名报告文学作家的文学敏锐和责任意识去选择创作题材。《托起明天的太阳——希望工程纪实》《中国山村教师》《中国贫困警示录》《我的课桌在哪里——农民工教育子女调查》《中国新生代农民工》等作品，是黄传会社会问题报告文学的创作，一经推出，就引起了广泛的影响。黄传会接触到希望工程这个题材，是源于1990年团中央成立了中国青少年发展基金会，实施旨在救助贫困地区失学儿童的希望工程。很巧的是，实施这一工程的秘书长是黄传会的温州老乡徐永光，在老乡的建议下，他开始了对这一题材的采访和创作。“我走进了离北京不过一二百公里的太行山区。在那些低矮的土房里，那么多的孩子，因为交不起每学期一二十元的学杂费而被阻隔在校门之外。他们那一声声‘我要读书’的哀求，震撼了我的心，一种责任感与使命感在心中升腾。”[③]

---

① 刘斌，《黄传会：从万里海疆到万水千山》，载《时代报告》，2016年第2期。
② 刘斌，《黄传会：从万里海疆到万水千山》，载《时代报告》，2016年第2期。
③ 刘斌，《黄传会：从万里海疆到万水千山》，载《时代报告》，2016年第2期。

还有一部分报告文学创作者，是“跨界”到报告文学，比如，运动员、大学教授、军人、官员等。张雅文，出生在只有一户人家的山沟里，念到小学五年级，就去练习短道速滑运动，后成为国家一级运动员，直到三十五岁开始写作。她是比较早涉及报告文学创作的，1988年曾获得“中国潮”报告文学征文三等奖，后来创作过为人熟知的小说《趟过男人河的女人》和同名电视剧。张雅文是有成绩的报告文学女作家之一，也是其中有代表性的作家之一。一方面，她创作报告文学，无论是叙事结构还是语言表达，都流露出细腻与巧妙。另一方面，报告文学的创作路径与小说截然不同，张雅文的报告文学作品体现出大气与深刻。在她看来，“报告文学打开了我的视野，每次采访一个人，采写一篇文章，尤其采写一部长篇报告文学，都会使我的视野大开，使我对一个领域，对一段历史，甚至对民族、对世界都会有了更为深刻的认识，对我都是一次极大的提高。记得早在1988年采写报告文学《不仅为一个人，一座山》，随后发表的《走过伤心地——不仅为一个人，一个村》《放下你的猎枪——不仅为一座山、一只虎》，使我对乱砍滥伐、破坏生态环境，对人类缺碘导致人的智力低下，对人类猎杀动物、破坏地球生态环境等重大人类生存问题有了深层思考，认识有了质的飞跃。尤其创作《百年钟声——香港沉思录》使我的提高更大，采写《与魔鬼博弈——留给现实和未来的思考》使我的视线站得更高了，它使我站在更高的视角来俯视眼前的世界，透过眼前世界来剖析人类的昨天，透过剖析昨天来诠释今天。在创作中，不仅饱含作家的悲悯情怀来俯视我们的民族、我们的国家，而且怀有一种人类的大爱，来俯视整个世界，以更高视角来书写这部作品。”[①]

党益民说自己是业余写作。他的大部分作品都是只能在晚上和节假日完成。在他看来，“业余写作也有优势和乐趣。优势就是你一直生活战斗在部队一线，你的作品来源于一线，会更接地气。乐趣来源于你没有压力，没有功利，你可以写，也可以不写，这样写出来的东西不会无病呻吟，不会硬着头皮写，都是非写不可的东西，有一种不吐不快的乐趣。”[②]正如他所言，写作是他纯粹的表达。“我十九岁进藏，修建青藏公路，西藏有我难忘的青春岁月，也掩埋着我们许多战友。我深爱这片土地，深爱那里的自然风物和人文环境，怀念那些牺牲了的战友。我先后进藏四十余次，走遍了青藏公路、新藏公路和川藏公路。那些公路像多情的臂膀，将西藏紧紧拥抱，又像一条条搏动的血脉，联结着内地与西藏。西藏是我生命中难以磨灭，不能忘却的记忆。每当我打开地图，查看那些熟悉的曾经战斗过的地方，就激动不已，那激情燃烧的青春岁月，仿佛就在眼前。这张地图承载着我心中化不开的西藏情结，寄托着我对西藏的深深的眷恋怀想。我到东北后，在零海拔的地方，时常回想那些高海拔的往事。对我来说，西藏是永远也走不完的。我觉得，西藏，就是我灵魂的栖息地。在西藏，我真正懂得了什么是生，什么是死，什么是生命的意义；在西藏，我真正体验到了活着的艰难和死去的容易。在那里，我经历了许多次生死劫难，好几次目睹战友牺牲，但我却无能为力。尽管我荣立过两次二等功，十一次三等功，但是我从来不敢以功臣自居，因为在我心里，那些战友才是真正的功

---

①刘斌，《张雅文：从小山沟走向大世界》，载《时代报告》，2015年第8期。
②刘斌，《党益民：铁血豪情 灵魂写作》，载《时代报告》，2015年第11期。

臣！”[1]《用胸膛行走西藏》中的所有故事都是他真实经历过的和战友的故事，他用二十多年自己来往于西藏，在西藏的真实所见、所听、所感，向读者报告出一部感人至深、真切质朴的文学作品。还有《守望天山》的创作，也是党益民在平时工作中发现的人物和故事。“陈俊贵在烈士墓地附近，开荒种地，吃野菜，喝雪水，艰难度日。2004年，我在北京当宣传处处长的时候，发现了这个典型，我们做了一个专题片叫《守墓老兵》，在中央电视台播出后，引起了一些反响，但影响不大。2007年9月，我被调到新疆武警交通二总队担任副政委。当时部队正在重修天山公路，我多次去天山指导工作，看望了陈俊贵几次，深入采访了他和他的家人。2009年春天，我又一次去天山施工部队蹲点，我利用十个晚上，一气呵成完成了书稿。我从天山下来的路上，给《北京文学》主编杨晓升打电话，说我写了这么一个故事，杨主编很感兴趣，说你马上把稿子发过来。他撤掉别的稿子，把《守望天山》发在头条，而且我也成为那期《北京文学》的封面人物。这篇报告文学发表后，《新华文摘》全文转发，《读者》杂志也编发了头条，全国十多家报刊转载，一下子在全国传播开了。后来，陈俊贵被评为‘感动中国十大人物’和‘全国道德模范’。”[2]

第三节　报告文学创作者的“多合一”身份

列宁在《论我们报纸的性质》一文中，有两段话说得非常

①刘斌，《党益民：铁血豪情 灵魂写作》，载《时代报告》，2015年第11期。
②刘斌，《党益民：铁血豪情 灵魂写作》，载《时代报告》，2015年第11期。

好：“我们很少用生活中的生动的具体事例来教育群众，而这却是报刊在从资本主义到社会主义的过渡时期的主要任务。我们很少注意工厂、农村和部队内部的日常生活，而这方面新鲜事物最多，最需要注意、宣扬和社会批评，最需要指责坏人坏事，号召向好人好事学习。”“多接近生活，多注意工农群众怎样在日常工作中实际地建设新事物。多检查这种新事物含有多少共产主义成分。”[①]高尔基也说过：“我们要做新旧斗争的见证人。”列宁和高尔基的话，对我们是重大的启发：无产阶级的作家和记者，要善于在日常生活中、在普通人的身上，找到光辉的东西。这是在报告文学被确立为独立文体之初，就被确立的报告文学创作的功能与报告文学作家的责任。报告文学的一个特点是要“及时反映”，怎么样才算是“及时反映”呢？有的同志曾经认为，所谓“及时反映”，指的是时间要快，作品能在事情发生之后很快写出来，就是“及时反映”，否则就不算及时。所谓“及时”，更重要的是指作者是否及时地把握住时代的脉搏，及时地抓住生活中最新的东西，及时答复了读者的要求。例如，《震撼世界的十天》是十月革命胜利后两年才写成的。能不能说这样的作品不及时呢？当然不能。列宁对这部报告文学作品的评价很高，因为它对无产阶级革命和无产阶级专政这样有重要意义的事件作了生动正确的描写。高尔基的《母亲》，列宁也说它是“一本及时的书”。可见“及时”决不能拘泥为“现炒现卖”。当然对于报告文学来说，在时间上迅速、及时，确实也是一个不容忽视的要求。例如雷锋这个人物和他的事迹，可以拍电影、写长篇小说或者编成剧本，但是首先应该把它反映给读者，让读者早知道，不能等

---

①列宁，《列宁全集》第28卷，人民出版社，1956年，第83页。

到一年半载以后。这里有个群众需要的问题，这就需要运用报告文学这种武器。邵荃麟强调说：一个作家，首先应该有这样的本领，他能够比别人更迅速更敏锐地发现生活中的新事物，有强烈的政治敏感。事物正在萌芽，他已经看到了。这种敏感，不能单凭天才，要靠熟悉群众的生活、群众的要求，而这只有在群众斗争实践中才能感受到，即所谓与人民共命运同呼吸。其次，要有战斗的责任感。一个革命作家，尤其是共产党员作家，要有这种政治敏感和战斗责任感。我们要向那些战斗的杰出的无产阶级作家，如高尔基、约翰·里德、基希学习，我们有责任写出更有战斗性的作品。作品的时代精神，主要是看作家的时代感情是否强烈。没有时代感情，光靠抢题材是解决不了问题的。因此，“及时”问题，首先是作家的思想感情是否及时，是否赶上时代斗争，是否走在群众前面；其次是及时反映当前的思想斗争。有了这几个条件，作家何愁没有东西可写呢？时代精神可以通过各种题材各种方法来表现，但最重要的还是要通过现实题材来反映。社会主义革命和社会主义建设是翻天覆地的事业，有多少可歌可泣的事可写，应该把表现社会主义现实生活作为革命作家和记者的主要任务，要及时反映我们的新生活，这对促进新事物有鼓舞作用，要促进生活的进程，帮助新事物的胜利。

报告文学作家何建明有一个独特而有分量的称号，2005年他成为全国劳动模范。新时期以来作家成为全国劳动模范的，应该只有何建明。将劳动模范的称号授予何建明是颇具意味的。报告文学不同于小说、散文、诗歌诸体类的写作，这是一种基于采访、需要作家行走的“劳动文体”。何建明是一位特别能劳动的报告文学作家，写作了大量的报告文学作品，仅是长篇就有四五十部，其采访的足迹遍及大半个中国。何建明的报告文学不仅数量多，而且许多作品产生了重要的影响，《共和国告急》《落泪是金》《部长与国家》分别获得第一、第二和第四届鲁迅文学奖；《中国高考报告》《根本利益》等获得全国优秀报告文学奖；《国家行动》《我的天堂》获得中宣部精神文明建设“五个一工程”奖。这样的实绩，在报告文学作家中是不多见的。可以说，何建明是当代一位创作数量特别大、质量见高的具有重要代表性的报告文学作家。他以自己对报告文学特有的敬业、专业，创造了属于自己的报告文学高度，同时也进入了报告文学史叙事的文学事业。进入新的世纪，何建明的报告文学在高位上持续地放大自己的优势，《中国高考报告》《根本利益》《国家行动》《北京保卫战》《永远的红树林》《我们可以称他为伟人》《部长与国家》《国色重庆》《生命第一》《中国农民革命风暴》《我的天堂》《忠诚与背叛——告诉你一个真实的红岩》等，差不多每一年何建明都有重要作品发表或出版。何建明颇具规模的报告文学高位写作被人称为“何建明现象”。“他的《三牛风波》表面看来，作品叙写的只是一个事件，但作品通过回应公众质疑、还原生活的真实的方式，表达了对西部发展和中国青年知识分子成长等重大问题的关切，可谓小中见大。”李朝全认为《忠诚与背叛》专注的是“有无信仰及信仰是否坚定问题”，“很好地提炼出自己的思想并借助人物故事或事迹表现了自己思想的优秀之作”。2017年，长篇报告文学《那山，那水——美丽中国从这里开始》出版，通过报告文学的形式生动反映余村人民牢记习近平总书记嘱托，在“两山”理论指引下坚定不移地举生态旗、打生态牌、走生态路，协调推进生态文明建设和经济社会发展，逐步走出一条产业兴、生态美、百姓富的可持续发展路子，也写出了发生在中国大地上的平凡百姓、基层乡村的动人故事，写出了改革转型之痛，观念改变之难，以此展现“两山”理论带给美丽中国建设的强大生命力。“绿水青山就是金山银山”科学论断已被写入十九大新党章，新华社、《人民日报》、党建网、《中国环境报》等争先报道，全国大力学习推广。就何建明人物系列写作而言，《共产党人》是其中产生较早的。作品书写的是一位默默为人民奉献三十余年的常熟农村村支部书记常德盛。何建明说写作此篇作品是因为“我相信所有正直的中国百姓对中国共产党人都怀有深厚感情，但我同样也相信有不少中国的百姓，特别是青年人对什么是中国共产党人的概念越来越模糊了。拥护共产党，服从共产党的领导——作为一种群体意识、群体观念，它在我们今天这个社会里是普遍的、主流的。然而百姓们对自己周围的某些单个的共产党人形象常常又是淡薄的”。就城市系列而言，《大国的亮点》聚焦中国城市常熟，将其作为“人民共和国走向富强的一个光芒炽热的亮点”，书写它的历史和发展；还有描写古城苏州现代化进程中的创新发展的《我的天堂》等。

报告文学作家是“多合一”的身份，无论之前的从业经历或是学科背景，报告文学作家从创作报告文学那天开始，就注定要从事多个工种的事务，简单地说，他首先要是记者，再是文学从业者。具体而言，报告文学作家，要是行动派、采访者、叙事者、艺术家、知识分子、时代的见证者、思想的启蒙者。

报告文学作家，要是行动派。报告文学创作，与其说是写出来的，不如说是“走出来”的。张雅文的《玩命俄罗斯》《盖世太保枪口下的中国女人》就是其只身勇闯俄罗斯、比利时的切身经历与收获。张雅文是在隐约感觉到什么可以写一写时，采取主动靠近的方式去写作的。20世纪80年代末，她关注到俄罗斯与东北边贸解冻的情况，作家的敏感使得她想尝试一下这个题材。写作的困难是凸显的、巨大的，比如语言关、一位女性只身一人到国外、应付现实困境等。她是行动派。“大胆地迈出国门，不会外语，拿着一本中俄对话小册子，背着十几套皮夹克，拎着两大袋旅游鞋，跟许多人一样去当倒爷，蹲市场。不同的是，人家当倒爷是为了赚钱养家糊口，而我赚钱却是为了赚旅费采访写文章。”①她先后去了四次俄罗斯，连战火纷飞的车臣都去过，“每到夜晚就看到远处炮火连天，把半边天都染红了，不知是谁打谁。往窗外瞅瞅，大街上荷枪实弹的黑手党皮靴，整夜整夜敲击着我的耳鼓，每次出门腰里都别着一把斧子……从莫斯科到哈巴罗夫斯科，坐了七天七夜火车，没吃的，光啃黑面包，连西瓜皮都吃光了，回国后大把大把地掉头发。在这七天里，我跑遍了整个车厢，与中国倒爷们聊天，获取了大把倒爷的故事，并结识了一群延边朝鲜族的倒爷，我与他们约好春节去延边采访。大年三十，我真的去了延吉，可是，大过年的，旅馆放假，饭馆关门，好不容易找到一家招待所，好说歹说，总算收留了我，没暖气，天天吃方便面，直到大年初五，才吃上一顿服务员给我做的家常菜……”②这样的故事，不真的经历过的人是没法儿靠想象写出来的。张雅文说，六十岁以后迎来了创作的第二个高峰，并且除《百年钟声——香港沉思录》之外，全部是自己捕捉发现，自费采访闯荡完成的。

报告文学作家，先是采访者。正所谓“六分采访，三分思考，一分写作”（报告文学作家理由的创作体会总结），对于报告文学创作而言，采访为先，采访为重。这一点与其他文体创作有所不同。实地调查，深入访谈，是报告文学创作的必要环节。

①刘斌，《张雅文：从小山沟走向大世界》，载《时代报告》，2015年第8期。
②刘斌，《张雅文：从小山沟走向大世界》，载《时代报告》，2015年第8期。

曾民为了弄清楚云南省红豆杉被毁情况和自发保护红豆杉的农民张春山，走了云南四个地州、五个县市，行程上千公里，仅步行就在100公里以上，最终写出《被剥皮的红豆杉在流泪》一文。时任国务院总理朱镕基批示，要严肃查处毁坏国家一级保护植物红豆杉的有关责任人；邓科在调查天津“扎针”事件时，为了找到传言中的被扎人，他多次无功而返，最终找到了一个被扎人的地址，在她家门前从上午一直等到下午3点，结果被拒绝，第二天，他又去等了，等来当事人后给她做各种利弊分析，用各种措施取得她的信任，终于使她接受了采访；伍小峰为了将长江抛石护堤工程中的作弊行为揭露出来，买了道具化装成民工混上船去待了三天，其中两次穿帮，幸好都化险为夷。①

报告文学作家，是叙事者。报告文学是一种叙事，“为何而叙”是报告文学创作要格外关注的，而其他文体可能不需要特别考虑。报告文学创作的一个重要组成部分是重大题材写作，创作过《东方哈达》《国家负荷》《大国长剑》《浴火重生》等作品的报告文学作家徐剑认为，重大题材作品关乎家国情怀，具有前沿精神，能够预见到一个时代、一个社会和一个国家的未来和发展轨迹，更要求作家要有知识分子担当。《东方哈达》写的是青藏铁路，却不仅仅是写这条铁路的建设，作者笔下是“一条由历史通向未来的天路，是一条两千多年来汉藏两大民族和亲和睦的心路，是中华民族图强自强实现梦想的大路”②。原本《大国长剑》可以只是写这支年轻的共和国导弹部队从无到有、从小到大的成长历程，但是，徐剑从全球战略格局的大视角去写，从政

---

① 胡蓉，《优秀的记者是怎样炼成的——从〈南方周末〉揭黑报道看优秀记者的素质》，载《新闻知识》，2005年第6期。

② 刘斌，《徐剑：万里河山任驰骛》，载《时代报告》，2015年第6期。

治、社会、军事、文化等方面作了充分表述："中国在极其困难的情况下，打造这张王牌是为了世界和平，为了国家安全，警告搞核讹诈的战争狂人，不要再叫嚣，世界上不是只有你们有核导弹，我们中国也有，不要轻举妄动"①。

报告文学作家，是艺术家。报告文学创作不是单纯的记录或纯粹的叙事，它首先是文学，是具有鲜明文学性的文体。报告文学创作的文学性，突出表现在对艺术性的追求，包括对人物的塑造、叙述方式的安排、语言文字的拿捏以及对主题的艺术渲染等。王宏甲笔下的刘日，是现实中的人，也是报告文学作品《无极之路》的主人公。在采访时，作家是主体，刘日是客体。对于《无极之路》这部作品而言，刘日这个文学作品中的人物，创作主体要"塑造"他。就像王宏甲所说，"生活中的刘日同作品里的刘日是有区别的。我曾说过，采访好比采矿，创作却不是把最好的矿石挑出来交给读者。即使你把最好的矿石挑出来，还是矿石。有的人就是这么'创作'的，评论家们批评为'堆砌材料'。有人还在矿石上涂了各种颜色，谓之文学色彩，那就更糟糕了，连矿石原貌都看不见了。创作好比炼钢，要把矿石粉碎了，还要添加多种炼钢的辅助材料，才能在熔炉里炼成钢。我讲过，报告文学作品中的人物，是作家的采写对象在作家思维和情感的子宫里怀孕，然后生出的一个新生儿。不管这个新生儿与采访对象多么像，他们之间只有血缘关系，而不是同一个人。不能把作品中的刘日等同于生活中的刘日，这是我在创作中认识到的。如果不承认这一点，那不是否认文学的意义吗？不承认这一点，报告文学就不存在了。"②

①刘斌，《徐剑：万里河山任驰骛》，载《时代报告》，2015年第6期。
②刘斌，《王宏甲：在信息时代的前沿创作》，载《时代报告》，2015年第10期。

报告文学作家的艺术家作用，还体现在他们对材料艺术加工。报告文学与新闻相比，突出的不同就在于报告文学是文学的叙事方式、文学的语言、文学的表达。以王宏甲的《智慧风暴》为例，在前记中他写道：“市场陈列着希望，也埋伏着陷阱。你听到钱币在生长钱币，那是一种神秘莫测的声音。计算机在许多领域取代齿轮，因特网正使人类获得空前的资源共享……这个世界正在发生重大变迁。”整部作品通过王选和中关村的中青年们的真实命运、大洋彼岸的青年乔布斯和比尔·盖茨的故事等，都是在阐释以上那句核心话语。再比如，李青松的生态报告文学创作。自然是李青松的书写对象，从《碛口枣事》中的“枣”写到《大兴安岭时间》中的“森林”，从《安吉竹记》中的“竹”写到《红松之美》中的“松”，从熊猫（《大地震：卧龙人和熊猫》）写到啄木鸟（《森林医生啄木鸟》），从鹰（《猛禽》）写到貂（《贡貂》），李青松笔下的自然是一株株鲜活的植物、一个个有灵性的动物。李青松写自然，并不是简简单单只写自然，他的“自然”，是与人紧密相关的。无论是《大地震：卧龙人和熊猫》中的“卧龙人们”、《一种精神》中的“二杆子”还是《普洱茶人》中的“岩山永”、种树的“崔永元”（《崔永元种树》），都是联系着自然、受制于自然、依赖着自然、改造着自然的人。“‘树上山，粮下川。’——这是朱镕基总理的一句名言。1999年至今，‘退耕还林’的旗帜在中国大地上猎猎飘扬。退耕还林工期十年，总投资3400亿元，是目前世界上最大的生态建设工程。这是中国农村正在发生着的一件大事，是土地改革后土地利用方式的一场深刻的变革。退耕还林的倡导者和有力推动者正是国务院总理朱镕基。”——李青松用了朱镕基总理的话开篇了《共和国：退耕还林》。他的文章每一小节都不会很长，但每一个要讲的重点都清晰、明确。他用了三句话，就将退耕还林的启动时间、开展状况以及这件事的意义交代得清清楚楚，将“倡导者和有力推动者”落实到朱镕基总理，既是对“树上山、粮下川”的回应，与开篇相望；又是对退耕还林这件“大事”的强调，国家层面上的高度关注正说明了变革“深刻”的决心。李青松在叙述方式上的安排精心巧妙，暗藏在朴实语言下的是巧夺天工的构思与雕琢。

报告文学作家，要有知识分子担当。赵瑜的报告文学创作，充分体现出这一点。在他看来，“知识分子，理应坚持独立思考，科学分析，独立观点，独立语言，独立表达，笔下流出的是真实的事，发自心底的话。写作真正的报告文学，的确难度较大，良知则要求我们不能绕开问题走，要迎着问题上，把人们要知道的问题、死疙瘩写深写透，敢于碰硬，直面真相。”[①]优秀的报告文学作家，都是能够在现实的社会生活中准确地感受时代脉搏，客观准确地把握社会发展趋向，在深入的社会生活观察思考中，对社会人生有一种建设引导性的表达。作为知识分子代表的报告文学作家，应当更加有力地关切中国的历史和现实。在赵瑜的《强国梦》之前，写体育多为冠军文学，讴歌金牌和奥运战略。而《强国梦》强调体育实质要以人为本，不应作为政治附庸，全民健康比几块金牌更重要。写《马家军调查》时，赵瑜的出发点不是去揭秘、猎奇，而是调研这支辉煌团队为什么发生“兵变”和轰然崩塌的真实原因，以警示后人。当《马家军调查》在《中国作家》发表十年后，当年编辑过这部作品的《中国作家》杂志社再次回顾当时的情况，仍感叹这部作品深刻意义的

①刘斌，《赵瑜：纵横谈“求真”》，载《时代报告》，2015年第3期。

重要性。“毋庸置疑，这部以马家军的辉煌与悲怆为题材、长达四十余万字的长篇报告文学《马家军调查》，是颇具风险性的作品。其风险在于，题材本身是大众关注的题材，百密难免一疏；更由于在某些人眼里，中国体育金牌的背后，是容不得条分缕析的。从80年代到90年代，记者、作家由于质疑了金牌的背后，遭遇风波者屡见不鲜。体育界的某些朋友，他们在收获体育金牌的同时，也收获了野蛮，收获了好大喜功，有的甚至收获了瞒上欺下，收获了文化品位的低下，养成了极不健康的思维定式。”①

报告文学作家，是时代的见证者和思想的启蒙者。每个时代各自有每个时代具体的问题表征，这是各个时代的具体问题。揭露时代特性、反映时代问题、启蒙大众是报告文学作家的责任。朱晓军《天使在作战》的写作背景是新世纪后医疗腐败越来越严重的情况——相当一部分“白衣天使”堕落成“吃人”的“白医魔鬼”，病人愤愤地说：“十个劫道的，不如一个卖药的”，哈尔滨出现“天价医药费”，沈阳出现“敲骨吸髓”等让人惊恐不安的现象。作家采访到的陈晓兰，原来是上海市广中地段医院理疗科的医生，因为她发现所在医院用假冒伪劣医疗器械为病人治疗，并向区纪委实名举报，结果两次被迫下岗，失去了工作。陈晓兰用八年时间三十二次进京上访，仅国家药监局局长接待日就去过九次，终于获得成效。作为报告文学作家，朱晓军关注到的问题是陈晓兰关注到的，也是社会发展的重要议题。报告文学作家的眼睛，也是时代之眼。报告文学创作不是个体写作，不是个人书写。王宏甲的《中国新教育风暴》关注的是时代的教育转型。作家站在人类教育变革的历史长河之中，梳理人类教育发展史的变

① 赵瑜，《马家军调查》，《中国作家》杂志社，《铁肩担道义 重手著真情（代序二）》，人民文学出版社，2005年，第7页。

迁——青铜时代的教育、铁器时代的教育、蒸汽机时代的教育和计算机时代的教育。每一次生产力发生重大革命，引起经济社会的重大变迁，教育都会发生重大转型。落脚在计算机时代——人类正在经历的当下，人们的学习方式、生活方式、思维方式转型以及这个转变的本质原因，做到揭示问题，是大多数文学作品能够承担的责任，如果能做到解决问题或是尝试性地解决问题、提出建议或对策，这是一部分报告文学作家额外的“附加题”。王宏甲写教育问题，通过大量的采访、调查和阅读、思考，明确提出创建新教育需要完成的三大任务——教师资源、课程资源、评价方式，“变教学为导学”“变教材为导材”，改变教育和现行考试制度的“选拔功能”为“造就功能”。这部在当时看来时最具“前瞻性”的报告文学作品，在经历了若干年的现实检验之后，仍然具有指导意义。

第三章
创作的三个坐标轴：面向时代、集体写作与知识分子担当

中国报告文学从特殊的时代岁月生发，伴随着时代与社会的发展，报告文学创作在创作题材、创作模式、创作方法、艺术表现等方面都有了改变。报告文学之所以始终能成为中国文学重要文体之一，并且在社会生活中发挥着重要作用，就是因为报告文学创作坚守着三个坐标——面向时代、集体写作、知识分子责任与担当——这是报告文学区别于其他文体的特性，也是报告文学创作动力的来源。在新世纪社会非启蒙的总体影响下，报告文学作家放弃了报告文学“启蒙唯一性”的坚持。无疑，批判性、反思性、启蒙性是报告文学文体的历史传统，也是这一文体基本的功能，报告文学写作仍然必须坚守这样的品格。报告文学除了启蒙、批判、反思等重要价值外，报告文学还理所应当地肩负起对于文明崇高精神行为的弘扬与推举，使社会生活在不断的更新递进中走向未来，它的常态是基于理性精神的非虚构文学。

第一节　报告文学创作是时代写作

报告文学是与时代同频共振的文体，从没缺席过任何一个重大历史时刻。庆祝新中国成立七十周年是2019年的最强音，报告文学以丰沛的作品数量、过硬的艺术质量致敬华诞。《人民文学》《中国作家》《北京文学》等多家刊物不约而同开设同题栏目，铸造“时代楷模”英雄群像，真情书写“我和我的祖国”，以报告文学之名庆祝新中国成立七十周年。以塑造时代观念、人民形象为己任，2019年报告文学对现实给予了正面的、积极的呈现。所谓主题写作，就是具有某种主题意向和题材指向的写作类型。在报告文学这里，时代生活的主题就是时代文体写作的基本主题。2019年是新中国七十华诞庆典之年，讲述中国故事、叙写人民创造、歌咏民族脊梁、激扬时代精神，自然成为年度报告文学写作的热点。《人民文学》开设“庆祝新中国成立七十周年特选作品”专栏，推出何建明《大桥》、肖勤《迎香记》、黄传会《大国行动》、侯志明《挺起民族的脊梁》等作品，另有“时代楷模”栏，《老兵战舰》《一个人的灯火》《热血青春在深山》等，记写英雄、民警、生态保护区青年的感人故事。《中国作家·纪实》也设置了“庆祝中华人民共和国成立七十周年暨‘我和我的祖国’征文作品”专栏和“中国故事”“时代楷模”“新时代报告”等，大写南仁东、张富清、李守江、王继才、崔根良等英模先进人物的事迹和精神，也有《常州进行曲》《中国好莱坞》《加油站的故事》等别有意味的叙事。《北京文学·现实中国》是一方报告文学的热土，《C919，飞向蓝天》报告国产大飞机的制造，《腾笼换鸟》聚焦国企的深度改革，《英雄和他背后的英雄》主人公是“最美奋斗者”战斗英雄麦贤德和他的夫人。

《人民日报》有“逐梦七十年”等栏目，发表了李春雷的《时代楷模北京榜样》、徐锦庚的《行走的脊梁》、铁流的《“莱西经验”诞生记》、白描的《三代人的采煤故事》等报告文学。《光明日报》也有自己的“中国故事”，《芳梅过上了好日子》《特殊救援》《万米高空，“这厢有礼了”》等作品各具精彩。2019年第十期的《人民文学》，喜庆的红色配以简洁的美术设计，寓言于“指纹、年轮、河流和路程，与国家、民族、时代一直同生同向”。在这一期中，紫金的《一个人的灯火》写的是普通基层派出所民警高宝来，他是千千万万无怨无悔、倾情奉献的无名英雄中的一员，以普通人的平凡书写了不平凡的人生。在李春雷的《北京榜样》里，有社区居委会主任殷金凤、小巷管家梁萍、“彩虹探长”陈旭、小学班主任郑丹娜、弃商从树的环保人士廖理纯、拾荒的“体面人”贺玉凤、公交车暖心司机刘宝中、古建筑修复师吴书瑞、用珂罗版复制技术保护文物的李东方、特种熔融焊接工高凤林、文明乘车监督员胡雅丽、公交站文明引导员刘月华、高铁创新科研工作者贾利民，这些榜样是可触可感的身边人，是来自各行各业的北京的微笑、中国的芳香。他们日常的工作，点亮了北京的高光时刻。

报告文学创作的横坐标是时代。报告文学的题材多是重大性的、重要性的和具有问题意识的，报告文学创作聚焦的是每个时代中国发生的大事，不仅包括重大政治历史事件，还有影响中国社会发展的方针与措施，不仅记录科学技术的历史性突破，还有突发事件的全景书写。以香港回归为主题的《往来香港的军车》讲述的是驻香港部队深圳基地汽车连，它是一支按照“基本法”和“驻军法”的规定要求，利用祖国内地的有利条件，为香港驻军提供后勤物资支援保障的军用运输车队。他们不仅在驻军香港的准备和进驻过程之中，尤其是在部队进驻香港之后，为履行“驻军费用由中央人民政府承担”的神圣诺言，为保证驻军生活“不与香港人民争菜篮子”，为保障驻军履行神圣防务使命所需的训练、后勤物资，做出了不可须臾或缺的可贵奉献。这些年轻的官兵们每天都驾车往来于“一国两制”的道路上，每天面对的是两种社会制度、两种思想文化意识和两种差别很大的生活观念的碰撞，他们严守法纪，一尘不染，作风过硬，技术高超。他们圆满地完成了每一次艰巨任务，在香港和大陆人民面前充分展示了我军威武文明之师的良好形象。反映国企改革的《集团突围》的写作背景是党的十五大上提出三年脱困目标，这对于全国经济战线来说是一个重大的事件。《国家行动——三峡大移民》记述了移民从留恋自己的“热土家园”到为国家舍小家，“走出峡江”“万人大迁徙”“建设新家园”等场景。他们中有“百万移民第一人”的九十五岁老人王作秀为三峡工程“三次搬迁”，有“人民公仆”、十六大代表移民干部冉绍之三个月磨破十双鞋耐心说服移民搬迁，也有开始怀疑移民“吃亏”、寻死寻活不愿走、到最后主动申请报名外迁并动员亲朋好友同行到他乡落户的致富典型。全景式报告文学《中国载人航天——从梦想到现实》是一部四十万字的恢宏之作，讲述了中国载人航天工程从梦想到现实的奋斗历程，系统反映了党中央对载人航天工程的亲切关怀和坚强领导，生动表现了中国航天人以“特别能吃苦、特别能战斗、特别能攻关、特别能奉献”的航天精神。杨黎光的《瘟疫，人类的影子——“非典”溯源》尊重事实、尊重科学，准确可信地写出了“非典”这个重大历史事件的真相，廓清了当时缠绕于其上的种种传言与误解。孙晶岩的《中国动脉》长达七十多万字的作品，是作家用了两年多的时间真实地记录了西气东输工程历史的作品，作品中的每一个人物都是作家从成千上万个建设者中选出来的，每一个故事都蕴含着真情。西气东输是一项浩大的世纪工程，作家的采访写作与工程的建设同步，描写劳动建设的场面气势恢宏，刻画能源格局的篇章纵横捭阖，世界能源格局、中国的能源战略、能源和国土周边安全、西气东输工程的现实意义，作家都在其中作了生动的回答。西气东输管道战线漫长，八千里路沿途有着深厚的文化积淀和浓郁的风土人情，作者在创作中融入了大量的人文历史知识，读来引人入胜。反映2011年我国自利比亚撤员行动的长篇报告文学《国家》是新中国成立六十多年来第一部反映国家重大外交行动和外交队伍精神风貌的报告文学作品。还有反映我国东北中轴区高速公路建设的《走出柳条边》，党益民从新藏线的起点叶城出发，横穿西藏，辛勤采访出的《用胸膛行走西藏》，描绘筹办北京奥运历程的《五环旗下的中国》，记录2008年湖南雪灾的《人民，只有人民》，纪念澳门回归的《驻军澳门》《闪着泪光的事业——和谐号："中国创造"的加速度》《西藏之水救中国》《爆炸现场》《第四极》《中国机器人》，等等。

同一选题，不同的作者切入角度不同、写作视角不同，文本呈现也各有不同。重大自然灾害及灾区重建是2010年报告文学创作最重要的题材之一。《惊天动地战汶川》里事件接着事件、人物跟着人物、行动连着行动，这是第一部全景观立体式深入客观反映全军抗震救灾工作的长篇报告文学作品；李鸣生的《震中在人心》，独特地书写地震灾难在人们内心造成的巨大伤害；陈歆耕的《废墟上的觉醒》写出了"大灾难"中的"大救援"；何建明的《生命第一——"5·12"大地震现场纪实》通过现场刻画和亲身感受，向读者描述了地震给灾区人民带来的巨大损失和抗震救灾中那些可歌可泣的生命赞歌，尤其是突出了地震对人类生命的毁灭性摧残和在这个过程中那些生者所经历的情感痛苦和崇高行为。此外还有张胜友的《北川重生》、蒋巍的《让石头开花的村庄》、广东省作协采写组的《感动》、夏真和王毅的《特殊使命——宁波援建青川纪实》、许晨的《真情大援川》、李春雷的《玉树三题》。一篇篇的文本，又是一次次历史重现，将非虚构以不同的形态将真实原貌拼贴起来。虽然说不可能有绝对的真实，非虚构也永远无法达到绝对的非虚构，但是通向非虚构的过程本身不正是这个文类的价值所在吗?

报告文学没有缺席过任何一个关键时刻。时代发展的每一个历史时间点，都有报告文学的记录。某一程度上而言，报告文学具有“当代《史记》”的作用。报告文学作为文学方阵的代表，见证和记录了时代发展、社会变迁、历史变革。在贴近生活、适时反映生活方面，报告文学具有很大的优势和能量，这也是报告文学的特长，对其生存都具有很大的支持。由《人民文学》《解放军文艺》等一百零八家刊物于1987年11月共同发起的“中国潮”报告文学征文，以“改革”为主题，历时一年，刊出征文作品近千篇，有一百篇作品获奖，其中麦天枢的《西部在移民》，徐刚的《伐木者，醒来》，胡平、张胜友的《世界大串联》等十篇作品获得一等奖。20世纪90年代以后重要的作品有杨守松的《昆山之路》、陈锡添的《东方风来满眼春——邓小平同志在深圳纪实》、陈秉安等的《深圳的斯芬克斯之谜》、王宏甲的《中国新教育风暴》、吕雷赵洪的《国运——南方记事》、李春雷的《木棉花开》、高艳国和赵方新的《中国农民书》、宁肯的《中关村笔记》、唐明华的《大风歌——中国民营企业四十年》、杨黎光的《横琴——对一个新三十年改革样本的五年观察与分析》、何建明的《浦东史诗》等，这些作品有对改革开放设计者、决策者的直接记写，也有对深圳、上海以及昆山等改革开放先行区的叙事，还有对教育、科技、民营经济、农村农民等在改革开放中呈现出的新景象的描写。四十多年的改革开放史，是中华民族砥砺奋进，创造时代新传奇的历史。报告文学作家为民族伟大复兴的成就所鼓舞，以作品宏大的国家叙事，大写细述具有标志性的国家建设工程和科技进展。李鸣生《飞向太空港》《中国“863”》、卢跃刚《长江三峡：中国的史诗》、徐剑《东方哈达》《大国重器》、梅洁《大江北去》、许晨《第四极》、王雄《中国速度——中国高速铁路发展纪实》、何建明《大桥》、长江《天开海岳》等，这些作品分别报告了中国的航天事业、长江三峡工程建设、青藏铁路建设、导弹事业、南水北调工程、深海探潜、高铁发展和港珠澳大桥建设等。阅读这样的作品，如同批阅一部部专门史，它们分别属于不同的专业门类，有关的知识谱系尽在其中。但更有意义的是，在一项项重大工程建设中，不仅体现了中华民族的智慧和力量，而且事在人为，通过工程中人物精彩故事的叙述，彰显了中国新时期建设史上伟大的民族精神。

第二节　报告文学是集体写作

报告文学创作的纵坐标是集体写作。与个人书写、表达作家个体的情感和思想相对应，报告文学创作是作家书写集体、为集体书写。报告文学创作绝对不是自言自语，也不是抒发小情绪，它面对的是这个时代最重要的事，多面向、全方位地将最真实的话讲给绝大多数人。这就是说，报告文学作家的创作活动，总是在观大局、视全景、言大事、说焦点的时候发生，而不是只关心作家自己的悲喜琐感。这其中，民生问题是最普遍的问题，与每一个人息息相关，这类报告文学创作是最具代表性的集体写作。王宏甲的《中国新教育风暴》是全方位探讨创建信息时代新教育的纪实作品，这场教育风暴是包括改变教育思想、课程标准、教材、教学方式、考试评价制度在内的教育革命。黄传会的《我的课桌在哪里》直面农民工子女的教育问题，以实地调查的方式讲述了这个数以千万计“边缘群体”的生存状态和他们对平等教育的渴求。在希望工程已经走进第二十个年头，黄传会又创作了《为了那渴望的目光——希望工程二十年记事》，二十年来他一直用自己的眼、自己的心、自己的笔，跟踪着希望工程。《蓝天下的课桌》关注的是六位农民工子女的成长与受教育，作者通过大量采访，用纪实的手法描摹出农民工子女的受教育困境。他的《中国新生代农民工》用一如既往的素朴笔法写出了新生代农民工的奋斗、欢乐、痛苦与期待，也写出了新生代农民工的苦恼、无奈和担忧。比起同情农民工，读者更多地感受到作家的质问甚至是警示——我们有没有，或者说是愿不愿意让农民工分享城市资源。《十三亿人乐了》以山东济宁医学院附属医院十多年的改革为写作对象，解决看病难、看病贵的问题，实施单病种限价，降低患者负担，照顾特殊困难群体，举一反三地探讨了医疗战线的诸多改革发展问题。纪红建的《乡村国是》并非简单地、就事论事地写扶贫攻坚，作家更注重思想性的发掘。他给我们讲述湘西早期的民族学家、苗族教育家石启贵先生1925年倡导成立“湘西苗民文化经济改进委员会”，致力于发展家乡经济文化的故事，从中凸显文化知识与摆脱贫困的内在联系。作家也毫不避讳从古至今中国乡村中一直存在的得过且过、不思进取的懒汉现象，毫不留情地批判了那种一味“等靠要”的消极心态，尖锐地指出“贫困不仅是一种物质生活现象，更是一种精神生活现象”。有关注西部贫困地区女童教育的，梅洁在甘肃、青海、宁夏和贵州进行了长达百余天的考察，行程两万余里，遍访贫困地区的失学女童、教师、家长、教育研究者、教育官员、国内外援助组织及志愿者数百人次，从教育学、人类学、经济学、环境学、人口学等多学科的角度做出诠释和思辨，《创世纪情愫——来自西部女童教育的报告》以期揭示西部女童教育现状及其与西部可持续发展的关系。有关注特殊的“儿童村”——父亲或母亲成了罪犯被关进监狱，尤其是父亲杀了母亲或母亲杀了父亲被关进监狱的“罪犯子女儿童村”。儿童村的建立者张淑琴等人是一群义士，坚持在八百里秦川建成三个不同寻常的“儿童村”。《在离开父母的日子里》把罪犯子女的特殊命运以及全社会救助罪犯子女的事迹以报告文学的形式表达；范香果的《最后的堡垒》直指贫困家庭上学难的问题；《飞翔，哪怕翅膀断了心》里一个个小主人公都是由于各种原因被迫流浪，受到心灵和身体的双重伤害，因一时的窘境而自戕甚至无意识地走上犯罪道路。作品直面青少年成长中的各种心理问题——父母离异、网恋、为不理性的爱疯狂、孤独自闭……这些惊心动魄的事就发生在许多孩子的身边，或者就发生在某一个孩子身上。《世纪之痛——中国农村留守儿童调查》是作者“自愿自费”的写作，通过广泛而深入的调查研究，探索中国农村留守儿童问题，指出危害、分析原因、找出症结、提出对策建议。

除了对民生问题的关注以外，报告文学在生态环境等议题上的关切也很深。《生存与毁灭》全面反映了长江上游及三江源地区生态环境，作者深入大江长河的源头，有感于曾哺育了华夏文明的瑰丽雄奇，也看到向人类无私奉献了生命之源的长江黄河生态环境严重恶化，人类面临着生态危机，虽然采取了一些积极的措施，见出一定的成效，但现状仍令人担忧。作品褒扬人类为自身生存环境的发展和保护做出的不懈努力，也揭露了生态环境的破坏源于人的愚昧和无知。邱树添的《美丽家园》反映台风灾后重建，描写了2006年8月超强台风“桑美”登陆闽浙边界所造成的巨大灾害，以及各级政府带领民众快速反应的真实场景。《大兴安岭时间》以内蒙古大兴安岭地区为坐标，从历史方位上考察了中国林区改革实践，生动刻画了林区积极探索国有林区体制改革发展之路的历程和成果。《那山，那水——美丽中国从这里开始》以浙江湖州安吉余村为基点，延展至安吉、湖州乃至全浙江，通过报告文学的形式生动反映余村人民牢记习近平总书记嘱托，在“两山”重要思想指引下坚定不移地举生态旗、打生态牌、走生态路，协调推进生态文明建设和经济社会发展，逐步走出一条产业兴、生态美、百姓富的可持续发展路子，也写出了发生在中国大地上的平凡百姓、基层乡村的动人故事，写出了改革转型之痛，观念改变之难，以此展现“两山”重要思想给美丽中国建设的强大生命力，凸显安吉余村在“美丽浙江”“美丽中国”建设中的样本意义。如今，“绿水青山就是金山银山”科学论断已被写入十九大新党章，新华社、《人民日报》、党建网、《中国环境报》等争先报道，全国大力学习推广。

黄传会的《大国行动——中国海军也门撤侨》以报告文学的方式，将中国海军与撤侨关联了起来，真实具体感人地展示了大国力量、大国担当和大国情怀，同时通过对作品主情节线的有机穿插，再现了人民海军威武自强的光辉之旅。作者自谓“此书谨献给中国人民解放军海军成立七十周年”，既表达了作者对人民海军深挚的初心情怀，也正好给出了此作非比同类其他创作的意义。杨丰美在五四运动一百周年这样重要的历史节点上，出版了长篇作品《先声》。作者走进新民学会成立前后的历史现场，真切具体地再现了毛泽东、蔡和森等革命先声者豪迈俊秀的英姿。

报告文学创作，从来都是面向人类、面向世界的——向前面对悠久的历史，向后面向无尽的未来，朝向最广泛的人群。报告文学作家的创作，不是为了满足自我抒情的需要，而是要为集体著书。基于此，报告文学大多是开阔的、深刻的，因为从创作之初，报告文学作者就要预备好等待接受检验，这个检验来自历史和受众。

第三节　报告文学的知识分子担当

报告文学创作的第三个坐标，是知识分子担当。知识分子，是具有较高知识水平，具有独立思考能力和批判精神的。在人类智能已被普遍开发的时代，知识分子的作用更多地体现在辨别知识真伪、传播真知、批判虚假和恶意、反思历史与社会等。作为知识分子的报告文学创作在历史与文化类报告、反思型报告文学、以小见大的人物类报告中有鲜明体现。

这一类的报告通常时间线索绵长，纵深感强，文化内涵深厚。《革命百里洲》是作家赵瑜与胡世全的合作，他们花费近五年的时间深入荆楚，明察暗访，写出这部兼有田野调查和纪实文学之作。百里洲是湖北省枝江市的一个小镇，地处长江中游，四面环水。这个地方地理位置相对封闭，演绎出地方独特的历史传奇。水旱灾害、社会动荡、战乱频仍，给江村农人带来无尽的创痛。这部作品以个案视角客观地审视了中国近现代历史的长流。《忠诚与背叛——告诉你一个真实的红岩》通过采访大屠杀中幸存的革命者及其后代、查阅大量解密的历史档案，以数十幅珍贵历史照片图文并茂地还原了真实的历史细节，真实感人地讲述了小说《红岩》中众多人物的真实生活原型，再现了革命者为迎接解放、挫败敌人的垂死挣扎而进行的斗争。《百年钟声》将香港的历史与现实串联——不盯着那些大人物，而是走进香港的各个领域，走进民生、走进小巷、走进笼屋、走进医院、走进大学、走进香港独特的廉政公署——以期触摸到香港灵魂深处的脉搏。作者也不回避香港存在的问题，如零距离地走进底层弱势者灰色无奈的生活空间“笼屋”。李延国、李庆华的《根据地》基于丰富的史料，写就了在特殊区域、特殊时期投身革命洪流中的共产党人浴血奋战的业绩，通过现实寻访，用“卡片”的方式以一个个真实的姓名和故事临摹出“根据地”的图景——战士捐躯战场、地下党员被土匪告密后被示众枪杀、纾国难舍家业的平民百姓义无反顾支援前线战斗。作品通过大量真实生动的故事人物描绘，独到深刻地说明，人民群众的理解接受和无私支持才是革命真正的根据地。没有了人民群众的这个根据地，就不会有革命的前途和未来。

杨黎光的《中山路——追寻近代中国的现代化脚印》以遍布中国的“中山路”为线索，以孙中山的革命与人生轨迹为主要内容，追寻、探索近代中国的现代化之路。作者站在世界近代文明发展的历史高度上，截取1840年、1911年、1919年、1925年、1978年等历史节点展开自己的思考和写作，写出了贯穿历史、当代、未来的中国复兴之路。何建明的《炫风——中国明星城市发展史》中苏州的“圆融”境界、常熟的“小裁缝”精神、三亚和中山的“红树林”性格，义乌的“拨浪鼓”品质、昆山无山有“玉”、长江第一港张家港以及义乌田埂上崛起的“曼哈顿”，是中国新兴城市的成长故事。邢军纪笔下的《风雅大郑州》中的郑州是具有五千年文明史的华夏文明肇始之地，中国重要的交通枢纽，更是一个现代化、国际化、信息化和生态型、创新型的崛起城市。陈启文所著的《共和国粮食报告》敏感地抓住人类生存的难题——粮食，把粮食置于天、地、人、时的交织中，站在五千年的文明史中看共和国粮食之路上的人与事，宏阔恢宏又细致入微，富有文学追求。《共和国粮食报告》从共和国诞生前的“东北解放区土改”到“开国大土改”，从“人民公社”“农村联产承包责任制”再到被称为中国第二次土改的“土地流转”，作者梳理出共和国粮食发展的历史和规律。作品的主题是粮食，以写人的方式表现，作者跑了二十多个省、市、自治区，走访了八大商品粮基地，采访到了许多让他一生难忘的人物和故事——为民众吃饭、为国家粮食安全而流血流汗、含冤受屈、付出青春年华、付出生命的人——这些人有国家领导人，有如张树蕃、沈浩等干部，有普通农民严俊昌、种粮专业户李国庆、种粮大户周翼和钟振芳，有誓让“北大荒”变为“北大仓”的兵团老战士李茂贵、郝光浓、余友清等，还有袁隆平“那双眼睛”，谢华安“那双脚”，刘文炳“那双手”。李朝全的《国家书房：“中国好人”金兴安和第一家农家书屋》为我们展现了发生在皖东地区的一个动人故事。安徽省的皖东地区是一块文化底蕴丰厚而又满含着历史酸甜苦辣的土地，由于位处江淮丘陵地带，从农耕角度看，这里不如黄淮平原易于耕作，也不如江南那般饭稻羹鱼；从历史角度看，这里经常成为历史学家笔下的“边荒地带”，战争频仍，狼烟四起，特别是南北朝及南宋时期，这里成为拉锯战的战场，兵匪横行，民不聊生。长久下来，皖东地区常成为物质与文化发展的滞后地带。但这里又是一块人文底蕴丰厚的热土，这里是明朝开国皇帝朱元璋的家乡，是《儒林外史》作者吴敬梓的故里，是欧阳修《醉翁亭记》所描绘的至境，更是中国改革开放象征地——小岗村所在的地域。定远县是皖东地区的重要组成部分，定远县的蒋集镇虽然经济不发达、文化不兴盛，但却哺育了一个孤儿金兴安。数十年后，金兴安知恩图报，拿出自己的所有积蓄，建立了蒋集镇农家书屋，为这里的文化建设带了个好头，方便了农民尤其是农村孩子的阅读。在党和政府倡导“全民阅读”的大背景下，以安徽省定远县蒋集镇农家书屋为代表的安徽省农家书屋蓬勃发展的现状，金兴安的“义举”与政府文化建设的构想不谋而合，感动了无数热心人、感动了无数有责任感的企业。经过十多年的努力，蒋集镇农家书屋已经建设成为藏书数万册的文化阅读场所，为当地农民生产致富、当地农民子弟展翅腾飞提供了源源不断的知识动力。

问题型报告文学《水患中国》的作者陈昌本和徐剑深入长江一线作了大量深入的调查采访，专访了党和国家领导人、我军高级将领、各省市地方官员，历时两年，在时隔1998年那场世纪大水较长时段后，拉开了历史距离、心理距离、政治距离，对许多问题进行反思与解剖。在对某些社会阴暗落后现象扫描时，又以独有的叙述方式比较了偏正关系、生死关系、进退关系在水灾下的表现形态。吴海民的《大国的较量》描述了中美知识产权谈判的艰难过程与相关影响，中美知识产权谈判，实为两个大国之间一场马拉松式的世纪较量，作者把这种外事较量放在改革开放的历史背景下，放在中美两国与多国关系的国际环境中考量，写它牵一发而动全身的关键性，以及背后隐藏的东西方文化冲突，双方对各自国家利益的维护，对自身发展空间的争取，使得知识产权问题因为密切关联改革开放、直接关乎国计民生而彰显出其超乎寻常的地位与举足轻重的意义。

还有，记述具体人或特殊集体，以小见大的人物类报告。胡世宗以驻东北某部“学习毛主席著作的模范红九连”为主人翁的《火炬方队》，没有简单地把这支有着光荣传统的红军连队的历史“从头道来”，而是在回顾部队发展历史的过程中，展现这个连队独有的、在各个时期经历历史风浪考验而永不变色的“革命基因”，同时再现部队官兵在面临新时期各种严峻考验时所表现出来的积极的适应性和崭新的活力，进而挖掘这支军队无往而不胜的精神力量。学习毛泽东著作是在红九连区别于其他连队的独特之处，这使他们在育人成才方面首先具备了相对浓厚的理论氛围，九连的干部战士因此具有了特殊魅力——一些在国有企业改制中家庭经济受到损失和影响的战士才有许多与众不同的见识，一些干部战士转业退伍之后在各种不同的岗位才有了令人刮目相看的业绩。《台湾老兵》是有关军人的口述体作品，作品选取了十五位从山东飘流到台湾的老兵苦盼四十年才踏上回乡路的故事，用他们口述、作家进行实录的形式，回溯了他们的人生历程和心路历程，讲述自己的一生、诉说自己的感情、表达自己的希望。这些被采访的老兵是历史上籍籍无名的普通老兵，他们几乎都是在没有什么思想准备的情况下，仓促抛妻别子离高堂，漂洋过海到台湾的。一去四十年，他们在离愁别恨中煎熬，在老家盼着丈夫儿郎归来的妻子、父母，长久地守护着重见亲人的希望。《天地男儿》描写了深圳南岭村的带头人、党总支书记兼村主任张伟基，他是普通农民的儿子，文化程度初中毕业，但他在中国共产党的教育和培养下成长为立场坚定、大公无私、全心全意为人民服务的党的基层干部。他立志改变山村，不愿进城当脱产干部，敢想敢干，贷款500万开拓基业，引进港资、外资，使南岭村迅速繁荣起来。王光明、姜良纲的《中国有座鲁西监狱》写的是一个监管犯人、改造罪犯的监狱发展为有着相当规模的企业集团，在监管、生产、后勤等方面都成为省里同行业中的“示范窗口”的故事。作品从两条线深入——一是对于犯人的管理，包括传统的、强制性的、制度性的管理，二是发展监狱经济实力，企业走集团化的路子——围绕着描写人的权益、人的能力、人的创造性精神的高扬和发挥。关仁山的《执政基石》中的主人公是一个普通而基层的“村官”，他以带病之身率领乡亲修路治水、种树搞副业，改变穷困面貌，牢记党的宗旨，用真情和爱心赢得群众信任，让乡亲们得到物质丰富的同时也享受着精神的温暖。在竞选支书后，面对一个穷村乱村的状况以及前任的不理解、人心涣散等农村现实问题，他以坚强的党性和意志全身心投入，凝聚人心，治理贫穷，没有退缩，为打牢“执政为民的基石”做出贡献。这一类作品，虽然写作对象集中在某一个或是某一个特殊群体，但是因为特殊性、典型性，能引起社会的广泛关注。何建明的《根本利益》是影响较大的报告文学作品之一，书写的是坚持实践“三个代表”重要思想的纪委书记梁雨润同志的故事，作家把他的同情、关切与热爱毫无保留地倾注到占中国人口最大多数的广大农民，特别是其中的处境艰难的人群身上来。作品以深情而犀利的笔触，向读者、向社会、向党和政府报告了他们遭逢的伤害和痛苦、委屈与无奈，字里行间表现出作家感同身受的痛心和愤慨、愿望与呼声。李春雷的《宝山》通过描述共和国历史上投资最大的工业企业——宝钢建设而透视民族工业化命运。邓贤的《中国知青终结》当年在《当代》一经刊出，立即引起社会强烈关注，这一期杂志上市即刻脱销，后由人民文学出版社隆重推出，在全国各地书店掀起了销售热潮，成为图书市场的一大热点。作者深入云南边疆，远走泰国、缅甸，在金三角寻访，历经艰辛写就一批跨越国境、支援世界革命的知青们的命运——他们是最后的知青，是知青运动的句号。《中国天眼·南仁东传》体现了王宏甲写作的特质，作品将“智慧写作”与传主再现有机地结合起来，穿插叙述与南仁东事业相关的天文学知识与人事，对人物的表现丰满灵动，写出了一颗真实的、立体的、富有情趣意味的灵魂。年近古稀的李迪焕发文学的青春，成为报告文学写作的重要力量。陈果的《勇闯法兰西》是一部题材和题旨都有价值的作品，作品的主人公是只有小学文化的普通退休职工罗维孝，但他自有个人志向，单骑从四川穿越亚欧多国到达法国。这不只是一个极限运动的精彩故事，在这样的故事中，正有着改革开放时代中国社会进步的映像。罗维孝们的个性张扬、精神自强，正是这个伟大时代所生发的巨大的历史性成果。湖北周芳身入特殊的场域，以自己身份转换所得的亲历亲验，写作出版了《在精神病院》《重症监护室》。在精神病院和重症监护室，人的生命有着不一样的景象，其间发生的故事既有生命濒危者和异变者的独特形态，也有与之相关的五味杂陈的人性与人情，这种另异的书写关乎普世的生命主题。

《中国民办教育调查》运用跨越现实与历史边界的叙事策略，直面中国民办教育中错综复杂的矛盾，一方面有优秀民办教育创办者筚路蓝缕的办学功绩，另一方面也存在着民办教育中的害群之马和短视小人。面对着这个复杂的写作对象，创作难度不言而喻。铁流与合作者徐锦庚花费三年时间，深入中国民办教育的腹地，调查走访，掌握了大量第一手资料。他们也许从创作伊始就有了明确的判断——中国人的民办教育是有传统的，再经过观察其他国家的情况——剑桥大学、哈佛大学、斯坦福大学、早稻田大学等，都属于民办大学，他们的发现促使行动上的探索，所以才有了这部获得鲁迅文学奖的作品。《中国民办教育调查》的创作没有就事论事，就采访素材进行堆砌，而是紧紧围绕“教育”的本质，考察以“民办”为形式的教育在中国的历史、现状、问题和可能。

理性地面对现实生活，是报告文学创作区别于小说创作的特点之一。因此，作家在写作中的立场、态度和情感等时常会与社会思潮产生互动，也因此产生影响。

第四章
真实之于报告文学：生活真实、作家真知与情感真切

报告文学自诞生起，就伴随着文体创作真实性的讨论。真实，是报告文学的生命基因，是报告文学绕不开的话题。从创作的角度来看，报告文学的真实性应该包括生活真实、作家真知与情感真切三个部分。其中，生活真实是基础，作家真知是工具，情感真切是目的。

第一节　报告文学创作是对真实的坚守和追求

真实，从历史关联上来看，学理溯源可至古希腊的“模仿论”。“模仿论”最早提出对艺术（文学）本质的解释，认为艺术是对客观现实的摹写。古希腊哲学家赫拉克利特提出“艺术模仿自然”的论点，他说：“自然是由联合对立物造成最初的和谐，而不是联合同类的东西。艺术也是这样造成和谐的，显然是由于

模仿自然。”[①]苏格拉底继承和发扬了赫氏观点，把“艺术模仿自然”进一步地发展为“艺术模仿生活”。他认为，艺术是“以人为中心，将社会生活作为一个整体来进行审美的把握，通过想象、虚构、变形、夸张等审美思维的途径，创造体现艺术家的审美体验、审美评价和审美理想的意象，以达到使人在美的享受中潜移默化地净化自己的心灵的崇高目的”[②]。在《理想国》里，柏拉图借助“床喻”来阐释他的观点：床之理式仅有一个。神明是创造者，所造的床是真实的床，即床之理式；木匠是制造者，所造的床是仿制床之理式的结果；画家是模仿者，所画的床是木匠所造之床的影像，即与真实的床相隔两层的作品。在柏拉图看来，艺术只是模仿了真实的表象，模仿者甚至完全不知被模仿事物的真相。以此，他将三个世界——先验的理式世界、自然的或人为的现实感觉世界、艺术世界得以区分开来。亚里士多德站在巨人的肩膀上，他肯定了理式的存在，却不同意把理式与现实相分离。他认为只有具体存在的事物是艺术模仿的对象，并且，一切美的艺术都是模仿，而不是柏拉图所说的来自灵感和灵魂的回忆。“既然诗人和画家或其他形象的制作者一样，是个模仿者，那么，在任何时候，他都必须在如下三者中选取模仿对象：过去或当今的事、传说或设想中的事、应该是这样或那样的事。”[③]亚里士多德对“艺术模仿自然”进行了改造，将模仿对象从外在物质自然扩张至社会生活中人的自然行动，认为艺术模仿的对象是“行动中的人”，是人的性格、感受行动和生活事实。根据彭锋的研究，作为希腊语的“模仿”（mimesis）具有极其复

---

①北京大学哲学系外国哲学史教研室著，《古希腊罗马哲学》，商务印书馆，1961年，第112页。
②刘叔成著，《美学基本原理》，上海人民出版社，2004年，第153页。
③[古希腊]亚里士多德著，陈中梅译注，《诗学》，商务印书馆，2005年，第177页。

杂的用法，这些用法的共同之处在于“符合或相等，即模仿的作品、行为或表演与被模仿的东西之间的符合”[①]，随着希腊语“mimesi”拉丁化为“imitation”，模仿也被缩小为再现事物外在形象的“模仿”（imitation），突出表现为对文学模拟生活的内在机制的讨论。德国人埃里希·奥尔巴赫从美学角度出发，在《摹仿论》中对西方三千年来最具影响的经典文学作品中各种写实风格做了深入分析。

中国文学就有纪实的传统。邢军纪、张志强等人作过专门的讨论：“就中国古代的纪实性散文看，从《左传》《战国策》等史书上，我们已经能够看到非虚构文体的雏形。而汉以后的纪传体文学，特别是司马迁的《史记》出现以后，纪实性的写作，渐渐地成了中国的一个传统，非虚构写作得到了充分的张扬。像韩愈、柳宗元、袁宏道等人的散文与纪传体文学创作，都是突出的代表，他们在自己的作品中不仅描绘、抒情写意，更重要的是记人记事，生动鲜活，已是具有明显报告文学特质的文体。南北朝时期也出现了许多优秀的游记，如谢灵运的《游名山志》等。唐宋以后更为发达，宋代陆游等的作品，已经不仅是写写自然风光而已了，还有对古迹、风俗的记叙与考证。……还有徐霞客的游记，也是典型的代表……包括龚自珍、李贽、陈继儒、张岱等人的散文、纪传，都应该好好研究。把他们在非虚构写作上的创作方法和艺术特色挖掘出来，我们的理论和学术空间将很富有，文学含量和学术含量将会非常饱满。”[②]霍俊明在《“非虚构写作”：从文学“松绑”到“当代”困窘》中指出了中国文学史对“非虚构”的关注过程，即从“非虚构特征”到“非虚构写

---

①彭峰著，《西方美学与艺术》，北京大学出版社，2005年，第50页。
②邢军纪、张志强，《非虚构面对面（二）》，载《中国作家》，2006年第9期。

作”，再到“非虚构写作”的逐步深入、专门的讨论：“无论是就中国古代的史传文学传统［宇文所安（Stephen Owen）针对中国古代的诗学思想在《传统中国诗歌与诗学》（1985）一文中竟提出以诗歌为主体的中国文学传统具有‘非虚构’（nonfiction）特征］、五四时期冰心等作家的‘事实小说’、20世纪五六十年代美国等西方国家的‘非虚构写作’的热潮，还是1949年之后当代中国本土的‘非虚构小说’（如新中国成立后即出现的‘非虚构战争小说’，刘心武早在20世纪80年代就喊出‘我正大量尝试真实性的纪实风格’，而1999年刘心武又推出了更自由的介于小说、报告文学和传记之间的‘非虚构小说’《树与林同在》）而言，‘非虚构写作’都不是一个崭新的话题。甚至早在1986年就有研究者试图给‘非虚构写作’进行分层，即‘完全非虚构’和‘不完全非虚构’……20世纪80年代的先锋文学通过元写作和修辞迷恋校正了以往主流文学‘非虚构’的经验化写作的整体性和宏大性，从而呈现出了个体和诗学的双重意义。”

面对文学的非虚构传统，有一个情况是吊诡的。当我们说到模仿时，长久以来集体默认说的是小说、诗歌等虚构文体对现实的模仿，包括埃里希·奥尔巴赫《摹仿论》在内，讨论最多的是长篇小说的现实风格。但是，报告文学的模仿被严重忽视。报告文学的模仿性是毋庸置疑的，但是，报告文学如何模仿、报告文学的模仿史、报告文学的独特现实性等，有关于报告文学的真实性问题被忽视了。举两个极小的例子，比如新闻。新闻这一体裁产生于人最本能的欲望和原始冲动，因为自人类诞生之日就对外界事物、环境有着强烈的好奇心和求知欲。新闻传播活动就是为了满足人类社会生产和生活实践中产生的对某种信息的求知欲。所谓新闻报道，要求最及时、最新鲜，也是通过人类的“加工”

（人类自身或是媒介技术等手段），如书写、拍摄、传播，它虽然不是“绝对真实”，但却是对真实的模仿。而报告文学就与新闻不一样了。报告文学的产生与新闻有密切的关系，但是它的目的性与新闻有明显差异，报告文学对现实的模仿方式与新闻也有本质差别，并且随着报告文学文体的发展，模仿形态、模仿表现和模仿指向等都发生了变迁。

面对真实性的多样时，我们的理论研究是匮乏的。自然主义文学创始人左拉认为文学中的自然主义同样是回到人和自然，是直接的观察、精确的解剖以及对世上所存在的事物的接受和描写，自然主义文学追求纯粹的客观性和真实性，主张事无巨细地描绘现实；而恩格斯等人认为现实主义的意思是，除细节的真实外，还要真实地再现典型环境中的典型人物，典型环境中的典型人物是马克思主义文论的一个经典命题——我们没有办法也不可以用单一的理论对应某一文体的非虚构表征——文学是复杂的、多元的、相互联系的、与时俱进的，报告文学的真实性亦是如此。目前，我们对于中国报告文学的理论是滞后于创作的，报告文学创作在没有充分的理论研究的情况下发展数十年，经历过弯路，也有成功的经验。此时，面对丰富的文学资源、多彩的文学空间，探寻报告文学创作的流变，探索报告文学创作的本质，追求报告文学创作的价值与意义，是报告文学创作论努力做的。

第二节　报告文学的真实性内涵

报告文学处于新闻与非虚构小说中间，在真实性和文学性之间寻求平衡，同时也有政治性、时代性、集体性等综合诉求。报告文学的综合诉求、文体功能等问题，在之后的章节会重点叙述，这里按下不表，重点谈谈报告文学创作的真实性内涵。

报告文学创作的真实性，强调的是对客观事件的真实、主观情感的真实以及意义真实的追求。前两者是报告文学摹写和反映现实的方式和路径，以区别报告文学与其他虚构文体的不同；追求时代性、政治性、社会性是报告文学创作的目的，这是报告文学区别于其他非虚构文体的关键。从严格意义上讲，真实是无法复制的。文学创作，包括非虚构文学创作和虚构文学创作，都可以被看作对现实的模仿、努力还原再现。

可见，报告文学的真实性，对于真实建构和实现方式的要求更加严格。它不允许以完全虚构、想象、象征等创作手段进行对现实的摹写和再现，而是以描摹现实本身——再现客观真实、情感真实、意义真实等完成文学创作。报告文学创作的真实性表现在创作手段、表达目的以及可被检验等方面。首先，报告文学的创作手段是还原真实。有学者曾言，“完全真实是报告文学的生命和战斗力的源泉”，“报告文学不仅不能虚构、夸张，连气氛的渲染、心理活动的刻画、生活细节的描绘都要真实，而不能‘虚加练饰，轻事雕彩’，任意虚拟”[①]。以何建明的报告文学《忠诚与背叛——告诉你一个真实的红岩》与《红岩》的比较大致可以看出报告文学与小说这两种文体的真实性表达的不同。《忠诚与背叛》是作者经过翔实的调查和深度采访后，用记录式的文字将真实历史再现，全知视角和直接引语证明了报告内容的权威和可信，可以说，它建构意识形态的方式是通过叠加叙事直接完成的；而《红岩》的叙事手段相较《忠诚与背叛》则更多样，因故

①桑荫，《报告文学必须完全真实》，载《西北大学学报》（哲社版），1979年第4期。

事写作和政治目的的需要，小说中许多人物和故事与真实事件有一定出入，为了追求小说的可看性而采用放大式表达，心理描写、比喻、排比、夸张、联想等方式都被使用，意识形态是通过象征的手法间接建构的。其次，报告文学的真实性表现在创作目的上。从《包身工》到《苏区一日》《如何保证跃进》《谁是最可爱的人》，到《人妖之间》《西部在移民》，再到《北京保卫战》《中国农民调查》等，报告文学的真实性落实在对时代、政治、社会的反映。“革命第一、文学第二”，大力发展生产和全力抗战，反思过去和关注现实与生命等一系列反映各个时期人民关注焦点的报告文学创作有着鲜明的指向。再次，报告文学的真实性是要被检验的。报告文学写作通常被认为是“七分采，三分写”，采访的必要性和重要性在报告文学创作中尤为突出。作家深入实地了解情况，采访当事人及相关人员，确保事件的真实性，甚至地名、人名、所说的话等这些十分具体、微小的信息都要保证确有其实，对报告文学作品的审查更是严格到要求文本中的每一个细节都要查有其是、证据确在。这使得一些以非虚构为主体的文学作品，因为其中某些无法核实的信息或是与真实有偏差的情节，抑或是包含杜撰的人物或是地点等被排除在了报告文学范畴外。与虚构文体相比，报告文学实现对现实世界的关照的要求是严苛的。

报告文学与其他同属于非虚构文类的文体也有明显不同。真实性古来有之，无论是《左传》《战国策》等史书，还是汉以后的纪传体文学，特别是司马迁的《史记》，都可以被认为是非虚构。但是，“具有报告文学特质”的作品并不代表是报告文学，因为那些作品并没有明确是用来“报告”的，或曰是以“报告”为目的的。所谓报告，是向阅读者汇报和告知，这与“写史留给后人评说”以及“记录作者本人的个体经历和感受”的散文、议论文、游记有着明确的差别。

有一种文体与报告文学十分相似，甚至时常被误认为是“一体”的，就是新闻。报告文学与新闻的关系问题，相对复杂一点，不能一概而论。新闻和报告文学对五个w——who/where/when/what/why（何人、何地、何时、何事、为何）有相同要求，即必须明确落实、不能捏造，也不能夸大或是歪曲。但两者有明显的区别。有关新闻，无论是代表唯心主义的《新闻学原理》中的阐述——人类“对于自然所发生的程序和事情，对于不论远近每一个人物的情况，都有无限的兴趣……这些对于事物的好奇心和兴趣，是新闻欲的源泉”①，还是唯物主义关于“活动（包括新闻传播活动）源于社会生产的需要”②之说，都指向新闻是实用型的文体。人们一定是想知道真的、有用的事，没有人追求获得假消息。“真实性、新鲜性和公开性是新闻的基本特征”③，即新闻文体必须迅速及时又合乎时宜地、按照客观事物的本来面目进行陈述，将新近事实传播给尽可能多的受众。消息，或称短消息是新闻最主要的类型。信息要素——时间、地点、人物、事件是消息的主体，媒介——报纸、广播、电视、互联网等是信息的传播载体，信息要素和传播媒介共同构成消息。但是，消息不是报告文学。消息只能满足受众对信息的必要元素的好奇，但它无法满足“为什么发生”“怎样发生”等更深层次的求知诉求以及精神需要。换言之，消息只能完成很少一部分的“报告”任务，至于更广泛的信息、更深层的原因、事件背后的

①[美]卡斯柏·约斯特著，《新闻学原理》，中国人民大学出版社，1983年，第3页。
②中共中央马克思、恩格斯、列宁、斯大林著作编译局编，《马克思恩格斯选集》（第三卷），人民出版社，1972年，第510页。
③陈霖著，《新闻学概论》，苏州大学出版社，2007年，第22页。

意义等，消息是无法表现的。那么，新闻中的另一个类型，深度报道是否能实现呢？深度报道与报告文学有时的确可以互认，许多深度报道我们也称其为报告文学。但是，细究深度报道与报告文学，还是能说出具体的差别。以发表在《南方周末》的《从留守到流浪——他们的“好”生活》①这样的一篇深度报道为例作一个简要说明。《从留守到流浪——他们的“好”生活》的采访对象是一位名叫夏雨的少年，文章书写的就是夏雨的一些生活片段，类似于用一个个瞬间画面串联出的一个人物剪影，而这个剪影因为信息量的不充分显得模糊，受众的感知是有的，但并不是精准的。同样是关注留守儿童问题，报告文学作品《迷惘的庄稼——农民工留守子女现状调查》②传递的信息就更加丰富和全面，报告人在收集完大量资料后已经发现了几个突出点，从而归纳出了接下来写作的几部分内容，然后按照留守儿童痴迷屏幕、早恋、读书等几个方面进行文字的展开。如果说《从留守到流浪——他们的“好”生活》的创作是归纳式的，即记者在采访、选取和加工若干素材基础上讲述一名留守儿童的生活样态；那么报告文学《迷惘的庄稼——农民工留守子女现状调查》则正好是相反的模式，即报告文学作家在通过大量走访的前提下有个初步判断，立下写作目的，通过创作的技艺和文学语言的表达将作者希望读者感知的事实演绎出来。除此之外，新闻的新奇性是报告文学所不要求的。新闻除了真实、新鲜的性质外，趣味性也是新闻的本质。19世纪美国《纽约太阳报》编辑部主任约翰·博加特说过一句非常著名的话：“狗咬人不是新闻，人咬狗才是新闻”，

① 范承刚，《从留守到流浪——他们的“好”生活》，载《南方周末》，2012年12月6日。

② 苗秀侠，《迷惘的庄稼——农民工留守子女现状调查》，载《北京文学》，2011年第10期。

这句话形象生动地概括了新闻追求趣味性的特点，类似的表述还有“灾难是记者的节日”“常人+不寻常的成就或是冒险=新闻”等。但是，猎奇不是报告文学的目的。报告文学作品中看不到“星”“腥”“性”，它的选题几乎都是严肃的民生焦点事件与沉甸甸的历史往事，报告文学关怀的是社会表象背后深刻的人文状况。新闻被细分为消息、通讯、新闻评论、调查报道、专访、新闻特稿等，其中，新闻特稿在语言表达和采写风格方面独具文学性。

报告文学可以分为长篇报告文学和短篇报告文学，其中短篇报告文学和特稿几乎被认为是一致的。特稿一词来自英语“feature”，我国有人也译之为“特写”或“专稿”。虽然有人将特稿译为“特写”，但它的含义不同于我们传统意义上理解的特写。在《怎样当好新闻记者》第十四章中，美国记者海敦也指出：特写可以带感情，可以幽默，可以写不平常的事，还可以写怪诞的事。美国新闻学教授阿伦森在其著作《新闻采访和写作》第五讲中就说：特写，通常指报刊上篇幅较长的某类稿件，这类稿件没有正规的新闻导语，写的是有关某人、某机构的一桩新闻事件或某一政治事件、社会事件。特写可以提供知识，也可以是趣味性的。关于政治集会的特写可以绘声绘影，五光十色。可以看出，美国新闻界所说的“特写”的概念外延是相当宽广的。而我国新闻界所说的特写就是以描写为主要手法再现新闻事件、新闻人物一瞬间的形象化的报道，有如电影中的特写镜头。《新闻学大辞典》对特稿的解释是：“运用解释、分析、预测等方法，从历史渊源、因果关系、矛盾演变、影响作用、发展趋势等方面报道新闻的形式。”[①]梅尔文·门彻在《新闻报道与写作》中这样定义特稿：“特稿旨在娱乐或以侧重讲故事来提供信息。”[②]获得首届普利策特稿写作奖的记者约翰·富兰克林在论文《为故事而写作》中提出，特稿是一种非虚构的、短故事形式。20世纪70年代末，普利策评奖委员会开始关注这种用非虚构故事形式撰写新闻的文体。1979年4月7日，评委会决定选择《巴尔的摩太阳报》记者约翰·富兰克林的《凯利太太的妖怪》作为首届特稿奖的获奖作品。普利策奖的评奖条件是：“除了具有独家新闻、调查性报道和现场报道的共有的获奖特质外，特稿主要是考虑高度的文学品质和原创性。”[③]李大同认为：“特稿的主要特征并不是分析，而是生动、传神的表现，展示了一种命运、一种情怀，一种大家可以共同感动、共鸣的东西。”[④]

简单地说，特稿就是通过文字深入揭示事物的本质，把问题说透彻的报道。它是一种有深度的新闻报道，可分为解释性报道、调查性报道、预测性报道、服务性报道、人物特写等。新闻特稿是挖掘新闻的深刻主题、富有文学表现力、具有新闻价值和新闻本质属性的一种新闻文体，它不仅具有新闻的告知功能，同时具有文学的审美功能。新闻特稿是一种新闻文体，西方新闻特稿被称为“比消息更详尽的新闻”[⑤]，它的形式和功能比消息更多样化。虽然优秀的作家和新闻特稿记者都应该站在高于生活的观察点上，具备纵观全局的本领——能从将来观看现在，但是新闻特稿和文学的表现形式又是有所区别的。

---

①甘惜分主编，《新闻学大辞典》，河南人民出版社，1993年，第160页。
②[美]梅尔文·门彻著，展江主译，《新闻报道与写作》，华夏出版社，2003年，第214页。
③[美]戴维·加洛克著，多人译，李彬校，《普利策新闻奖：特稿卷》，新华出版社，1999年，第4页。
④石岩，《冰点故事：用新闻影响今天》，载《南方周末》，2005年12月15日。
⑤张宗厚、陈祖声著，《简明新闻学》，人民日报出版社，1983年，第374页。

第三节　报告文学的求真路径

在最初的报告文学大讨论中，多数同志认为：报告文学的特点之一就是真人真事。真人真事容易使读者信服，如果掺入部分虚构，就会使读者半信半疑，减少了说服力。而为着写真人真事，就要求作者深入生活，深入调查研究；如果允许部分虚构，这“部分”是一分、二分、三分……还是几分？界限很难划清。也许有的题材必须经过虚构才能更感动人，那么干脆写小说，又何必把它称作报告文学？过去，许多现在为人传诵的优秀的报告文学，如《包身工》《一九三六年春在太原》《为了六十一个阶级弟兄》《老贺到了“小耿家”》《看愚公怎样移山》等，写的都是真人真事，因而影响和教育鼓舞作用就特别大。虽然其中有的没有写出真实姓名，但因为人和事都是真实的，令人信服的，所以同样起着很大的鼓动作用。有的同志认为：也应该允许在真人真事的原则下，在材料的选择和剪裁、文字的润色、描写等方面，做些艺术加工。这种艺术加工和虚构是有区别的，虚构一般是指情节、人物的虚构。有的同志认为：写真人真事有重重顾虑。一顾虑事实和细节稍有出入，就会造成当地或当事人的不好印象和影响。可是细节是常常很难一丝一毫都不差的，即便是高明的老记者也在所难免。二顾虑所写模范人物将来变坏了（有的正是因为经不起报刊表扬而骄傲变坏的），使报刊、作者很被动。三顾虑遇到对立面、反面人物时不好处理。还有的同志认为：除了以写真人真事为主的以外，也可以发展一种以真人真事为蓝本，而出于某种考虑用假姓名或部分虚构加工来代替的写法，如《祁连山下》这类写法。

这些疑问和观点，在报告文学数十年的创作实践过程中反复被提出，是报告文学文体最基本、最本质的问题。几位报告文学的元老给出了他们的看法。邵荃麟同志认为：真实性的关键在于作者是否站稳马克思主义的立场，在于作者是否具有无产阶级的思想感情。真实不真实，更主要的是看作者是否把握了时代的真实、阶级斗争的真实，是否理解了他所写的事件的意义。列宁为《震撼世界的十天》写的序文就说明了这一点。这才是真实。资产阶级作家讲的“真实”，现代修正主义者讲“追求绝对真实”，其实是不真实或者是反真实的。高度的真实是阶级斗争的真实，绝对的客观主义是不存在的，因为客观生活总要经过作家的头脑。而对我们来说，就是要有无产阶级的观点。今天这个问题特别重要。离开阶级斗争观点，是反映不出时代的真实的，报告文学大体上总是以真人真事做基础的。有人说报告文学可以虚构故事情节，也可以“拔高”一下人物，只要不违反生活的真实。可是那样一来，报告文学同小说又有什么区别呢？它的迅速反映现实生活和斗争的战斗作用，又表现在哪儿呢？自然，报告文学也不是有闻必录，不是一堆素材的堆砌，它同样需要提炼，需要剪裁，在某些细节上，需要作者的想象，需要艺术的提高。但是，“提高”和“拔高”是两个不同意义的概念。提高是指从烦琐的材料中集中、突出人物的主要品德，使人物形象更加饱满，更加光辉，这在艺术上不仅是允许的，也是必要的。而“拔高”就不符合人物的本来面目了。一些缺乏调查研究、浮光掠影甚至浮夸的作品，当然也不是真实。那种作品看来好像鼓舞性很强，实际上它的生活基础不深，并不能说服群众。群众不相信这是真实，作品也就不能起什么作用。也许作者的用心是好的，但不是从生活出发，结果就离开了真实。我们要反对资产阶级文艺家所谓“写真实”的理论，也要反对浮在表面、不深入的倾向。毛泽东主席《在延安文艺座谈会上的讲话》中指出政治性与真实性的统一主要是靠“从群众中来，到群众中去”，不是闭户造事。必须参加斗争实践，结合群众，否则就不可能达到教育鼓舞作用和真实性的一致。夏衍同志认为：报告文学既不能虚构，也不允许夸张。写报告文学，应该把真实性、准确性放在重要地位。不真实，就是假报告，就是客里空。在外国，有的报刊在文章后面特别标明“报告文学”字样，意思是说文内的事实是经得起考核的。有些材料，作者如果认为写报告文学有困难，可以写小说，决不应该在报告文学作品里弄虚作假，但是否必须写出真名真姓，倒不一定。被写的人，有的经不起表扬，有的经不起时间的考验。所以写真名真姓确实多一层拘束，确实更难一些。所以不必强调一定要写出真名真姓来，有充分把握的就写，否则就不写。他们取得了以下一些一致的看法：首先，报告文学应该主要写真人真事。在这个原则下，可以允许在剪裁、结构、润色等方面作适当的必要的艺术加工，但情节不能虚构，人物不能“拔高”。其次，如果写出真姓真名，就更要求完全真实，要经得起考验。这就需要作者特别加强调查研究和深入细致的采访。再次，写真姓名就全部是真姓名，写假姓名就全部是假姓名，不要正面人物真姓名而反面人物假姓名或主要人物真姓名次要人物假姓名。总之不要有真有假，弄得真真假假，真假不分。最后，在目前，特别需要提倡多写真人真事的报告文学。

以上几条观点被沿用至今，可以被看作报告文学创作的门槛，而落实到更具体的创作实践时，更加具体和细小的情况就层出不穷。以“何直”署名的秦兆阳在一篇重要文章《从特写的真实性谈起》中对真实性的实现给予了精确深刻的观点，对当下的报告文学创作实践仍有借鉴意义。

特写如果是写的真人真事，真名真姓，则它的内容必须是符合于真的情况——这大概是目前被很多人所承认的一条原则。

但是我们决不可造成一种错觉，以为所写的完全是真的事情，半点也没有加以更改，这篇特写就完全是真实的。

须知写出完完全全的——或者说，写出读者所需要的最大限度的真实，并不是那么简单的事情。

比如：如果你叫一个人说出他做过什么事情，怎样做的（事情的过程），这是比较容易的。如果你叫他说出做这件事情是跟哪些人在一起，大家怎么商量讨论，这也比较容易。但是，如果你问他做这件事情之前、之中、之后，心里怎样想的，精神状态如何，那他就比较难以回答了。如果你再问他是什么精神力量支持他这样做的，他对各种有关的事物的看法，他的热情和爱情之感从哪儿来的……总之，你要了解他的内心深处，要知道这些思想感情的因素如何影响了他的当前的工作，他就很难回答了。

这是因为，一个人在做一件事情的时候，是很少一面在做，一面又不断地去观察、体味、回忆自己和别人这些内心情况的。

因此，每当我们去问一位劳动英雄“你为什么这么积极”一类的问题时，他的回答常常是：“为了社会主义，为了党，是党培养了我……”——他的回答实际上是把他自己的精神面貌简单化、概念化了。我们如果嫌他这种回答过于简单，却也往往很难从他口里再深入一步地探求到一些什么。

这就是说，要了解一件事情的经过，是比较容易的；要了解做事情的人，却比较困难。要了解做了什么，怎样做的，比较容易；要了解怎样的人做的，却比较难。

如果上述的道理可以成立，那么，我们怎么可以说那些仅仅写了事情的特写“完全是真的”呢？

我们要知道，读者需要知道事，却更需要知道人。

而且，除了写一人一事的以外，我们还非常需要写集体、写群众、写一些伟大事件的面貌、写一些重大问题、反映一些复杂情况的特写。（我们有多少巨大的工程建设，多少群众所创造的伟大奇迹，没有得到比较全面深刻的描绘啊！）对于这样的特写，你怎么可能完全从所访问到的材料，而不加上自己的观察、体会、理解，写出真实来呢？

不错，对于任何文学作品，都不能对之作无限制的要求，而且也不必要作无限制的要求。一篇作品的容量总是有限度的，因此作品中所反映的生活真实也是有限度的。实际上读者也只要求一定限度上的真实，而不去要求漫无边际的真实。

但是，要求知道怎样的人们做事，要求知道个人和群众、知道一件大的事件的精神面貌，这却是读者的正当权利，并未越出特写的可能的限度。读者并不要求漫无边际的真实，但是读者要求有鲜明的动人的形象。

我其所以要谈以上这些意见，是因为，我觉得有以下一些事实正在或多或少地阻碍着特写这一文学形式的向前发展。

报纸上发表的特写，本来常常是带着新闻性质的，只要事情突出、真实，是能够起一定的教育作用的。但是，据我所知，我们有一些报刊编辑却已经养成了一种习惯：在选稿标准上重“事”不重“人”。常常，如果记者在他的特写里对人物多作了一些描写，编辑人员常常会随意地将这些描写删掉。或者是：如果记者为了刻画人物性格，为了使得作品的结构更加完整一些，对原来的材料多少进行了一些适当的必要的加工，编辑人员就会大为生气，甚至还要给这位记者以严厉的批评。这些编辑人员很满足于目前报纸上发表得很多的、除了事情不同以外其他方面都很相同的特写。而且，他们有的人甚至于给“真实”规定了一个框子：写英雄模范的真人真事，这是真实；写落后事物的真人真事（当然是经过了仔细的调查研究的），这就得“考虑考虑”它的真实性；如果是事实加想象（用的是假名假姓）的特写，那就——即使要刊登的话——据说也得加上“编者按”，声明一下它的假的。

而且，许多写特写的记者和作家也已经养成了一种传统习惯：以为搜集了事实材料，加以整理写出来了，就算完成了任务。仿佛他只对于各种各样的事情有兴趣，对于各种各样的人却无动于衷。他们也从来很少在特写里发表自己对于现实生活的意见，特别是很少发表政论性的意见；也很少在字里行间流露出自己的真实的感情，仿佛他们只是生活事件的报道者，而不是生活的干预者。他们最大的幸运就是碰见一件很好的动人的（自然最好是正面的）事，而不是那些值得注意的人。这样，“忠实于真实情况”这句话，就在某种程度上成了一种舍难就易和易于满足的借口了。

于是，我们许多报纸上所介绍过的英雄模范，在读者的心目中就多半只是一些互相类似的比较模糊的影子。这就使得这些英雄模范除了用他们的事迹对人民起教育作用以外，没有能够更好地用他们的精神面貌去影响人民。

我有些担心，因为人民有他们自己的兴趣和自己的选择权利，当他们读那些比较枯燥的特写读得太多了以后，也许会发生某种程度的厌倦心情的。

那么，问题应该怎么解决呢?

我并不是说写真人真事真名真姓的特写可以随意“加工”，随意更改原来的真实情况，比如，把一个真名真姓的人，是个高个子写成个矮个子，是个老年人写成个青年人，是个男人写成女人等等。

我是说：我们不应该对于我们所描写的对象抱着一种消极的态度。

我所说的“描写的对象”，是指人，是指活生生的我们这一时代的人。

我们应该热情充沛地去了解我们这一时代的人，了解人与人之间的关系，人与各种事情之间的关系，人的各种观念的变化，人对于自己的生活的看法……

那些好的人，在他们的日常生活里，他们对于一些什么事物感到激动？他心里的火是用什么样的燃料烧着的？他从哪取得的这些燃料？他的这些炙热的火焰如何在生活里散发着光和热？在碰到什么情况的时候就散发光和热？……所有这些，并不是每个人都相同的；而且应该说，差别是太大了，内容是太丰富了！记者和作家们是否曾经常在生活里寻求这些问题的解答呢？是否曾经有过这样的对于生活的追求呢？如果你还没有从你所要描写的对象身上找到这些问题的答案，你是否曾经因为找不到而激动不安？如果你找到了，是从具体生活里观察到的，还是从抽象的谈论里听到的？是具体的形象的了解，还是抽象的概念的了解？你自己平常最容易对什么样的事物激动？你心里的火焰，是否能够跟你所描写的对象互相照映？当你跟他生活在一起的时候，当你跟他谈话的时候，你是否善于用你的热情的光亮，照见他的每一个细微的思想感情的流露？是否善于引导着他从抽象叙述进入一种形象的、感情的、具体的叙述？

对于你所观察的对象，永远应该有一种探索不已的精神。永远应该把他的每一句话，每一件事，设身处地地想一想，站到远处去看一看，跟其他的人和事比较着看一看。要看出属于他个人的基本的物质；要看出他的生活环境、生活历程的时代色彩，以及这种时代色彩在他身上的独特的反映。而且，所有这一切，都应该形象地去感觉，去了解。

这就是说，写先进人物也要抱着干预生活的态度。

一个抱着干预生活的态度的作家和记者，即使他们所获得的跟别人所获得的是同一个人的同一件事的材料，即使都是写的真人真事真名真姓，即或是非常难以写得生动的材料，写出来的作品也总会生动得多的。一个具有干预生活的热情的记者或作家，当他走进一支生活的激流里去以后，他不光是要观察个别的人，访问个别的人，而且要了解全貌，了解集体的面貌，要深入的探索。因此，他所写的题材、他的文章风格，总会有一些独特的东西。

干预生活，就是要研究生活，思索和解释（解剖）生活，而且要在生活里对生活有所行动。经常这样做的人，他自然会对生活有自己的独特的眼光；当他审视他的描写对象的时候，自然就会从不是一般化的角度去看；他跟他的描写对象的关系自然就会不一样；他所获得的东西和他所写出来的东西自然也就不一样了。

用这样的态度去对待生活的人，他的目光和头脑是日新月异的，他的心情也总是激动不安的，他的写作能力也就是在这样的过程中逐步提高的——因为他的写作过程，不光是客观的报道生活的过程，而且是干预生活的过程，也就是说，是把自己全部的感情投进去的创作的过程。

抱着这样态度去对待生活的人，他除了经常为一些正面的、先进的事物所激动以外，也必定会为一些尖锐的冲突，一些阻碍现实向前发展的落后事物所激动——不光是在心里激动，而且同样地一定要把它写出来；要用他的行动，用他的笔去加速现实向好的方向发展；而且，他愈是对生活研究得深，他的激动也就愈深。

我们的特写应该勇敢地大胆地去干预生活。

我们没有任何理由满足于真人真事真名真姓的一般化的特写。我们不应该反对对于真人真事作适当的有益于真实性的加工。我们不应该反对作家可以选择各种生活侧面、各种有诗意的情节去刻画人物的精神面貌，而不一定大家都非正面地去写发明创造的事情或历史传记不可。我们也应该大力提倡那种用文学的概括手法写成的，并非真名真姓的特写。在目前，我们尤其应该提倡那种尖锐地提出问题的、批判性或讽刺性的特写，因为在这一方面我们还只是刚刚开始有了一些尝试。

我也知道，很多作家和记者，在现实生活里并不是没有常常为一些尖锐的事情所激动，也并不是不想写。特别是有些记者，他们并不是不想创作一些文学的概括性的特写，并不是不想揭露一些令人激动的问题。但是他们不敢写，他们常常为此而苦恼。这当然跟他们自己掌握生活素材和处理题材的能力有关，他们常常怕掌握得不准确，怕出娄子。但是，更重要的是有一种习惯势力拘束了他们的积极性。[①]

与此相呼应的，是刘白羽的《论特写》：

关于特写的真实性问题，是争论得最多、最尖锐的一个问题。大致归纳一下有两种不同的看法：

一种认为：事情及人物的画像都要绝对的真实，甚至在细节上也应该准确。

一种认为：从一个实际的事物上面照实描绘下来的写生这种观念是应当反对的，特写应该允许虚构。

首先，我想谈谈：真实，是特写的战斗性的根源，或者说是特写的生命。

我们讨论问题，应当从实际出发，而不是从定义出发。根据我们对特写的特征的了解，我们知道特写的社会意义在于真实。人们可以为小说的现实力量激动得流泪，但人们心里却知道小说是虚构的，人们相信生活中有阿Q，也有堂·吉诃德这样的人，但是，就像在中国从没有人拿着鲁迅的《阿Q正传》到处寻访阿Q，我想在西班牙也不会有人拿着塞万提斯的《吉诃德先生传》到处寻访堂·吉诃德。但特

①何直，《从特写的真实性谈起》，载《人民文学》，1956年6月号。

写在报纸、期刊上发表，读者看到是特写，就相信这是生活中的真实，读完后会说：“你看！我们生活中出了这样的事！”或者“你看！我们生活中出了这样的人！”然而，这不正是特写的了不起的威力吗？

问题在于我们对真实与准确的理解：是照相的真实与准确，还是文学的真实与准确？

特写既然是文学体裁，那么，它要求的真实，哪怕就是真人真事，也应当是艺术的肖像画而不是机械地照相（当然真正摄影艺术家的照相和一般摄影师的照相不同），难道还有比照相再逼真的吗？可是画家画肖像画所要求的准确，却是抓住人的形象的特征，反映出他性格的、心灵的特征。朱自清在《罗马》一文中写到米开朗基罗雕的《摩西像》时说：“那种原始的坚定的精神和勇猛的力量从眉目上，胡须上，胳膊上，手上，腿上，处处透露出来，教你觉得见着了一个伟大的人。”这就是艺术家创造的真实。确实，一篇人物特写中的对话，你究竟不能像录音机一样，把每一个字都记下来，才叫准确；实际上，你是不能把每一个字都写在你的访问记里的，我敢说那样你反而得不到准确，因为次要的会淹没了主要的。文学所要求的准确，是你抓住主要的精神与实质，也就是我们常说的现实生活的本质，将它具体地、生动地描绘出来，才能得到真实。一个有经验的特写家是懂得什么是重要的，什么是不重要的。因为作者写作，总要有所取舍，有所选择的，去其糟粕，留其精华，并通过艺术的表现手法，把最主要的突出出来。如果你净在枝枝节节、一笔一画上下功夫，却不能把握住精神与实质，把它表现出来，那也就不会使人感到真实，而只能是客观主义的现象罗列了。人，如果只有外表轮廓而无精神内容，那能真实吗？我所以讲这一段，就是防止不要形式主义地理解特写的真实性，不要认为特写就不需要剪裁、提炼、组织、结构了。不，如果没有这些，也就没有特写的写作技巧问题了，同时，没有这些也不可能有真正的艺术的真实了。

现在我们再来进一步研究特写的真实性。我觉得前面所叙两种不同的看法，应从实际出发加以区分，而不是混淆。

一种是真人真事的特写。这种特写在报纸期刊上很多，是特写文学的一支主流，它们真正深入人民日常生活之中，成为我们时代的艺术的记录。如像华山的《英雄的十月》，巴金的朝鲜的特写，靳以的佛子岭水库的特写，吴运铎的《把一切献给党》，梁星的《刘胡兰小传》，韩希梁的《黄继光》，还有收集在《朝鲜通讯报告选》《经济建设通讯报告选》《中国人民志愿军英雄传》中的那些具有文学价值的特写。这里我还可以举出为广大读者所喜爱的《卓娅和舒拉的故事》《普通一兵——马特洛索夫》《海鸥》等。这些特写既然标明是真人真事，而且常常是在新闻纸上发表，我认为我们就应该严格地要求真实性。因为社会主义报纸的真实性，这是一个高度的党性原则问题。我以为我们给报纸写特写的作者，应当无条件地遵守这个原则。否则，我们就会以随便的虚构，弄得报纸上充满粉饰与歪曲。那样，在我们社会生活中就会造成一种黑白不分，混淆难辨的风气，人们将信将疑，将再不会一心一意地相信我们的报纸。同时，虚伪的报道也必将使这个特写作者在人民心目中威信扫地。我觉得特写作家应当珍重人民所给予的信任，这是特写作家的荣誉，也应当是特写作家的箴言。在解放战争极艰苦时期，我写过一个战斗英雄，这篇通讯在《东北日报》上发表了。后来我再上前线时，一位指挥员告诉我：这个战斗英雄，战前对党宣誓，把自己的笔记本和一点点津贴钱都交给组织保存，但是他把从报纸上剪下来的这篇通讯和他的立功册装在自己小口袋里。后来我没再见到他，我不知他的鲜血会不会染红这篇通讯。只要想一想，我们的一篇特写发表之后，被千万人争着阅读，被人们珍视，当为生活的课本，在千万人头脑中的作用，我们就无法忽视这种责任感。如果我们一方面说这是真人真事，一方面又随意云云，那只能是高涅楚克剧本《前线》中的克里空，而不是亚·冈察洛夫的小说《我们的记者》中的米哈伊尔·谢廖金。克里空，现在已成为人们嘲笑那种讲假话的人的代名词了。同时，这种任意虚构的特写，如果泛滥起来，也将造成报纸编辑部的巨大灾难。因为人们将不知何者为真、何者为假。如果这篇特写把一个基本事实弄错了，而报纸编辑部又由于对作者的信任而发表了出来，那自然就使得报纸的信用受到损失。

一种不是真人真事的特写。是在真实生活基础上，加以概括而表现出来的特写文学，从前有一个时期我们叫作“报告文学”，如夏衍的《包身工》，还有像苏联奥维奇金的《区里的日常生活》《在一个会议上……》等。你也许很难找到一个真正的会议会像《在一个会议上……》那样的吧？但它却是我们生活中的真真实实的存在。生活中是有着这样无准备的、充满空谈的会议的，生活中也有着这样讲什么“猪是有益的动物”等废话的人物的。于是作者为了揭发、抨击生活中某一种真实现象，不采用真人真事，而用虚构的方法，通过作者所创造的人物，突出真实的生活现象，提出真实的生活中的问题。这样的特写，在这一方面是近似小说了，乍一看起来甚至完全像是小说了。但仔细推敲一下，它究竟不像短篇小说那样有完整的结构、严密的组织，它比短篇小说自由泼辣。而它仍然保持“特写镜头”“轮廓画”的手法，突出了我们生活中非常真实的一个富有特征的片段。就像《在一个会议上……》那样，完全是发生在我们周围的事情。由于不受着真人真事的局限，在这种文学性的特写当中，作者可以更大地发挥他的创造性，深入而淋漓尽致地刻画人物的精神状态，同时，对生活中这一重大问题加以犀利的评论。《在一个会议上……》中就通过州委书记阿历克赛·彼得罗维奇的嘴，严厉地批评了那种“空谈家”的工作方法。他说：“……科罗布金这一类人确实认为这也就是最真正的工作——每天都发表同样的言论：‘饲料——这是饲畜业的基础！’‘猪是有益的动物！’造成了一种工作的幌子。一些人喊得墙都震动了，另一些人照着纸念——他们的言论价值是一样的。空说——这是一种麻醉人的意识的精神毒素……人们认为他们已真正做了需要的、重大的和对社会有益的事，认为他们就这样领导着、影响着集体农庄的生活。他坐在那里开了六小时会议，他的良心也是清白的：他认为今天工作得很好！他听了必须加强集体农庄中的群众教育工作的演说，他自己也发言，说得嗓子都哑了。很疲倦了才回到家中去吃饭、休息。要知道，这不叫工作，而是在谈话中逃避真正的工作，空谈工作而已……当这种空谈已经成为专门东西，已成为我们某些同志的职业时——这才是最可怕的……”在《区里的日常生活》中，以马尔登诺夫和马丽亚的谈话而彻底揭露、批判了包尔卓夫这个人物。近年来，由于奥维奇金这一种成功地描写了集体农庄生活的文学特写的流传，在我们文学界内，很引起一部分人的赞扬，当然，特写文学这一种新的发展是值得重视的，因为它使特写文学有了更广阔、自由的活动。

但，不必因此就否定特写的真实性。根据实际情况来研究一下，特写这一体裁是与新闻与文学都密切结合着的。然而这体裁的可贵之处，正在于它突破了文学的界限，它向生活前沿伸展着，突入到比文学爱好者要扩大不知多少倍的读者中，所以我们称它是文学的轻骑兵。它的阵地不只在文学刊物上，更多在新闻纸上。它随着报纸而传播开来，人们并不一定因为文学的爱好而选择它，人们为了要了解沸腾的社会生活而读它。但是不是这样就降低了特写作为文学的价值呢？不，绝对不。因为我们社会主义的文学是那样自由的文学，是为千千万万劳动人民服务的文学，值得我们忧虑的是文学影响范围的狭小，是文学还不能深入广大的社会生活之中。特写恰恰在这方面开了新的道路。所以人们不应该只从文学的定义出发而不顾中国特写发展的传统，以及它与新闻结合的实际，忽视特写的真实性，而片面强调虚构。这样做就会把报纸、期刊上许多有文学价值的写真人真事的特写通讯都排斥于特写之外。当然任何形式都是创造的、发展的，而应当有所区分。问题在于不应当混淆。我们坚持新闻报刊上写真人真事的特写的真实性，至于不是写真人真事的特写，我们也关怀着，它们的新的创造，新的发展。

但是，特写既然是我们文学的哨兵，那么，它就必然地处在一个尖锐斗争的岗位上。同时，特写的真实性也不是无关轻重的问题，而是根本的原则性问题。我们知道，资产阶级的新闻、文学，是不可能有真正的真实的。华尔街的报纸讲的不是真话，只是对金融寡头有利的、麻醉毒害读者的话，他们最怕揭开社会的真实，因为，他们那里的生活的真实就是罪恶。在我们现实社会里，阶级斗争并没有完全结束，有着资产阶级文学观点的人就企图把特写文学掌握为他们向社会主义攻击的武器。何直的《从特写的真实性谈起》就是一例，他片面地把特写只说成为“应该勇敢地大胆地去干预生活”，虚无主义地抹杀我们特写文学的传统与实际，说真人真事的特写是“一般化的特写”，说：“在目前，我们尤其应该提倡那种尖锐地提出问题的，批判性或讽刺性的特写。”为什么要如此？据说是特写作家们“并不是没有常常为一些尖锐的事情所激动”，而是他们“不敢写，他们常常为此而苦恼”，因为“更重要的是有一种习惯势力拘束了他们的积极性”。我们不反对特写揭露与批评现实生活中的缺点，这一点，在前面我们已经十分肯定地说到；但我们也反对那种资产阶级老爷式的“干预生活”。事实说明，在这样“干预生活”的理论号召、鼓舞之下，在文学刊物上，一时之间，就出现了无数所谓“暴露黑暗”、攻击社会主义制度的作品，特别突出的是刘宾雁那一篇典型的反党、反社会主义的特写《本报内部消息》。他们正如高尔基所说：“个人以自己的心来推想生气勃勃的大世界，就不免把自己丧失生存意义的感想强加在整个世界上，于是夸耀自己的孤独，像蚊虻一样烦扰别人，要求别人去倾听他孤苦的灵魂的呻吟。”当然这种呻吟不是消极的，而是积极地像蚊虻一样想把它们的毒液注射入人们的血管，甚至戕害人们的生命。他们就是如此从任意毁坏特写的生命、忠实于革命利益的真实性原则出发，从而达到把特写变为任意歪曲现实生活的攻击社会主义的武器。这一点很值得我们警惕。马雅可夫斯基说过：

我希望

人们把笔

当作刺刀

那么，掌握在文学的哨兵特写手中的刺刀，应当是保卫社会主义革命的刺刀，为社会主义革命开辟前进道路的刺刀。①

第四节　报告文学的求真实践

从“五四”新文化运动到新中国成立，在这段漫长的历史时期内，文学都与整个国家民族的命运紧紧相连。新文化运动的文学革命的倡导者们无论在思想内容方面、情感态度方面还是在创作手法方面都对文学提出了“求真”的要求，在现在看来，也就是对真实性的追求。他们主张文学应该揭露人生的真相，写出哲学、科学意义上的人情事理。胡适极为赞赏易卜生那种旨在把“社会种种腐败龌龊的实在情形写出来叫大家仔细看”的“写实主义”②，傅斯年则向新剧本的编者强调：“务必使得看的人还觉得戏里的动作言语以外，有一番真切道理做个主宰”③。在文学的情感方面，主张文学中的情感应该纯真、质朴。郭沫若在给宗白华的《论诗通信》中，富有情感地写道：“我想我们的诗只

①刘白羽，《论特写》，载《新闻战线》，1958年第1期。
②赵家璧主编，《中国新文学大系》第一集，上海良友图书印刷公司，1935年，第180页。
③赵家璧主编，《中国新文学大系》第一集，上海良友图书印刷公司，1935年，第391页。

要是我们心中的诗意诗境底纯真的表现，……生底颤动，灵底喊叫；那便是真诗，好诗。”[①]钱玄同在文学革命发起后不久便宣称：戏剧、小说若无“‘高尚思想’与‘真挚精神’者，便无价值之可言”[②]。在文学创作方法方面，倡导者们同样主张依据科学知识，遵循自然法则而创作。周作人提出小说家“当如心理学者”，“以学理为基本，假作人物……如实模写，始为得之”[③]；胡适则在诗歌创作上推崇“自然的音节”，所谓“自然的音节”，就是顺着“诗意的自然曲折，自然轻重，自然高下”的音节，胡适将这样的音节称作“诗的最好音节”[④]。新文化时期的文学文章浅显易懂、条理清晰、富有感情、针砭时弊，确实成为当时传播知识、启蒙思想、开化民智的重要途径。“五四”时却是一个理性精神不断高涨的时期，此时的先进知识分子们介绍国外的包括政治、经济在内的几乎所有的西学门类及各类的思潮，整个审美生态重视理性、节制情感。就像傅斯年在《文学革新申议》中所说：“方今科学输入中国，违反科学之文，势不能容，用科学之文学，理必孳育。此则天演公理，非人力所能逆从者矣。”[⑤]

新中国成立后，围绕新闻宣传的人物通讯等非虚构文学，一直在寻求真实与艺术的平衡。1950年1月25日《文艺报》第一卷第九期转载茅盾在人民文学社“创作座谈会”上的讲话，谈到了当时创作上的一些问题：真人真事与典型性的问题、形式与内容的问题、完成任务与政策结合的问题、浪漫主义与现实主义的问题、如何学习与提高的问题。茅盾认为真人真事与典型性并不冲

---

①赵家璧主编，《中国新文学大系》第一集，上海良友图书印刷公司，1935年，第347页。
②赵家璧主编，《中国新文学大系》第一集，上海良友图书印刷公司，1935年，第51页。
③赵家璧主编，《中国新文学大系》第一集，上海良友图书印刷公司，1935年，第45页。
④赵家璧主编，《中国新文学大系》第一集，上海良友图书印刷公司，1935年，第319页。
⑤赵家璧主编，《中国新文学大系》第一集，上海良友图书印刷公司，1935年，第119页。

实，并认为“最进步的创作方法，是社会主义现实主义的创作方法”。萧殷在《生活的真实与艺术的真实》中指出：“生活上真实的东西，未必就是艺术上真实的东西。艺术的真实应该比生活的真实更集中，更有组织，更典型。所谓艺术的真实，它是比生活的真实提高了一级的东西。一切不自觉的或群众还没有明确认识的重大问题，要求文学艺术家敏锐地明确地认识它，并描写它。只有如此，文学艺术才能帮助读者深一层地认识现实，并指导现实、改变现实。”①1951年4月11日《人民日报》发表魏巍的报告文学《谁是最可爱的人》，周恩来在第二次文代会上说：“我们就是要写工农兵中的优秀人物，写他们中间的理想人物。魏巍同志所写的《谁是最可爱的人》就是这种类型的歌颂。它感动了千百万读者，鼓舞了前方的战士。我们就是刻画这些典型人物来推动社会前进。”②丁玲评论道：魏巍的文章好在哪里，就是他写了英雄人物的思想活动。写了有崇高思想有崇高品质的人物的灵魂。魏巍是钻进了这些可尊敬的人民的灵魂里面，并且同自己的灵魂融合在一起，以无穷的感动与爱，娓娓道出了这灵魂深处所包含的一切感觉。因此，他所要歌颂的人，就非常清晰，亲切地贴在人心上，使人兴起，使人愿意把自己的思想感情提高一步，向着这些最可爱的人们靠近。这就是有教育意义的好作品，这就是有“思想性”的好作品。他没有一点板着面孔说教的神气，他没有以“思想性”骇人。真正有思想，能达到教育目的的好作品，就必然有它的优美的表现手法和形式，这也就是有“艺术性”。③

① 萧殷，《生活的真实与艺术的真实》，载《文艺报》，1951年4月10日。
② 文化部文学艺术研究院编，《周恩来论文艺》，人民文学出版社，1979年，第53页。
③ 丁玲，《读魏巍的朝鲜通讯——〈谁是最可爱的人〉与〈冬天和春天〉》，载《文艺报》，1951年第4卷第3期。

徐迟的《哥德巴赫猜想》以其独特的题材选择和深刻的主题取向，造成了报告文学的轰动效应。之后，全景式报告文学、问题报告文学一次次引发舆论热议，报告文学创作高潮迭起，伴随着的是有关文学性与真实性等问题大讨论。一种观点认为报告文学最重要的特性是报告性，读者之所以选择报告文学不是为了艺术审美，而是因为报告文学能够冲破新闻的封闭性、局限性，广阔而真实地反映社会现实，提供更多的信息，满足读者对社会认知的需要和理性的渴求，因此对报告文学应注重报告性而不必特别强调文学性。评论家雷达说："纯审美的幻想是不切实际的，报告文学的本质特征乃是它的'报告性'，也即：非审美性是它的主要方面，审美是它的次要方面。报告文学是一种边缘文体，它的大半个身子在新闻，只有一条腿跨进了传统意义上的文学。非要它把整个身子转而倾向纯文学，那不是成全了报告文学，而是断送了它的前途。"[①]他认为报告性是报告文学的本质特征，是报告性撞响了时代的洪钟，引来了报告文学的长盛不衰。虽然要求报告文学提高文学性也是合理的，但是报告什么却是最重要的，不应当让报告文学向纯文学看齐。雷达注意到了报告文学盛行红火的社会基础，因此特别看重报告性，强调"非审美性"是报告文学的主要方面。雷达将文学性放置于相对次要的地位。这一派的观点也是有作家创作立场的支持的。《花城》杂志社召开的报告文学对话会上，麦天枢就直言不讳地承认"我一开始根本就没想到什么文学不文学就写了报告文学。当记者当不下去了，写了该写的东西发不出去，想了该想的问题没地方去写去说，因此就想到写报告文学，因此就写了《土地与皇帝》"[②]。贾鲁生

① 雷达，《报告性·理性？文学性》，载《文学评论家》，1992年第4期。
② 麦天枢语，《1988：关于报告文学的时话》，载《花城》，1988年第6期。

说“现在最重要的是写什么而不是怎样写。我们目前的社会现状，还没有让我们去琢磨报告文学的形式问题。我们要承担巨大的社会责任。报告文学当然不可能承担那么大的责任，但现在迫使我们去承担，承担法律、理论乃至新闻所不能承担的社会责任。在这种情况下，首先应当解决的是报告文学的内容问题，否则作品本身就是玩弄技巧”①。尽管如此，从微观审美的角度来看，从具体文本中我们依然可以看到新时期报告文学的美——现实美、形象美、细节美、叙述美、诗意美、语态美等多维美学形态。龚举善分析这一时期的报告文学文本后说：“报告文学的审美对象以非虚拟化的‘真’给人以信赖感、参照感，又以其‘新’诱发作家和读者的审美好奇心和探究欲。这样，它的‘热浪’与‘红火’就有着美学上的合理性与必然性……新时期报告文学在塑造形象方面显示出了惊人的笔力，一切有利于性格摹绘的方式方法都被派上用场，以图写出人物的先锋性、时代感和立体面。其中，小说化的叙述和描写手法已经成为报告文学生命构架的基本方式。尤其是描写模式上的创新，不仅实现了报告文学形象塑造的价值追求，使报告文学的文学性向前跨出了关键的大步，而且达到了化平淡为非凡、变呆板为灵动、以形貌纳神韵的艺术高度……报告文学是描写的艺术、抒情的艺术、说理的艺术，也是叙述的艺术。具有现实美的形象与细节只有纳入有机叙述的链条之中才有意义。”②总的来说，新时期的报告文学创作坚持求真美学和理性批判。正如《中国的要害》作者赵瑜所说：“一方水土养育了我，我应该为百姓讲几句真话；需要挺身而出

① 贾鲁生语，见《1988：关于报告文学的时话》，载《花城》，1988年第6期。
② 龚举善，《新时期报告文学美学品格的多维形态》，载《华中师范大学学报》（人文社会科学版），1998年第2期。

的时候应该挺身而出。”[①]《虎年通缉令》的作者李延国、临青说报告文学因为“默许罪行无异于共同犯罪，发现灾难而不阻止，这不是今天应有的行为”[②]而作。

“完全真实是报告文学的生命和战斗力的源泉”，“报告文学不仅不能虚构、夸张，连气氛的渲染、心理活动的刻画、生活细节的描绘都要真实，而不能‘虚加练饰，轻事雕彩’，任意虚拟”[③]，这些主要指的是报告文学对生活真实或曰物理真实的坚持。李朝全认为报告文学有狭义与广义之分，“狭义报告文学指的是切近当下现实，形象描写新近发生的人和事的纪实性作品，具备鲜明的新闻性、信息性和时效性。广义报告文学可谓‘泛化的报告文学’或‘报告文学的泛化’，其外延很广，包容性很强，等同于非虚构类纪实作品。多年以前我曾将其命名为‘大报告文学’。它包括描写新人新事、揭示新问题的狭义报告文学，也包括历史纪实、传记、回忆录、口述实录、田野调查、笔记日记、通讯特写等，还包括纪实片、纪录片、政论片、记录视频等影视、网络作品。换言之，凡是以纪实、记录、非虚构的方式，反映、描写或表现某些史实、现实或事实的文学作品，均可归入大报告文学范畴”[④]，报告文学的物理真实的表现，包括的内容明确且丰富。

对生活真实的追求，要求报告文学以全息方式洞察时代。首先，新闻失真、失实的现象在新闻传播领域频繁出现，尤其是为了争取广泛阅读量故意制造的人为失真失实更是新闻业界一大顽疾。这些情况在报告文学中也必须被避免。因为报告文学在时效

---

①冯立三，《太行夜话——报告文学五人谈》，载《光明日报》，1988年9月23日。
②李延国、临青，《虎年通缉令》，载《人民文学》，1987年1月第2期。
③桑荫，《报告文学必须完全真实》，载《西北大学学报》（哲社版），1979年第4期。
④李朝全，《报告文学的范畴泛化及创作底线》，载《南方文坛》，2012年第1期。

的要求上不像新闻那样严格，所以报告人有充足的时间来做采访和资料收集的工作，严谨的写作后也有足够的时间进行校验和修改，这样就大大地减少了人为的偶然错误。其次，由于获得最大量的信息，那么对所报告的事物可以有全方面的了解。报告人可以综合所有的资料作判断真伪、归纳类型、选择重点的工作，这样就将片面真实的发生率降到最低。再次，报告文学是典型的意识形态实践方式，归根到底是用历史的方式演绎思想，报告文学的责任不是告知人而是影响人，所以报告文学作家不仅要在发表前预设下文章被阅读后的效果，更要确保让自己的工作对得起历史。

报告文学既需要面对时代的全局，又要面对日常生活。首先，日常生活离普通的人民、平凡的生活更近，对日常生活的书写越来越受到报告文学创作的重视。像《叛徒“何曼”》《难回故里——一个台湾老兵的故事》《被上帝咬过的苹果》等作品，主人公都是无名的、普通的人物，但是他们能被称得上是“人物”，就是因为这些人身上有整个时代需要的精神和品质。民族感情、亲情、故乡情、对生命的终极思考等不会因为发生对象不同而有巨大差异，日常生活中的人物故事甚至能带给读者更长久的掩卷深思。

其次，报告文学创作的真实表现在作家真知。在台湾地区，一般把报告文学称作“报导文学”。须文蔚撰写的《再现台湾田野的集体记忆——社会运动与再现论考察下的台湾报导文学史》一文，通过介绍台湾报导文学代表性作品，展示报导文学超凡的社会动员力。论者循着台湾报导文学的发展轨迹，针对部分作品的弊端，提出报导文学“松绑论”的问题，希望借此解除绝对客观书写、学术式书写以及体式偏向散文等迷思。须文蔚认为，只要社会运动不停歇，人文关怀不停歇，报导文学工作者就有丰厚的田野，就有可能超越20世纪报导文学作品所提供的思考、视野与批判力。

“在中国报告文学史上，特显光彩的有两个时段，一是30年代，二是80年代……新时期的报告文学，是对30年代为发端的自立期报告文学的承绍呼应与反拨超越。承绍呼应的主要是30年代报告文学关注民主生存图景，积极介入现实生活的基础精神，新时期的报告文学在对现实多向的富有的深度的参与中，充分实现着文体的自身价值，反拨超越的是政治文化制导期由于政治对报告文学的过度遮蔽而造成的自主性的失落。”[①]章罗生在《中国报告文学新论——从新时期到新世纪》中阐述，“中国报告文学在观念、性质方面，完成了从‘旧三性’到‘新五性’的革命变革”[②]，具体说来，报告文学是实现了从传统的“新闻性、文学性、政论性”到“主体创作的庄严性、题材选择的开拓性、文体本质的真实性、文本内涵的学理性和文史兼容的复合性”[③]的转变。这个概括不仅包含了中国报告文学作品文体的发展和流变进程，也涵盖了报告文学理论研究者对这一文学体裁深入认识的过程。自20世纪80年代，黄济人等人“以长篇重武器向报告文学‘轻骑兵’的传统观念提出挑战”和“‘苏晓康模式’对‘新闻性’‘文学性’的挑战”，到以叶永烈为代表的史传报告文学家将“报告文学题材从‘现实’全面扩展到了‘历史’”，从而使得

①丁晓原著，《文化生态视镜中的中国报告文学》，复旦大学出版社，2008年，第18页。
②章罗生著，《中国报告文学新论——从新时期到新世纪》，湖南大学出版社，2012年，第9页。
③章罗生著，《中国报告文学新论——从新时期到新世纪》，湖南大学出版社，2012年，第2页。

作品的原创性和开拓意义被提升到了报告文学审美标准的高度。伴随着报告文学向“人学”的回归，在20世纪末涌现出的一大批报告文学作品上已明显表现出文学性与理性之间的矛盾被化解的迹象，这一时期的报告文学在文学的感性与客观社会及文学批判用意的理性中间找到了一个平衡点，即更加开放题材的选择和高度融合文史哲的理性精神。

秉持理性的创作，使得报告文学作品在深度上更近一步。丁晓原对何建明有这样的评价：“在何建明这里，我们显见的是以宏大叙事进行非虚构写作已经成为他的一种自觉。这种自觉一方面源于何建明对报告文学文体性和功能的认知。题材题旨的‘双非性’（非虚构、非个人性），是报告文学文体最为独特的规定性。正是在这里，报告文学显示着它与小说的根本差异。作为报告文学作家，何建明拒绝文学的私人化，坚持写作的社会性。他直言：‘从我个人的写作看，我关注的是重大事件。从中国文学创作来看，自20世纪90年代后期以来，太多私人化写作越来越多的出现，大有成为文学主流之势，对此我很不满意，因为真正反映社会主流层面的作品太少了。’”[①]作家能够对文体有一个明晰的认识，对创作对象有贴切把握，他所创作的作品才有可能被称为有深度。因为这样的创作，可以抛开作家主体的个人化私情，以客观、公正的态度切入主题，达到理性的书写。

再次，表现情感真实，是报告文学创作的指向。如果说生活真实是报告文学创作的素材，作家真知是报告文学创作的依靠和手段，那么，情感真实就是报告文学创作的指向。产生共情是报告文学的追求，报告文学与一切文学形式一样，打动读者是创作

① 丁晓原、何建明，《泛政治化的非虚构叙事》，载《当代作家评论》，2011年第5期。

的目的，也是评价报告文学创作是否成功的标准。作者的感情是否真挚，作品是否真挚，完完全全能在文字中体现。

于2003年设立的尤利西斯奖是全球范围内报告文学的唯一大奖，俄国作家安娜·罗列乔夫斯卡娅的《让俄国蒙羞的车臣人》、英国作家亚历山德拉·弗勒的《与一个非洲士兵一起旅行》等都是获奖作品，中国作家陈桂棣和吴春桃也凭借《中国农民调查》摘取殊荣。诺贝尔文学奖几次授予非虚构文学家，除了蒙森、丘吉尔以外，2015年授予白俄罗斯作家斯维特兰娜·阿列克谢耶维奇。"我们可以这样来表述作家的创作：完全忠实于文献和受访者语言风格，将作者的声音隐藏于引言、提问、人物、环境描写和文献的筛选中，通过剪辑的方式将访谈置于作品同一的主题和中心思想之下，作者则是贯穿始终、无处不在和掌控全局的隐形人。通过作家的构思，作品创造性地将文献资料和文学创作有机结合，从人物与文本、感受与心声、人物语言与创作语言、内容与主题、非虚构与创作、叙述者与创作者等几个方面解决了纪实文学的一系列难题，比如客观报道与作家主观渗透、注重功利性而偏离审美价值、虚构与写真等多重矛盾，将文献和资料有机地统一于作者精心设计的中心思想下，完成了一场冰冷的文献史料与灵魂热度的碰撞，使一曲人类悲剧的哀歌成为一首'文学与道德上的绝唱'。"[①]与灵魂进行碰撞，成为文学与道德上的绝唱，这是文学的力量，也是报告文学创作情感真实的最高阶段。萧殷早就指出，"生活上真实的东西，未必就是艺术上真实的东西。艺术的真实应该比生活的真实更集中，更有组织，更典型。所谓艺术的真实，它是比生活的真实提高了一级的东西。

---

① 苏玲、向阳等，《多面相的非虚构写作——以阿列克谢耶维奇〈我不知道该说什么，关于死亡还是爱情〉为例》，载《文艺报》，2017年12月8日。

一切不自觉的或群众还没有明确认识的重大问题，要求文学艺术家敏锐地、明确地认识它并描写它。只有如此，文学艺术才能帮助读者深一层地认识现实，并指导现实、改变现实。”①

① 萧殷，《生活的真实与艺术的真实》，载《文艺报》，1951年4月10日第3卷第12期。

第五章

关于“现场”的矛盾：作家的不在场与文本的在场

报告文学创作，因为多是现实事件人物的真实表达，因此，现场感是否存在影响非常重要。在报告文学创作中，有关“现场”的矛盾是所有创作矛盾关系中最突出的矛盾。具体表现在三个方面：第一，创作者处理事情发生时的不在场以及在场书写的矛盾；第二，读者感知现场与文本传递的矛盾；第三，研究者对现场感的质疑。

第一节　报告文学创作中关于“现场”的三个矛盾

其实，报告文学创作的矛盾问题，说到底仍然是有关真实性的问题，再进一步讲，是真实性表达的问题。以上三个方面的关于“现场”的矛盾，最基本的就是第一个方面，作家创作的不在场以及文本的在场。因为这是最先发生的，没有作家的创作，就不会有文本，不会有读者，不会有研究者等的关注；同时，作家的创作又是对读者阅读、研究者的评论有因果关系的，优秀的报告文学作品，作家解决好了“在场”矛盾，读者阅读时也会被其合理的叙述感染到，不会跳出作品，评论者研究时考察文本的合理性时，就算发起“不在场”的质疑，作品也会因为扎实的文本回复质疑，这就是经得起推敲和思考的好的报告文学创作。所以说，在报告文学创作中，作家的不在场与文本的在场问题，考验着报告文学写作者的案头功夫、采访能力、文献搜集和使用能力、写作能力、语言表达能力、对现实的洞察能力、对问题的思考能力、对历史的思辨能力等等。

有关创作者处理事情发生时的不在场以及在场书写的矛盾，具体而言，是书写历史文化报告文学时作家的无法在场、对于突发事件的报告文学第一现场得不到、事后采访的信息不可控等，这是因时间滞后所产生的客观矛盾。作家如何面对历史、生态等题材时的不在场，是摆在所有报告文学家面前的问题，这其实也是报告文学文体要面对的问题。因为，所有的事件发生都是时时的，除了事件发生时作家正好就在现场并且经历了整个发展过程的情况以外，报告文学作者是不在事件发生当下的。这在历史、文化、生态等题材的报告文学上表现尤为突出。历史报告文学的写作，不是个别存在，而是作为一种重要现象应运而生了。黄济人的《将军决战岂至在战场上》，作品的主角是国民党战俘；董汉河的《西路军女战士蒙难记》，为艰难悲惨命运经历者还原真相，并深刻反思悲剧的成因；大鹰的《志愿军战俘记事》，聚焦战俘的命运；李辉的《文坛悲歌》，实际叙写的是一代知识分子的遭遇；邢军纪的《最后的大师》，真实描绘科学栋梁叶企孙坎坷曲折的命运遭际苦难情形；钱钢的《海葬》，在1988年回溯1888年的历史，旨在建构历史与现实的有机对话机制。20世纪90年代后，历史题材报告文学的写作更为趋热。我们可从鲁迅文学奖的评奖中观察到这样一种趋向。第一届鲁迅文学奖（1995—

1996）报告文学获奖作品共十五部，其中《黄河大移民》《东方大审判》《温故戊戌年》等近半数作品为史志。这是一种价值评价，也是一种导向。此后每届获奖作品减至五部，《远东朝鲜战争》《瘟疫，人类的影子——“非典”溯源》《革命百里洲》《部长与国家》《长征》《解放大西南》《胡风案中人与事》《底色》《西长城》等历史叙事的作品都获得了报告文学奖。这一方面反映了报告文学写作的实际状况，历史写作总体水准更高，另一方面这种情况究竟是值得我们省思的，在历史写作趋热的同时，是现实观照的某种缺失。报告文学应当主要是现实的报告，这是这一文体基本功能的规定。以徐刚的《大森林》说开去。《大森林》从太初开始写起，时间上由木器时代到先秦，再到历史的各朝各代，直至中国当下；空间上从黄土高原到云南、大漠整片华夏大地——在广阔的时空中讲述着大森林的神奇。作者写作《大森林》，正是因为有感于森林的神奇——“太初，森林显现于天地之间。林中有草，有虫，有鸟，有潺潺流水。大地敞开，接纳根的游走深入；天空澄明，让站立的树舒展枝叶花朵。森林为大地拥抱，亦为天空召唤，森林为万有，要生养万类万物。人在万类万物、鲜花开放之后出现。折木为棍，人发明之始，器物也；岿然茫然，人感受之初，精神也。……森林从大地涌出，词语也涌出，爱及诗于思涌出，森林是造物的全部神奇。”[①]——这历经亿万年的神奇、覆盖天地的神奇，却是人无法经历全部的。一个人的生命，相比于森林而言，是短暂的，更何况不能用一生就做与森林相处的事。所以，报告文学作者面对的非虚构，是整体的非虚构。

①徐刚著，《大森林》题记，北京十月文艺出版社，2017年。

报告文学会带有作家的观察认识立场，是会有意识形态色彩实践方式，归根到底是用历史的方式演绎思想，报告文学的责任不是告知人而是影响人，所以报告文学创作要对得起历史、对得起时代、对得起人民。《国家记忆——一本〈共产党宣言〉的中国传奇》是一部“‘国’字打头”的作品，名字就可见其分量。它又是一个叙述历史的作品，如何处理历史与现实的关系，如何还原历史，是摆在创作者面前的第一个难题。徐锦庚与铁流合作，前期采访、整理、收集时间长达一年。因为有了对非虚构性的追求和坚守——事实真实的靠近，以及情感真实的坚持，关于“现场”的矛盾得以解决，实现了文本在场和情感真挚。报告文学再现、建构非虚构与其他文学有本质上的区别，即是以无限切近真实的方式“重现”非虚构。《国家记忆》最终呈现出的作品各部分就衔接无缝、结构合理、叙事引人入胜。它采用让亲历者自己发声的方式走进历史真实，作家们的倾听、记录、组织和文学传达，使得作品跨越了历史边界，将读者带进现场。这部“国家记忆”的近百位口述者们是作家的写作对象，其中包括当年参加过《共产党宣言》学习、至今仍健在的革命老人，以及战争中幸存下来的其他老人，有的已近百岁了。对报告文学创作者来说，他们做的也是历史抢救工作。比如，一位刘姓人家，一家出了三个革命者，20世纪40年代当地送他们一块写有“一门三英”的匾。可惜，战争中他们都牺牲了，“一门三英”成了“一门三烈”。后来烈士的母亲去世，因为家中贫寒没有钱置办像样的棺材，就将那块“一门三英”的匾拆下来当作棺材板，临终前烈士母亲特意嘱咐不让木匠将“一门三英”四字去除，她说她死也要陪着牺牲了的两个儿子和一个孙子。《一个村庄的抗战血书》直接用全知视角，铁流把自己放进历史里，“林凡义呼啸一声：‘小日本，我杀了你们这帮龟孙子！’林凡义抡圆大刀冲到了两个日本兵面前。正拼杀中，膀大腰圆的林九乾提刀冲了上来，嘴里发出一阵咻咻声，他手起刀落，一个日本兵被砍翻在地，机枪声响起，林九乾的胸脯成了蜂窝状，他保持着一个举刀的动作倒了下去。林凡义俯身去拉林九乾，一把刺刀徒然抵在了他的脑门上，反击已经来不及了，林凡义下意识地眨巴了一下眼睛，等着挨一刀，日军却慢慢瘫倒在地上。林凡义看去，见林九乾的妻子梅花正举着一把大镢头”。这一个个细节，紧凑而生动，就好像是作家的在场证据。

第二节 “在场”矛盾的发生：整体性的非虚构、情感传递与“后真实”

如果将真实性仅仅看作单个事件、具体情节的真实，这样的非虚构观就过于窄化了，对于报告文学的理解也过于狭隘了。报告文学创作要处理的是整体的非虚构，是经过历史考验、经历时代淘洗、经受现实验证的非虚构。徐刚没有亲历过森林的原始状态，但是他站在历史的高度描绘出的森林原貌，我们依然可以相信是非虚构的。“朝晖鲜美，有飞鸟沐初阳而驻足于林冠，顾盼自乐，那是森林之门？月光如泻，蚯蚓从林地之下蠕蠕而出，寻找落叶，那是森林之门？面对一片偌大的森林，对于风来说，却无处不是门，没有生物学家可以肯定地说，当春风进入森林，是先唤醒冬眠的动物呢，还是吹开第一朵草花？林地上柔弱的花草，得风气之先，它们有紧迫感，它们要先开花，留给它们的时间十分短暂，而这一短暂的时间却与阳光有关——当高大树木浓荫覆盖几乎阻断阳光时它们已经绚丽过了。”[①]阳光、月光、鸟儿、蚯蚓、落叶、风、花草、树木……这是作家脑海中的森林，和我们脑海中的森林几乎是一样的。没有人会质疑它的真实性，也没有人追问着究竟是哪一片森林。树的名字、花的名字、草的名字，还有物种的品种、学名、样态等等，也没有人会去发问。为什么呢？报告文学的真实性不是所有人都在乎的问题吗？为什么这时候读者、评论者不去追问，不去质疑了呢？

这就是整体的非虚构。整体性，强调“质”而不是“量”。性质上的非虚构，是全面的、理性的。“只要伐木声不是铺天盖地的侵扰，森林中的一切生物都会遵循大自然设定的规律，出现在应该出现时：林地下的各种小虫子因为土地不再冰冻板结相继钻到地表时，吃虫子的益鸟会及时飞落，继之者是林燕，因为有昆虫飞动了。在这之前，蚯蚓吐出的土粒土堆，是森林之春最早的瞭望台。各种树木的伸展绿叶却是不慌不忙的，其顺序由下而上，先是矮小的灌木，紧接着是中等树木，高大乔木。一片片紧卷包裹的冬芽，舒展而为新叶，由浅绿变作深绿，从容不迫，从早春到初夏。”[②]尽管徐刚紧接着就在下文解释道，所谓的“应该”，其实是有科学的合理成因的，但是这全然不妨碍作家的想象。若要从绝对真实的角度来看，很多想象是非理性的。“尽管森林学家告诉我，使秋天的森林烂漫多彩的，是树叶内部微妙化学反应的表征，我仍然想象，当秋风连绵不断地进入森林，揉搓每一片叶子时，秋风是带有各种色彩的，那些红色、金色、黄绿色、秋深以后的残红，先是摇曳于树后来铺满林地的美妙色彩，

---

①徐刚著，《大森林》，北京十月文艺出版社，2017年，第3页。
②徐刚著，《大森林》，北京十月文艺出版社，2017年，第3页。

以及风中落叶的优雅，又何能只以科学做解释？”[①]

报告文学应充分发挥文学的感情表达，这是报告文学的魂，这与尊崇科学、遵守科学的理性并不矛盾。但是报告文学创作追求的整体真实性，与科学性不是一个范畴。“森林的本质是保守生命，并且保守生命的秘密”[②]——《大森林》用了近五十万字在诠释这个事实。大量的考古实证、文献记载、科学论断、实地采风、深度采访，几乎运用了报告文学创作全部的写作方式，建构起作品的非虚构。何谓森林？在我国传统的概念中，“独木不成林”“双木为林”“三木为森”，双木，三木，言树木之众也。“森林”这一词语，在中国汉字中少有地集象形、表意、指事为一体，可称美轮美奂。然“森林”一词由多木构成，象征树木众多的解释，“只能说明森林的外表形象，而不能说明森林的本质。从本质上来说，森林的概念应该是以乔木为主体，包括下水、植被、动物、菌类等生物群体，与非生物界的地质、地貌、土壤、气象、水文等因素构成的自然综合体”[③]。以上表述，如作为森林的范畴，准确而精当，倘言森林的本质，唯“自然综合体”一语差近之耳。

那么，森林之本质何在？笔者的体会是：作为陆上生态体系的中枢，森林自然综合体彻上彻下、包罗万象。森林之所以能恒久大块地存在，首先因其自给自足，何能自给自足？循环不息故也。何能循环不息？看似平静的大森林，其实无瞬间不在劳作，且有生产、消费、分解者的明确分工。其默默无闻、人所不见的工作，使有生命的生物种群与无生命的山岩块垒、沼泽荒野、江

---

①徐刚著，《大森林》，北京十月文艺出版社，2017年，第3页。
②徐刚著，《大森林》，北京十月文艺出版社，2017年，第5页。
③丁建明、徐延强著，《中国的森林》，商务印书馆，1995年，第2页。

河流水、风云变幻等自然环境密切相连，使林地成为完整的大地，成为生生不息的能量转化、物质交换之森林生态系统，森林是能自给自足的。

试从最渺小、最无光彩，几被我们完全忽略的森林底层的落叶及落叶下林地中的细菌真菌，即森林生态系统中的分解者说起。它们孜孜不倦、乐此不疲地吞噬、分解林地中的枯枝败叶、腐尸残骸以及各种森林动物的排泄物，使之腐烂分解，成为富营养的有机物质，为一切绿色植物吸收利用。那些底层的更小的分解者其实也是创造者，我们通常把“森林中的生产模范”这一称号给予乔木、下木、灌木等一切绿色植物，因为只有绿叶才能通过光合作用，利用光能，吸收空气中的二氧化碳、土壤中的水分制造糖和淀粉供养自己。森林中的动物是逍遥自在又互相捕杀的消费者，食草动物因林草鲜美而鲜美，食肉动物则以食草动物为食，如是往复，循环不息。①

关于森林，文本里就包含人们普遍的习惯性认知，有汉字解释，有学术定义，有作家的体会，有从生物学角度的逻辑陈述——综合以上，作家尝试性地概括提出，“森林的本质是保守生命，并且保守生命的秘密”的既非学理性的又非学术的且并不是普遍大众认知的关于森林的概括，而是结合知识、诗性的文学概括。

除了生态题材的报告文学以外，摆在历史题材的报告文学创作者面前的也是现场的难题。《革命百里洲》讲述百里洲的形成与发展过程，尤其是清末和民国年间政治、经济、军事和文化等的状况，解读历史的同时更是关照现实。赵瑜在宜昌书店发现了

①徐刚著，《大森林》，北京十月文艺出版社，2017年，第4—5页。

杨尚聘的《在水中央》，后对其进行深入采访。杨尚聘是百里洲人，也是当时宜昌日报社的社长，对百里洲熟悉且也是有文化积淀之人。采访杨尚聘是赵瑜和胡世全进入百里洲历史的第一步。在杨尚聘的推荐下，他们又采访了20世纪五六十年代在百里洲当书记的江诗智，20世纪70年代当书记的李国甫、陈宏灿。之后，他们又一次到百里洲，在那里住下，采访了村民、企业、乡镇领导等，对百里洲的农业、农村、农民进行实地调查。作家扎根于写作对象，多次去百里洲，最长住了一个冬天，最短也住过一两个月。岛上经济萧条，人员往来较少，冬天没有暖气，阴冷得令人受不了。作家往返于各村之间，接触百姓数百人，尤以老年人为多，因为在赵瑜看来，这些老年人都是“活档案”“活历史”。基于对现实人物的采访，以及大量的查阅和阅读文献，《革命百里洲》的创作历时五年，不仅呈现了关于中国农民在土改以前半个多世纪的历史回叙，而且写了长江农民的现代命运。历史与现实的勾连，是从一件件个案的挖掘展开的，而这每一个个案都是基于作家的调查、采访、查证、核实而来。《革命百里洲》获得鲁迅文学奖的评委评语是：地处湖北长江中的百里洲，在中国的乡村文化和农业历史中具有特殊典型的意义，对这方土地上乡村历史文化的演变及农人生活命运的历史现实表现，对于深入地认识和把握中国现实的乡村农人生活命运，会有很好的参照和帮助。作者历经五载甘苦，通过仔细深入的田野调查，对这里曾经发生的变化、政治、商业、农业乃至军事活动进行了非常个性和十分文学化的描述。在一种历史生活的接近过程中，用心地思考和找寻着现实乡村及农民的出路，思考严肃，意旨深沉，是现实视角下的历史，是历史的现实延续。自觉的问题意识和对于表现内容的个性追求，使《革命百里洲》在文学表现方面具有明显的创新和“革命”意义。章回体结构叙述和书话语言的运用，将深沉、丰富的内容通俗化，使包含残酷争夺、人性、人道、情感和土地权利、人物命运改变等等内容的描写更让人容易理解接受。《革命百里洲》持民间立场，绘制峡江农村历史现实生活画卷，堪称报告文学力作，当今书海一部奇书。其中，对于这部历史题材报告文学创作的定位——“现实视角下的历史”“历史的现实延续”——点明它在解决“历史与现实”的时间问题上的巧妙之处，也证明了作家解决在场矛盾的较强能力。

还有一类新闻性较强的报告文学创作，包括突发性事件的报告文学或者是已故人物的报告文学等，这类报告文学创作都受时间的制约，给创作带来更大的难度。比如，何建明的《爆炸现场》。天津港“8 · 12”大爆炸，灾难在一瞬间降临。事件的瞬时性、突发性、严重性是无法预估的，也不能被预估。大爆炸极快地引发了全社会的广泛关注，成为轰动性新闻。作为报告文学作者，经历这场灾难是不可能的，而事件发生后进入这场灾难，也是难上加难。如何进入，从何而入，考验着作家的能力。同时，面对全社会的重大关注，写什么、如何写——这是对于报告文学作家（而不是其他文体创作者）更艰巨的问题。当时，舆论集中在“瑞海公司为什么会将那么多危险化学品堆放在一个距居民区如此近的地方”“爆炸的背后是否存在贪污腐败”“那么多消防员牺牲了，为什么不能避免”“为什么中国的消防员那么没知识”……有些问题，是需要科学家、专家经过调查回答的；有些问题，是需要政府部门负责人回答的；有些问题，可以以报告文学的方式展现。报告文学包含了对客观事实的讲述，也包含了对人性和情感的传递。面对舆论对此次消防工作的好奇、误解、问责等，《爆炸现场》给了动情回复。

大爆炸的威力通过电视和网络视频的传播，全世界都看到了，那几千辆钢铁铸造的汽车在瞬间化为了灰烬，而血肉之躯的消防队员在如此威力无比的火焰中能否生还呢？几万只集装箱在爆炸热浪引发的冲击波中四处摇荡飞舞……这是怎样的摧毁力？一个活生生的人，在如此威力下如何得以生存？

“失联”者的命运牵动着所有亲人、同事、战友和那些把人民的生命放在至高位置的领导者、决策者的心。

有人给我讲了大爆炸后一位消防队员的家属寻找“失联”儿子的情节——

13日傍晚时分，几个从飞机上下来的消防队员亲属直奔爆炸现场，他们见了火光后便哭天喊地要冲进去“救儿子”。现场的警察和军人苦苦劝这些家属，但根本无用。“你们还我儿子！我要儿子！”消防队员的家属喊着，闹着，哭着。

“他暂时失联，我们正在想尽办法寻找……”这样的解释和劝说都显得十分乏力。

家属仍然一次次地奔着爆炸地冲去，又一次次被拉回来。

“你们快去救火呀！快去救火！”最后，消防队员的母亲精神失常，她认定自己的儿子没有“失联”，那正在燃烧的地方就是她儿子所在的地方。“儿子跟我说过：哪里有火光，他就在哪里……”母亲坚持这个理由。

面对这位“失联”消防队员的母亲，在场的人没有不流眼泪的。

再严重的大爆炸，也许仅仅几秒钟、几分钟就过去了，然而它留给我们活着的人的，又是多么漫长的痛苦！

“活要见人，死要见尸！”无论是多么无私与大度的人，只要你是“失联”者的亲属或家属，都会提出这样的要求。这个要求没有半点的过分，谁能拒绝这样的要求呢？

但，天津这场大爆炸的复杂与特殊，远远超出了我们一般人的想象和认识。我记得有位领导在评说此次危险品爆炸现场时，曾用了三个“特别”，即“特别严重”“特别复杂”“特别危险”，这也说明现场确有许多普通人不了解的情况。比如传说中现场还有几百吨氰化钠，比如第二、第三天全副武装的多个解放军防化部队进入核心，比如8月16日李克强总理到现场后指着仍在冒烟的废墟问是不是那些空气还散发着剧毒……尤其当人们看到那个比球场还要大的“炸坑”，周边的土上泛着厚厚的一层白沫时，谁都清楚在这样的现场，即使没被炸死，也会被毒死，窒息而死。

“失联”者的命运在如此绝境中，有多少生还的可能？我们似乎都很清楚，但我们又有谁真正清楚？①

报告文学作家没有经历过爆炸现场，面对来自方方面面的人和声音，他选择亲见的真实——爆炸发生后的现实受灾场景、消防员的家属、救援人员乃至政府官员等等，用亲耳所听——家属丧失理智的悲痛和呼喊、救援队伍的态度、政府负责人的发言等

① 何建明著，《爆炸现场》，见《何建明文集》卷十八，新世界出版社，2018年，第133—135页。

等来构建大爆炸的非虚构，尽管这是“后真实”。“后真实”，可以被理解为报告文学创作建构出的真实性，是作家不在场与文本在场的真实，也是报告文学建构的非虚构。

第三节　“在场”矛盾的解决

对于报告文学创作者而言，处理矛盾伴随着整个创作过程。如果简单地将处理矛盾看作到达采访现场后的反映和应急的话，那可以判定，他的创作一定好不了。作家创作并不是指发生“写字”这个动作，它包含了长年累月的积累、思考，以及采访、查阅文献，以及写作、修改、否定之否定等过程。尤其是报告文学的创作，作者需要充分的知识准备、机敏的现场反应、高超的文学表达能力，综合作用之后反映在文本自然地处理“在场”矛盾上。在著名报告文学作家徐迟看来，这些能力包含八个方面——思想、生活、借鉴、语言，这是属于创作准备阶段的；构思、细节、造句、修改，这是属于创作实践阶段的。

> 思想是第二性的，生活才是第一性，因为不是思想决定生活，而是生活决定思想。那么，为什么我不是一开始就讲生活这一方面，而先讲了第二性的思想这一方面呢？这是因为，我要讲的思想是毛泽东思想，是马克思列宁主义。毛泽东思想，是社会经济物质生活的实际反映，马列主义反映了生活的真理。他们可以指导我们更好地认识生活并指导我们创作。思想是灵魂，是革命的灵魂，也是文章的灵魂。思想是统帅，是革命的统帅，也是文学的统帅。我讲我自己的情

况。我学习马列主义和毛泽东思想，是二十五岁才开始的，比很多同志都晚了。不过也不算太晚，一进入40年代就比较自觉地学习马列主义和毛泽东思想了。但是，学来学去，不生根，留不住，不会用。开国以后，历次的政治运动，我一般没受什么批判，不是被批判者，而常常还是批判者，也不担任什么学习小组长，运动一来，我就读书，读经典著作。所以，搞一次运动，我就能读一次书，可是，没有什么进步，没有抓住马列主义毛泽东思想根本的东西，这样就到了无产阶级文化大革命了。到了无产阶级文化大革命，就进了“牛棚”，靠边站了。靠边站之后呢，那是很好了，关在一个楼上，不让下楼，也不能出去。下雨不用打伞，也不用穿套鞋，吃饭的时候，人家给你送来，吃完人家给你端走。没有事情做，就读书，想一些办法搞书，还是搞到了不少；偷偷地瞒过了一些造反派的耳目，读了不少书。还是读经典著作，因为当时对无产阶级文化大革命不理解，感到心慌，是怎么回事呀？到了“九一三”事件林彪摔死以后，才知道是路线斗争，也感觉到自己参加了路线斗争了。这是马列主义毛泽东思想的根本。以后就读得比较顺当了。

1972年、1973年，读的是马恩选集和列宁选集，通读，没有别的事情，反正就是读书，所以读得很快，两个半年把这四卷本的两部选集都读完了，以后就反复地读，还读起全集来了，没有别的事情可以做了，但是，却做了一件最重要的事情。越读心里越踏实，一直读到1975年，每天都读八个小时以上。读了马恩选集四卷，列宁选集四卷，毛主席的选集当时是四卷，现在是五卷了，还读了《资本论》。原来有一个感觉，已经到了社会主义阶段了，你还读《资本论》？

对资本主义社会的分析，就不怎么重视，哪知道资本主义社会阴魂不散，连社会主义制度里头，还是非常猖獗的，还是要读《资本论》。所以当时我将三部选集十二卷，再加上一部《资本论》，十三卷，读了。《毛泽东选集》，当时只到1949年，可是，开国以后，毛主席的讲话公开发表的很多，也没有一个出版社来把它们收集起来编定出版。正式出版了的就是《关于正确处理人民内部矛盾的问题》一篇，《在中国共产党全国宣传工作会议上的讲话》一篇，再加上《人的正确思想是从那里来的》。可是有大量的毛主席著作没有汇集起来，就靠手抄，拟手抄本，只要能找到毛主席的文章或讲话，哪怕是一句两句，我都抄了。毛主席每次接见国宾，有时报上说一两句，我都抄了，所以毛主席的著作也是不断学的。

这几年，就是学习，没做别的事情。除了学经典著作外，也读了其他一些书，如《屈原》《史记》《前汉书》《后汉书》《昭明文选》《红楼梦》《孔子》《庄子》《管子》。那个时期"四人帮"搞儒法斗争史，没有人讲《管子》，管子没有人管，我就专门学《管子》。这段时间都交给书本了，因为当时也不能出去。到干校，开始有一段劳动，后来也不搞什么劳动了，就是读书。到了1975年年底，恢复工作了，还是搞专业创作。但是，那个时候写了文章也不能发表。我出来工作的时候，已经写了三十万字的东西了，到现在还没有拿出来。恢复工作以后，也是继续写，不发表，也不能发表，因为一发表就有棍子打下来的，说你这个老家伙又冒出来了，发表是没有好处的。不发表还有人眼睛瞧着你，盯着你，还有人在管着我呢！所以也没有发表文章，不过思想很稳定，精神很健康。

…………

生活是源泉。物质生活是意识形态的源泉。社会物质生活，社会经济生活，是政治、文艺等意识形态的最根本的基础。毛主席讲了的，社会生活，人民群众的生活是源泉，是源、是源头。我们生活，我们劳动，我们学习，出来采访，就是接触生活。我们是一面镜子，是一面能动的镜子，就是要反映我们国家我们人民群众沸腾的战斗生活。那么，怎么接触生活？毛主席已经讲过有三种：下马看花、走马观花、安家落户，根据不同情况，根据工作上的要求，或者走一走，看一看，或者住得长一点，或者长期在一个地方生活。这后一点我做得很差，我是一个满天飞的作家，到处跑，并不深入，很不深入。但是因为长期跑来跑去，跑的都是建设工地，对建设工地的认识程度也稍稍深入一些。我一般搞得比较快，李四光花了一个月就写出来了，陈景润也只花了一个月就写出来了，我在数学研究所只住了一个星期。后来写蔡希陶的文章到昆明去了一下，花了三个星期，就写出初稿来了。

…………

要借鉴的一般说来，是借鉴中外古今的文学艺术之流。毛主席讲，外国的和古代的文学作品是流。生活是源，作品是流，要有源有流。我呢，是经常考虑这个问题，怎么能让我们多读一点书呢？除一些经典著作之外，还要学很多文学艺术作品。我现在开了一张单子，正在准备研究，还没有发表，在这里还是第一次抛出这个东西。我准备开一百个作家的名字，他们是必须读的。这一百多个作家里我分了三等，一种叫上游，像长江呵，有上游，有中游，有下游嘛。一部分作家属于上游的，一部分属于中游的，一部分作家属于下游的，当然不完全是品位他们的品高品低，不是讲品位，也包含一点品位的意思。主要是讲时代，按时代的先后来分的。这一百个作家上游的是十二个人，中国作家五个，外国作家七个。我念一念这个单子，中国作家五个：屈原、司马迁、曹雪芹、鲁迅、郭沫若；外国作家七个：荷马（希腊诗人）、但丁（文艺复兴时期意大利最早的一个诗人）、莎士比亚（英国戏剧家）、塞万提斯（西班牙小说家）、巴尔扎克、托尔斯泰、高尔基。这样十二个人，中国五个、外国七个是上游作家。应该要读的，都不太好读，比较难读。关于屈原，毛主席有一句话，“屈原高居上游”，1959年讲的，有文件的。这个作家，他的一部作品叫《天问》，讲了宇宙发展史，基本上是正确的；讲了地球史自然史也不错，也是唯物的；讲了人类社会发展史，讲了蒙昧时代，野蛮时代，进入文明时代，他的《天问》是这样的。《离骚》《九歌》《九章》都是写奴隶社会到封建社会，过渡时期的阶级斗争的，所以屈原是一个了不起的作家诗人，该读。他的诗美得很，包含着很大的智慧，又有科学的精神，分析阶级斗争，写了路线斗争。你们看《离骚》的头一部分，它有二十几个地方，谈到两条道路的道路问题。我是作了研究的，我是最爱他的。第二个司马迁是散文家，历史家，文章写得非常漂亮，思想性很高。他也是写了三皇五帝原始公社社会的崩溃，奴隶社会的兴起，奴隶社会的全盛时代，然后，奴隶社会的衰落，封建社会的兴起，一直到秦汉，汉武帝的时候，写到他自己。他的列传七十篇，全书一共是一百三十篇。

七十篇列传是一本很了不起的文学作品，这是写了我国社会发展史的。我们今天写我国社会发展史，所能根据的材料，主要是用《史记》的。其次，曹雪芹是写封建社会没落，资本社会萌芽，写了资本主义萌芽的意识形态，是一部划时代的作品。毛主席对他们评价是非常高的，说中国地大物博，人口众多，历史悠久，文学上有部《红楼梦》。中国是有四个优点，三个属于基础的，一个属于意识形态的。毛主席把文学上有部《红楼梦》跟中国的地大物博、人口众多、历史悠久相提并论。了不起的作品，在世界文学史上恐怕是最好的一部小说。再其次，鲁迅不要说了，他从旧民主主义革命到新民主主义革命，是无产阶级革命的作家，这个就不需要多说了。毛主席称之为中国文化革命旗手，思想家、文学家、政治家。还有就是郭沫若，郭老已经逝世了，他逝世以后，我就越来越感到他的伟大。还没有到五四运动，1918年，郭老的第一首诗，诗集《女神》里的第一首诗，头一句话："我是无产者的诗人"。这个时候，1918年，五四运动还没有起来。郭老是中国革命浪漫主义的代表者。正像鲁迅先生，他是中国革命的现实主义的旗手。鲁迅的著作，主要是革命现实主义的，但是也有革命浪漫主义，因为他有社会主义革命的理想。郭沫若同志的著作，主要是革命浪漫主义的，但是也有革命现实主义的基础。由于历史的限制，鲁迅、郭沫若分别成为一个是革命现实主义的大师，一个是革命浪漫主义的大师，留给我们宝贵的财富，让我们来创造出革命现实主义和革命浪漫主义相结合的作品。我对郭老越来越感觉到他伟大。他活着，我们曾经生活在一起，经常可以见到，往往还不能够感觉到他的伟大，死了以后越来越感觉到，这是一个伟大的作家、思想家、政治家。所以这样，中国这五个作家得好好研究，得读一点屈原，读一点司马迁，看看《红楼梦》，看看鲁迅，看看郭沫若的作品，这个实际上大家都已经做了。

…………

文字是从语言出来的，“文化大革命”以前，我们经常讲语言。就是“文化大革命”中间，给“四人帮”搞乱了，这个语言就不大讲了。语言和文字是有分工的，语言是口头上的，文字是印刷到纸上的，文字比较固定，而语言是活的，会变的，是要过时的。我们看过去的作品，就能感觉到有些作品的语言过了时。我们今天的语言，口头上的语言，也不断在发展在变化的。

我认为，我们国家有三个语言大师，一个就是曹雪芹，近代语言是从《红楼梦》开始的。《红楼梦》中，一些人物的讲话，用的是一直到现在为止，我们大家都在用的北京话。这个语言非常精炼，非常精彩。两百多年前的作家，写我们今天的语言，例如，有几段王熙凤的语言，晴雯的语言，尤三姐骂贾琏，这都是非常精彩的语言。他是第一个开创我们国家近代语言的作家。我刚才已经讲过了，《红楼梦》是资本主义的宣言书。“四人帮”那个时候，都讲《红楼梦》是封建社会没落的镜子，从来不提资本主义萌芽。《红楼梦》是宣告资本主义要来了的这样的一部作品。他通过贾宝玉、林黛玉、晴雯，包括平儿，说出资本来临了。《红楼梦》就是这样一部书，封建社会要滚蛋，资本主义要来。《红楼梦》的语言，可以看一看，我们把主要的奴隶女——就是丫鬟的语言看一看，真是一个语言大师。第二个大作家，语言的大师是鲁迅，看一看鲁迅的全集，特别是他自己的著作，他的语言是丰富极了，他吸收了中国古代的语言和外国来的语言，较之《红楼梦》又有了提高。鲁迅在接受外来语言的时候，搞了五百万字的翻译。他要把外国的语言变成为我们中国人能接受的语言，花了很大的力气，但是，鲁迅并没有能够完成。把外来语言变成中国语言这项工作鲁迅并没有完成，完成这项工作的是毛主席。在“文化大革命”中，我靠边站以后，有一个时期什么书也不让看，只让看一本语录。我就背那本语录，我就发现，毛主席的语言，精炼准确，是任何一个作家也赶不上的。毛主席发展了曹雪芹、鲁迅的语言。我们今天讲话的语言，我们今天思考所用的语言，都是毛主席给我们定下来的。毛主席的语言，把古代含有生命力的语言完全掌握了。外来的语言，特别是马克思主义的语言，从外文翻译过来，变成中文，这是毛主席完成的。毛主席诗词是中国古典文学最高峰了。现在我们写信也好，记日记也好，写文章也好，都用从毛主席那里学到的今天的语言。这样三个语言大师，把我们的今天的语言确定下来了，现在我们中国的语言和文字，确实是很完美的，是从曹雪芹到鲁迅，然后到毛主席才完成的。

语言有三种，一种是人们口头语言，一种是外来的可以移植的语言，一种是古代的尚有生命力的语言。我在写《地质之光》的时候，用了大量的外国语言。为什么呢？李四光在开国以前写的地质学论文，都是用英文写的。地质学很难划分国界，你不能只搞中国地质学，不搞世界地质学，地球是一个整体，所以李四光用英文写，在新中国成立前，是有理由的。我写的时候，是大量用了李四光的材料的，我喜好用材料，我写那些东西都是用了材料的，用很多材料，大批材料，而且是照材料抄的。写完以后，我送给李四光的女儿看，关于地质学的部分，李四光的女儿很不放心。她问：在地质学上来讲，是不是正确的？看来，李四光的女儿就不怎么看她爸爸的著作。我就告诉她了，我都是从李四光的著作中间原文照抄的。我有一个用材料的本事。在《哥德巴赫猜想》里，那6＋6，5＋5，3＋2，1＋6，1＋5，1＋4，这我并不熟悉，我都是用材料的。那么，李四光的原文是用英文写的，他的中文，是他自己翻译过来的，他外文也好，中文也好。为了我的整个文章语言上比较统一，所以，我写的时候，也用了英文的语气，有时也用英文的构思。我原来以为，这个作品大概不大被群众所接受的，因为我用外国的语气，用得比较多了，但是发表以后，我们的读者，现在也是能够接受这些外国的可以移植的语言的。

古典的语言，我也用得不少，有两句，我写进《地质之光》里面去，写中南海，轻尘不飞，勤政殿前，纤罗不动。轻尘不飞，就是水上很轻的灰尘都不飞的；纤罗不动，就是在勤政殿前一些微小的水草、树木都不动的，描写这一天天气比较好。轻尘不飞，纤罗不动，这八个字是晋朝一个作家叫木华，写了一篇《海赋》，从《海赋》里面抄出来的。《哥德巴赫猜想》里我还用了一个“拂钟无声”。我知道这四个字很多人恐怕是不懂的。我描写华主席叶帅，在10月6日一举粉碎“四人帮”的时候，那样锋利的宝剑，往钟上一拂，没有声音，这个钟就劈成两段了。形容这个宝剑的锋利的拂钟无声，我想很多人怕读不懂，这是从《汉书》里面看来的，从《汉书》里面抄来的。我总想找一个字，找一句话，找一种方法，来描写这个锋利的宝剑，我就找了这么四个字，而且当时用的时候，就知道读者不一定会看懂。但是后来，有一个十七岁的高中一年级的学生，写信来问我：你这四个字是不是说一把宝剑轻轻地从一个大的铜钟上拂过去，就把这个大钟劈断了。我很高兴十七岁的一个高中生他懂，他想了半天，还是想出来了。我们古代的语言是很精彩的。

…………

在创作实践上，想讲一讲构思，细节，造句，修改。首先是构思。在我写《哥德巴赫猜想》，写陈景润的时候，经过构思，我想集中地写他攀登。因为他的过程，就是一个攀登的过程，所以来龙去脉，集中点还是在攀登上。为写攀登高峰，想写得像样点，我就找了一本国家登山队攀登珠穆朗玛峰的报告文学集，人民文学出版社出版的。我就从这里头找了很多的描写登山队员攀登的语言。解决1+2的问题，整个是一个攀登的过程。那么我的具体的集中点集中在什么地方呢？集中在水果上头。一袋水果，周大姐李书记送上去，他不收，退回来，然后再送上去，他收下了。准备上楼梯，忽然又跑下来，把水果又送回给李书记，然后李书记再把水果送上去，他才拿了水果上楼去了。这个既有构思的过程，又有细节的描写，我比较详详细细地写了一袋水果的来来去去。这一个细节，也是构思，构思往往集中在一个细节上。一袋水果有什么了不起呢？但是这一袋水果代表了党对科学工作者的关怀，花钱并不多，一块钱，两块钱最多了，可能是几角钱，而且送过来送过去，为什么要花了很大的笔墨，来写这么一个构思中间的这个细节呢？就是它有一个典型性，我写它，拿了这个水果上楼把房门一关，他又去攀登了。这第二次怎么攀登可以不要去写，所以一过春节他一上班就把《哥德巴赫猜想》交卷了。主要点放在水果上面。

…………

现在写周总理的文章比较多，但往往写到最关键的时刻，细节写得不细，而总理这个人恰恰又是最细致的。人民大会堂建成以后，周总理检查人民大会堂的工作。在十周年国庆的前夕，人民大会堂就要使用了，周总理说我要去检查一下，看看人民大会堂和宴会厅，看到底搞得怎么样了。他进了大会堂下了一道命令，把全部灯光开亮，于是，整个人民大会堂、宴会厅，灯都开了，灿烂辉煌。一个新建筑物，立刻就要使用了，国家的总理要来检查工作，还要看灯光。然后从门口一路走进去，走走走，一个一个灯看，最后发现一盏不亮的灯。周总理问：你看，这怎么不亮呀？于是立刻上去，把这个灯泡换过，亮了，他是检查人民大会堂的一个局部，他检查到了一盏灯就是没有亮。像这样的细节很多，周总理处理事情这个细致呀，是有很多很多这样的事迹的。斯诺跑到中国来了，斯诺跟他的夫人要到延安去看一看，周总理跟他谈了话，完了以后，问穿什么衣服去呀？他们说：我们就这身衣服呀。不行，天气冷，你这个衣服不行，天气冷，有皮大衣没有？没有？总理说：要给你们做。谈话完了以后，斯诺和夫人回到他的宾馆，做衣服的裁缝师傅已经在那里了，说总理吩咐要给你们两个各做一件皮大衣。像这样的事情要讲起来是很多的，我过去讲过了的，现在再讲一个。1949年开国的前夕，新政协的筹备会议要开会了，宋庆龄副主席，那个时候都叫她孙夫人，从上海坐火车到北京参加这次大会。周总理给她安排了住的地方，几次检查接待宋副主席的工作做得怎么样，并提了意见，这个该换了，这个要重新布置。都换了，都弄好了。宋副主席到达北京的那一天，总理要到车站去接她。在接她之前，总理又到那个地方，把宋副主席居住的地方最后还检查一次。他把所有的房间都看了，都比较好了，都满意了。然后总理说：拿一把剪刀给我。于是他们就拿一把剪刀给总理，不知道总理要干什么。总理来到一盆菊花的前面，看了菊花半天，拿剪刀把菊花的叶子剪掉几个，可以使这盆菊花显得更加完美，更加好看，然后将剪刀交还以后，上车到车站接宋副主席。你说总理这个细呀，细到何等程度。所以我们在访问的中间，就是要注意一些细节。我到周培源同志的家里去，在他的客厅里坐着的时候，我把他房间里每一个细部，都看了，后来我写的时候，他墙上挂了一个明代的画家，叫文徵明的一幅山水画，我就把它写进去了。后来送稿子给他审查的时候，他夫人看到这个地方就笑了，说：你写得真细呀，连这幅画都写了。我还看了周培源书房里头毛主席的像，毛主席的半身塑像和周总理的像，怎么挂的，然后就写到他们喝酒的时候，是走到主席照像、塑像和总理的照像底去喝下这一杯酒。反正我们要尽可能地做到细致。要注意细节，要细心一点，细节是最能感动人的，你离开了细节，你要想感人，就不能感人了。

造句的问题，我们中国古代有一个很好的传统，那时三家村的老学究，给你上课，教你背书，还教你一种技巧，叫对句。他说天，你就说地；他说上，你就说下，就是搞对子。五言律诗、七言律诗，都是有对仗的，第三四、五六句是讲对仗的。比方说，毛主席的长征诗：五岭逶迤腾细浪，乌蒙磅礴走泥丸。五岭对乌蒙，逶迤对磅礴，腾细浪对走泥丸。金沙水拍云崖暖，大渡桥横铁索寒。这都是对着的，金沙对大渡，水拍对桥横，云崖对铁索，暖对寒。这个传统我们现在用得比较少，但是像毛主席那样，用得是比较多的。马克思的文章也是这样的，是成对的句子。鸟飞的时候，也是两个翅膀都张开才能飞的。马克思、恩格斯、列宁、斯大林、毛主席他们用这些对句的时候，是作为辩证法来用的。马克思说："无产阶级以哲学作为自己的精神武器，哲学以无产阶级作为自己的物质武器。"这是一对。毛主席说："在普及的基础上提高，在提高的指导下普及"，是一对。我们要讲造句，主要是讲我们可以进一步搞对句，也只有你能够掌握对句的时候，符合辩证法则，你才不是片面的，是比较结实的。曹雪芹说："但凡家庭之事，不是东风压了西风，就是西风压了东风。"这是辩证法。我很早就感觉到经典作家有这样一种造句的方法，是辩证法在写作中的运用，可是自己想学呢，总是学不来。只是比较注意，最后还是慢慢地学会了。我写了一篇《向着二十一世纪》，就是从头到尾用对句的。是今年大年初一写的，所以我开头是辞旧岁，迎新年，这是一对；毛主席给陈毅同志的信把形象思维送回到文艺园地，华主席给《人民文学》的题词，振奋人心，吹来了春天，这也是对句；时间的流速快，生活的发展猛，也是对句；昨天还是1977年，今朝已在1978年了，这也是一对；本世纪末，即新世纪初，等等吧，我都是用对句的。最近我看到《人民文学》，最近这一期有一篇小散文，有那么个作者，我不认识他，他从头到尾，都是运用对仗的，写得比较好。我写陈景润的时候，善意的误会，我就找了一个对立面，找了无知的嘲讽，写了恶毒的诽谤，找了一个对子，热情的支持。陈景润最后这一段，我是尽量地用对仗，被冷酷地逐出世界的人，被热烈地召唤回来，这是一对；帮派体系打击迫害，更显出党的恩惠温暖，也是一对；这对于他好像是个坏事，也是好事，他得到锻炼而成长了，也是一对；病人恢复了健康，畸形人变成正常，正直的人已经成了政治的人，在《人民文学》发表时，只写了这么三句，后来出书了，我又加了一句，把它对上了，就是多余的人为国争了光。这是我尽量用对句把它对下来的，我要讲造句主要是讲这个，希望大家能在学习经典著作的时候，注意一下这个问题。而且这是中国古典传统中的好方法，也是用辩证法来进行创作的好方法，搞对仗，成双，作对，来造句。当然，并不一定全部都是如此，如果你这样写一些，效果是会比较好的。

最后再讲一下修改，文章一定要修改。不修改的文章有没有？有！有的时候是达到了这样一种境界，你一写出来，就可以不再改了。巴尔扎克只花了一个星期写出了《高老头》，但是多半不能达到这样好的境界，都是要改一次三次五次的，无数次，改不完地改。我那几篇文章都是改了又改的。人在写完了一篇文章之后，总觉得这篇文章写得好得了不得。有这么一个共同的毛病，你刚写完，觉得自己的文章写得好极了。等你放一放，再看，你就发现是不行的，还是要改。我们现在写文章，还有一个请人家提意见的过程，这个在外国，外国作家可能是没有这个福气的，没有这个幸福的。我们写文章请老同志看一看，请领导看一看，请有关的人看一看。我写陈景润请他自己看了，又请李书记看一看，请周大姐看一看，请张光年看一看，给科学院的秘书长送审了看一看，都看了，都提了意见，都改了，也有个别不改的，大多数都是很好的意见，都改了。在写陈景润的时候，还征求了陈景润对立面的意见，他们也提了意见，也改了。文章一定要修改，有的时候是要改坏的，改坏也要修改，你再修改把它改好嘛。千万不要自己写完一篇文章，认为这是了不得的，我已经写了好文章，自己读起来是非常得意，人家提了意见，发脾气。有这样的人，甚至还有这样的作家。有的大作家也一听意见就脸红，这样的大作家有点危险。因为我也当过编辑，我就知道，你要改他的文章，他火了。但是还是要改，文章总是要改的。我现在是达到了这个程度了，写完了文章，首先编辑部看一看，提了意见就改。编辑部一关初步通过了，送给本人看。周培源也看了，陈景润也看了。蔡希陶没看，因为当时他病了，我请了蔡希陶的那个研究所里的吴所长，一个大植物学家，请他看了。给周培源看的时候，周培源就说，关于文艺的我都不管了，但是关于科学的，政治的，我是要看的。关于科学的，他看了以后，提了意见，还不满意，他按照我的要求自己写起来了，给我重写了。所以现在我有些东西，虽然是外行，不太说外行话，因为所有关于地质学的，关于数论的，关于流体力学的，关于植物学的，我都是请专家检查过的。另外政治上，比如写周培源的文章，原来没有送给北大的党委书记看，因为我想了，北大的校长他自己看过了，就不一定给书记看了，书记正忙着搞北大的运动，忙得一塌糊涂，没有给他看。然而到最后，有问题还是送给北大的党委书记看了，然后，接受了他的意见，作了改动，才发表的。这不是麻烦，这是我们的幸福，我们写文章既要大胆又要慎重。文章一定要改，文章不改是不行的，有时候是要改坏的，改坏了你再把它改好。《人民文学》上发表了《哥德巴赫猜想》之后，就收到许多许多读者的意见，有的读者很细致地对我整个文章的文法、语法进行了检查，给我提出了很多意见，我都考虑了，该改的都改了。《人民日报》转载发表的时候，就改了很多，后来印出单行本的时候，又改了，现在我自己还准备了一本，叫作自用校定本，我还是在改着，还要改，有朝一日还要再版的话，就再改。文章是改不完的，你要尽量地把它改好。有些技术上的错误，如我写两个画家，画了同一题材的画，一个画得好，一个画得不大好，结果我写错了，把两个人倒过来了，本来画得好的那个，我把他说成画得不大好了，本来画得不大好的那个，我把他说成画得好的了，结果文章一出去，立刻就有信来。这也是我们社会主义制度的优越性，就是有那些热心的读者，他给你查资料，他告诉你，你这个错了，把两个人颠倒了。而且有一个读者拿来一本书——他的根据，跑来给我看，你看看是不是你错了。我说：是我错了，现在已经来不及了，已经印到书上面了，只能等再版时再改了。总之，我们要在思想，要在政治思想和路线，在学习经典著作上下功夫；要深入生活下功夫，要阅读外国的、古代的和我们同时代的作家的作品，取得借鉴要下功夫；语言上要下功夫，要积累仓库；构思要下功夫，提炼主题是最重要的，要下功夫，构思当然是要下功夫的；细节要细，当然也要下功夫，还要不断地修改，永远也不要认为我自己已经写了最美最好的文章了，那是不可能的。客观世界是不以人的意志为转移的，你只能够尽力地接近它，尽

可能去认识它，尽可能去描写它……①

因为有了对真实性的追求和坚守——事实真实的靠近，以及情感真实的坚持，关于“现场”的矛盾得以解决，实现了文本在场和情感真挚。报告文学再现、建构非虚构与其他文学有本质上的区别，即是以无限切近真实的方式“重现”非虚构。

优秀的报告文学作品以理性为骨骼、以非虚构为血肉、以精神为灵魂。解决“现场”矛盾，不是报告文学家刻意为之的。优秀的报告文学作品阅读起来不会令读者有“跳出”之感，而是读者的思想和情感完全融入作品的叙述之中，沉浸于作家所营造的场景、故事和人物之中，感受作品要表达的情感和思想。相反，故意强调现场的作品，可以设置在场的假象的报告文学作品，适得其反——有虚假感、生硬感，读者很难被作品吸引。

那么，报告文学如何处理作家不在场和文本在场的矛盾呢？首先，充分采访。采访是报告文学创作的基础，任何一部报告文学作品都需要经过采访。报告文学不是书斋文学，需要作家深入生活，实地采访和体察。采访的过程，就是了解写作对象的过程。如何实施采访，不是本书要讨论的重点，不在此赘述。但是，采访的复杂性、重要性，笔者想特别提及一下。为什么不同的作家去同一个地方、采访同一个人，会得到完全不同的资料，可能有些人只是问了一些问题，收集了一些信息，而对于有经验的作家而言，敏锐地抓住细节、辨察真伪、得到被采访者信任等，才是决定采访效果的关键。黄宗英曾经说过：“让人物在稿纸上站起来，要十分熟悉自己描写的人和环境……当

① 徐迟，《关于报告文学问题的讲话》，载《汉师范学院学报》（哲学社会科学版），1979年第3期。

我睁眼闭眼人物在我心里都是活的时，就让形象把我的笔带着写了下来。”[①]“黄宗英在采写《特别的姑娘》《小丫扛大旗》《大雁情》《小木屋》等作品时，都是这样做的，由于对人物非常熟悉，人物在作者心目中‘活’起来了，因此写起来就很顺手。”[②]在《见证——中国乡村红色群落传奇》中，有上百位像虢月洲这样的新中国成立前老党员的故事，作家采访的在世老党员、已故老党员的亲友更是不计其数。说这部作品是“走”出来的，一点儿也不为过。除了采访，就是获得素材后的写作。报告文学的写作不是简单的材料拼凑，也不是一般的新闻写作，它是一种文学创作，是基于非虚构的艺术创造。“艺术的真实应该比生活的真实更集中，更有组织，更典型。所谓艺术的真实，它是比生活的真实提高了一级的东西。一切不自觉的或群众还没有明确认识的重大问题，要求文学艺术家敏锐地明确地认识它，并描写它。只有如此，文学艺术才能帮助读者深一层地认识现实，并指导现实、改变现实。”[③]报告文学应该是叙述的艺术，除了提供信息以外，还有作为文学的功能和魅力。“解放战争时，政府叫俺爷爷上大别山，跟着刘邓大军上大别山，叫他干县委书记。他没去。他身体不行，腿关节炎严重，走路都不行了，不能去了。有人说俺爷爷傻，共产党叫你当官都不去。俺爷爷就说，俺不是身体不行吗？再说，俺入党不是为了当官。后来蒋文德接了他的班，当村支部书记。新中国成立后，俺爷爷就在家里种地务农，干点儿零活儿，从不给组织添麻烦，到老都是庄户老头。”[④]令铁流感动数度落泪的，同时也令读者动容的就是这一

---

①黄宗英，《谈心》，载《湖北日报》，1980年2月21日。
②陈进波、马永强著，《报告文学探论》，兰州大学出版社，1997年，第24页。
③萧殷，《生活的真实与艺术的真实》，载《文艺报》，1951年4月10日。
④铁流、纪红建，《见证 中国乡村红色群落传奇》，人民文学出版社，2016年，第41页。

份份像虢月洲这样的老党员精神，这种精神不会随着时间而流逝，有《见证》铭记。

其次，叙事与非叙事相结合。报告文学研究者王晖在《报告文学：作为非虚构文体的文学魅力》中用“全景式”线型结构和“集合式”非线型结构来概括了这一非虚构文体的文学魅力。在他看来，“全景式”是以线型中的复线为主，不再局限和拘泥于单一事件或人物的叙议，而是以某一重要事件为叙说主体，多方位、多层次地展示其萌生、发展、高潮和结局的脉络。在这里，人物较少成为被叙述的主角，他们常常仅仅只是作为叙述的片段而存在，以为整个事件的叙说服务为目的。它不经意、不苛求严格意义上的情节的紧密连贯性，而是间以相当比例的非叙事性话语，形成叙议一体的特异结构，同时还渗入史料记载、报刊消息、电影分镜头剧本、备忘录、日记、口述实录等多种文体因素，在造成对情节连贯性的主观性间隔、以强调叙述者权威的同时，营造出一个“全息之眼”，使受众不仅从叙述者的叙述，也从其构建的非叙事性话语中，全方位地理解事件的表层与深层因素。而集合式则是一种与非时序叙述时间相匹配的结构，体现于诸多被称之为“集合式”的报告文学文本之中。此种文本大多表现为对“社会问题”的展示与关注，具有空间意义上的“问题”“焦点”“热点”等字符，取代了事件、人物等具有时间意义的因素，这使其酷似三段论式的论文结构。它的新意在于，理性思考大于感性的描摹，抽象的概括力胜过具象的个体事物的罗列，宏观观照的视野超越微观与局部的写真。它既保持着能够突显报告文学真实性的线型结构叙事时的生动性与客观性，同时又具有较强的主体性，以此来展示报告文学的文化批判性。在理由的《中年颂》中，作者并没有很早让主人公出场，而是花了大量篇幅谈一个普遍事实——如今，对人生自然阶段划分的概念，在不知不觉中发生了变化。一个人已经跨入中年，搞科学的，仍被称为青年科学家；唱歌的，仍被称为青年歌唱家；写东西的，仍被称为青年作家……人们越活越年轻了。青年是令人羡慕的，对于被羡慕的人来说，却有一种怅惘若失的感觉。仿佛在这一代人的生活经历当中，有十年左右的时间可以略去，不计在内！于是，人们一下子就年轻了十多岁。但是，时间的流速并没有改变，生物钟运行的节奏也一如既往。当梦幻一般的童年时代，无忧无虑的少年时代和黄金一样的青年时代悄然度过，一去不复返的时候，一个人就面临着严峻的岁月。不管人们如何改变计算时间的常规，这个岁月总是按照常规到来。在这一段岁月里，一个人上有老，下有小，工作和生活的双重担子沉重地压在肩上，最大限度地消耗着自身的能源，所得到的燃料补充却很少很少。如满载的船舱在漫长的航道上行驶，如负重的牦牛在浩瀚的戈壁上跋涉，把理想希望、生活的使命、社会的重托，顽强地输送到彼岸。[①]作者把存在的普遍情况用概括的语言说出来，一下子让人产生共鸣。而这篇报告文学所要重点书写的对象，继而走到幕前——她，就跨入了这样的年华。她不是科学家，她的文化程度只有初中三年级；她不是音乐家，她每天要听八个小时的刺耳的噪声；她不是作家，她的作品从来没有署过个人的名字。她叫索桂清，北京清河毛纺厂里的一名挡车工。当她生下第二个小孩，度过五十六天产假，来到车间里上班时，屈指算算，她刚好到了而立之年，整三十岁。车间里像喧嚣的海，森然排列的织布机抖动着钢铁的骨架，发出震耳的声音，像巨大的松林在摇曳，

① 理由著，《中年颂》，《中国当代报告文学精品书系·扬眉剑出鞘》，人民文学出版社，2005年，第79页。

使人恍若置身于风呼浪啸的海岛上。她看管着四台织布机，每隔一小会儿，就要挨遭巡视一遍。她生得中等身材，体态轻盈，脸庞消瘦，留着运动员式的短发，给人一种精干、利索的感觉。她是一个熟练的挡车工，用手摸摸织出的毛料子，试试它的松紧，单凭指尖细腻的触觉，就能判断有没有缺经断纬；在千丝万缕中哪怕有一根断头，也逃不过她敏感的神经末梢。她接线的动作很美妙，只是手腕在空中一抖，手指轻轻一绕，眨眼间已把断头接好。她一忽儿俯下身子，监听机器的心脏跳动有没有杂音；一忽儿绕到机器的背后，看看这里有没有可能造成事故的征兆……当她走到那一头，一个青年女工用新奇的目光打量着她："索师傅，不在家歇着啦？"她羞涩地笑了笑。①

再次，合理联想和文学诗性表达。诗性，即报告文学创作的文学性。谈到文学的诗意时，刘白羽认为人们在用不同的方法来表现诗意，有人写在诗里，有人写在小说里，有人写在报告文学里。刘白羽被认为是报告文学中提出"诗意"命题的第一人。报告文学的诗意，即报告文学作为一种文学文体的审美意义。报告文学和诗歌、小说、戏剧等一样，是既有艺术形象的描写、人物心灵的刻画，又可自如地抒发情感或是表达批评的文学体裁。创作过《共产党人》《祖国高于一切》等作品的女性报告文学家陈祖芬，也是一位十分注重文字美感的作家。"作为女作家，陈祖芬能留心事象于秋毫，体察人物内秀于寻常，善于捕捉对象看似细微琐屑而实则却深蕴品格的细节，娴熟地用细节写活一个人，写透一个人。"②《我的太阳》是一部短篇作品，就在这篇幅不

① 理由著，《中年颂》，《中国当代报告文学精品书系·扬眉剑出鞘》，人民文学出版社，2005年，第79—80页。
② 丁晓原著，《中国报告文学三十年观察》，作家出版社，2011年，第171页。

长的空间里总能读到诗般的描绘——“几分钟之前，我还不知道地球上有这么一个小人物。可是几分钟之后，这个大千世界的一切都模糊了，都成了一片朦胧的布景。而在这布景之前的人生舞台上，只剩下这个人物——一个货真价实的小人物”①，“也许，分娩时的痛苦正是为了向每一个新生儿预示人生的艰难。可惜，任何人不亲自经历一下人生是不会知道其艰难的，所以仍然要拼其全力到人世间走一遭的”②，“风，好像在进攻窗户。好像非打进姜长河家里不可似的。窗外漆黑一片，寒风在黑夜的掩护下四出活动，袭击一切胆敢无视它的淫威上街的人。冬天早晨4点钟，谁能无视寒风的威力呢？”③“人生道路本来就是充满了坎坷的。但是对于长河，每迈出一步是尤其地艰难呵，架着双拐练走路，他的腋窝都磨破了，烂了。太疼了，喘一口气再走吧。但是，只要停下一会儿，就会还想再歇一会儿，再坐一会儿……不，只有一口气走到底。把最近的一个电线杆作为目标，然后再把下一个电线杆作为目标……这样，每走到一个电线杆那儿，就感到一种胜利的喜悦，就感到又向着最后的胜利前进了一步。走，走啊！”④——这些精巧又富有哲理的语言，将故事串联起来，好似专门为主人公姜长河写的人生长诗。

① 陈祖芬，《我的太阳》，《陈祖芬报告文学二集》，四川人民出版社，1984年，第1页。
② 陈祖芬，《我的太阳》，《陈祖芬报告文学二集》，四川人民出版社，1984年，第4页。
③ 陈祖芬，《我的太阳》，《陈祖芬报告文学二集》，四川人民出版社，1984年，第8页。
④ 陈祖芬，《我的太阳》，《陈祖芬报告文学二集》，四川人民出版社，1984年，第10页。

第六章
从记录到表现：报告文学创作的美学路径

中国目前报告文学存在的问题，最直观的表现就是“不好看”和“看的人少”，这些问题存在了一段时间。在文学整体势弱的时代，报告文学一方面面临着文学外部汹涌的媒介竞争、娱乐至死和审美异化，一方面又要处理着文学内部的文体之争和创作断层。“近年来，我们的报告文学作品呈上升趋势，但是，好的作品少。”[①]长期担任中国报告文学学会会长的何建明，直言报告文学数量多但佳作少的情况。

大量的、不好看的作品鼓胀着报告文学，呈现出体量大、精度低的反差。所谓“不好看”的作品，大多只做了“写什么”的动作，却未能完成“怎么写”(“怎么写好”)。由于作品“不好看”，导致读者群疏离，尤其是青年受众不主动选择。据笔者观察，读者在选择读物时，报告文学远远少于小说、散文等其他文学作品；在文学研究者中，专门从事报告文学研究的学者数量也远远少于其他文体，尤其是中青年研究队伍缺乏。从什么时候开始，报告文学陷入尴尬境地？曾经盛极一时的报告文学，在当下

① 刘斌，《何建明：站在时代的天庭审视我们自》，载《时代报告·中国报告文学》，2015年第7期。

的文体价值和审美价值究竟是什么?

李炳银曾表示：要认识和回答这个问题，需要冷静地分析研究。报告文学的写实性和它更多关注社会矛盾及民生问题，导致它缺乏生动娱乐性，你让一个年轻的少年去看内容沉重的社会矛盾内容表达，是很不易的；再加上很多人在传统文学观念的影响下，几乎不大顾及报告文学本身的纪实特性，一味地向报告文学要求传奇精彩故事，要跌宕起伏的情节，缺少了就不感兴趣；还有因为对社会现实的立场态度出现差异，有不少人因为偏颇的社会态度，似乎放弃了客观看待现实社会进步表现的事实，将不少赞赏社会进步发展、伟大建设成就的作品主观地视为献媚吹捧而疏离等，也是报告文学阅读量偏少的原因。其实，若从作家作品的数量比重来考察，报告文学优秀作品比小说、诗歌等文体的优质率要高不少，其收藏上架比也高，但这些也不能够成为报告文学作家需要克服不好读现象的借口。

第一节　报告文学的审美转向

中国报告文学审美的转向，受到多方面的影响，包括来自全球文学发展的影响、中国社会文化发展的影响，以及报告文学发展的影响。首先，普利策奖是全球报告文学领域分量最重的奖项之一，普利策奖的获奖作品也是中国报告文学创作横向比较、参考和学习的对象。在其至今已长达百年的颁奖历史中，获奖作品都得到了这样的赞誉：“美国最负责任的写作和最优美的文字”——这是对非虚构比较精炼的概括。正如赵云芳在《非虚构的两翼：诗性与真实性——从普利策“非虚构奖”50周年想到的》一文中说，“普利策奖一直都尊崇着真实性与诗性的双重标准。而在普利策的所有二十一个奖项中，能将这种真实性与诗性更大程度上进行完美融合的，则非‘非虚构奖’莫属；在所有的‘非虚构’获奖作品中，‘最优美的文字’所营造的一种诗性，无疑又都建立在‘最负责任的写作’基础之上。否则，一切文字的堆砌，都有如沙漠蜃楼，毫无根基，也无意义”。西方作家巴巴拉·W. 塔奇曼就是一个很好的例证。“《八月炮火》的作者巴巴拉·W. 塔奇曼是一位传奇人物，她本是一个五十岁的家庭主妇，三个孩子的母亲以及纽约一个著名医生的太太，她虽然毕业于哈佛大学女子学院，但其论文却得了‘了无特色’的评价。谁知就是这个各方面似乎还没准备好的母亲型作家，却写出了美国文学界‘最好的历史作品’。当时的肯尼迪总统特别订了一本送给英国首相麦克米伦。为了表彰塔奇曼在叙事风格上的杰出贡献，美国普利策奖委员会打破‘禁止颁发历史类奖项给主题与美国无关的著作’这条限令，挖空心思找到一个名目，颁给塔奇曼一个奖项叫‘总体非文学类奖’。美国评论界称赞《八月炮火》之所以成功，是因其‘细节丰富、描述生动’，‘以散文叙事风格写作，文字剔透、清晰、慧黠、练达且诙谐’，‘描述1914年8月战事手法悬疑性十足’。总而言之，塔奇曼创造了非虚构类作品新的历史。”① “而另一《高危地带》虽然被《纽约时报》评为非虚构类畅销书第一名，但却被另一些报刊评价为‘一部快节奏的引人入胜的医学惊险小说’，‘一本引人入胜的纪实性惊险小说’。而实际上它却是地道的美国版的报告文学：‘故事是真实的，人物也是真实的。’作者在谈到他在描述人物的心理活动这

① 邢军纪、张志强，《非虚构面对面（二）》，载《中国作家》，2006年第9期。

样的小说笔法时说：‘这种心理描述基于我对当事者的采访，其间他们回忆起当时的想法。’‘我尝试着看透人们的面容而窥视他们的心灵、倾听他们的语言，从而进入他们的生活，其结果是我无法想象的。’”①

其次，中国报告文学审美转变的动因来自国内社会和文化的转向——这个内因是主因。进入新世纪后，文学传播意识的进步和传播目的的纠正，使得非虚构写作重新回归文学传播的主流。文艺作品不能成为个别阶层进行统治的工具，恰恰相反，像报告文学这类的文学作品应该是通过有选择地记录现实从而向人们传达作家对社会的真实体悟，至于读者从作品中获得对自我文化身份的认同以及审美感受就是伴随着一批优秀的报告文学作品经历长期的历史考验后的更高层次的收益。对于中国报告文学而言，这段积累过程从新时期开始算起，在新世纪初我们看到了成效——作品题材广泛、形式多样、表现手法成熟、关注人性和审美意义，“如对人物描写与典型叙事的多样探索，对小说等传统民族艺术的吸收与借鉴，对‘学术体’等形式的尝试与对‘思想美’‘理性美’的追求，对‘文学性’‘新闻性’‘理性’的融合与疏离等”②。如果说理性精神是新时期问题报告文学的风格，那么创作方面的审美迷失可能就是其局限性的表现；可是中国报告文学的传播速度比想象迅猛，在刚刚要迈入新世纪之时，审美方面的短板也渐渐被补齐。自20世纪90年代中后期开始，改革开放的成功很大程度上化解了过去人们与社会之间的矛盾，广大的普通百姓在二十多年间受到精英阶层意识形态的影响也逐渐解放了思想，并学会辩证地认识世界，大众认知能力和自

① 邢军纪、张志强，《非虚构面对面（二）》，载《中国作家》，2006年第9期。
② 章罗生，《新世纪报告文学：探索中的多元发展》，载《文学评论》，2006年第5期。

主性与过去相比有了明显提升。这让人联想到了曾经在20世纪下半叶里文学理论新批评提出了一套阅读方法，它并不太关注诸如作者的生平、文本创作的意图、文本产生的历史意识形态语境等问题，在提倡者眼中，“文本是‘自治的’、自我完满的和自足的统一体，一个由语言建构起来的审美客体”，也就是说，“重要的事情是给予文本语言自身以细致的关注，而无须顾及读者反映的主观印象”①。这种观点实在偏激。客观情况是无论什么文学作品，它的文本意义与读者的理解肯定是分不开的，将读者与文本完全割裂开来是根本不可能的。可以说，阅读也是文本传播的一部分。若要举例，报告文学作品就是最好不过的了。报告文学作品的内容指向社会深层意识形态，每一位读者都是依据自己的认知范围和理解经验进行阅读，这些范围和经验的来源就是读者所处的特定的社会历史语境，这恰恰是社会意识形态的影射，即读者所阅读的内容和阅读本身不谋而合，互相影响、相互作用，根本无法割裂。如今的大众阅读是充满消费感和去精英化的，若是创作依然要无视这个情况且固执于上个时代的原则，那作品终将会像不切实际的理论一样被时代淘汰。麦克卢汉将传播媒介分成“冷”“热”两类——“冷媒介”指的是意义清晰度低的媒介信息，“受者能动参与的程度高”，即受者主观填补信息的空间大；“热媒介”则指意义清晰度高的媒介信息，受者能动参与的程度低，即受者主观填补信息的空间小。非虚构文本的印刷媒介是热媒介，受众参与传播也是真实。“文学从来就不是个人的行为，它是为传送具有社会性的思想和知识而产生的。”②一切媒介的

①[英]安德鲁·本尼特、尼古拉·罗伊尔著，汪正龙、李永新译，《关键词：文学、批评与理论导论》，广西师范大学出版社，2007年，第12页。
②王昆吾著，《中国早期艺术与宗教》，东方出版中心，1998年，第145—146页。

意义都是受众自己的经验，非虚构受传者在阅读文本时，就是向内进入自己的传播过程。

受众参与非虚构文本传播也会产生负面效果。非虚构传播作为一个符号，包含了与整个社会、历史相关联的内涵和意义。以新闻为例，“新闻真实”不过是“符号真实”，就如李普曼在其名作《舆论学》中提出的“拟态环境”一样——由大众传播活动形成的信息环境，它并不是客观环境的镜子式再现，而是大众传播媒介通过对新闻和信息的选择、加工和报道，重新加以结构化处理以后为人们所认识的环境。自从人类有了新闻媒介，受众大多只能看见媒介所反映的现实，也正是这种反映构成我们头脑中对现实图像的基础，但这种现实常常是不完整的和扭曲的，即“拟态现实”。如果把能够被人直接感知和体验的环境叫“直接环境”，如新闻事件的那些现场等，那么，通过新闻媒介间接体验的环境则是“拟态环境”，如新闻报道给人们提供的另一个环境。“直接环境”与“拟态环境”之间是如何互动的呢？法国结构主义叙事学家热奈特将包括新闻叙事在内的叙事含义划分为三个层次：一是最通常意义上的叙事，即叙事话语；二是话语详述的事件，即故事；三是产生话语的或真实或虚构的行为，即叙述。新闻叙事就产生于话语的行为或者过程中，可被看作一种语言上的策略选择。虽然新闻叙事应尽可能地还原事实，营造新闻事件的客观真实感。但由于新闻采访大都是事后进行，且存在许多不可预知，并且新闻叙述者的客观能力、主观情感的介入也影响着叙述过程，使得新闻呈现出的新闻事件是经过“加工”的，带有叙述者主观意图重构。叙述者的存在，这就是韦恩·布斯所说的，“不管叙述者隐藏得多么隐蔽，叙事必然存在带有某种倾向的叙述者”[①]。李希光也曾经指出，“新闻报道即事实的图解过程。在事实的图解化过程中，新闻事件往往按照记者的价值尺度被剪裁。纳入其道德、意识形态和利益框架内。”[②]拟态环境同样存在于非虚构其他文体传播过程中。非虚构写作的真实性并不是一种客观的规定性，而是一种主观的规定性，因时因地因人而变化着。决定这种主观规定性的内在机制受现实、意识形态、文化等因子影响着。报告文学传播者的“作者”的非虚构世界与真实的世界之间必然存在差异。

再次，报告文学的审美也受其他非虚构文学发展影响，尤其是以新新闻主义为代表的非虚构文学，这是文类内部的相互影响。新新闻主义，或称其为“新新闻”“创造性非虚构小说”“文学性新闻”，还有人称之为“新新闻体”或“新新闻报道”等。有人说，“‘新新闻主义’一词最早由马修·阿诺德（Matthew Arnold）在1887年提出，用以描述《帕尔摩报》（*Pall Mall Gazette*）一种活泼且个性化的写作风格”[③]，还有人说“‘新新闻主义’一词起源于19世纪初叶的美国新闻界。以普利策为代表的一批美国报业巨头为争夺读者、抢占市场而发起了一场规模空前的新闻改革运动，明确提出新闻报刊的三个价值取向：趣味性、刺激性和教育性。趣味性就是普利策提倡的一种简洁、精练、通俗的文风，使报纸的可读性得到加强；刺激性就是要以耸人听闻的新闻手段去刺激读者的感官系统；而教育性就是要向公众不断揭露社会弊端，伸张正义，提出改良社会的方向，担负起教育读者的使命。‘新新闻主义’就是在这样的背景下诞生

①[美]W. C. 布斯著，华明等译，《小说修辞学》，北京大学出版社，1987年，第3页。
② 李希光著，《新闻学核心》，南方日报出版社，2002年，第31页。
③ 王莉，《西方新新闻主义特征与现实价值考证》，载《长江大学学报》（社科版），2013年第1期。

的，它最初的含义是‘通过改进新闻写作和版面编排，使用大字标题和插图，以及内容的通俗化来迎合广大读者的兴趣’”①。康纳里（Connery）界定：“文学性新闻，也被称作‘非虚构小说’‘新新闻’‘艺术新闻’，它采用散文的笔法书写真实、现时的事件。它在风格、功能、主题、认识论上均不同于传统报纸和杂志的新闻报道。”②李良荣是这样介绍新新闻主义的：“倾向于纪实的形式，倾向于个人的坦白，倾向于调查和暴露公共问题，倾向于作者。”③对于新新闻作者而言，他们不是在纯客观地观察与报道新闻事件，而是“将自己变为作品中的主角，就像一个当代地狱之行的导游”④。在极具影响的《新新闻主义：及选集》一书中，沃尔夫称新新闻主义就是记者在报道时，以真人真事为基础，采用小说的一些技巧，包括从传统的对话到现代主义意识流等小说特有的手法，对事件进行生动的叙述和分析。可见，新新闻主义就是新闻报道和小说技巧的一种结合，它的基本特点是“运用记者自己的感受和访问手法从人物内心获得对某一事件的观点，而不是依靠一般采集材料，提出老一套问题的手法，它把重点放在写作风格和描绘方面”⑤。

在报告文学理论研究者丁晓原看来，报告文学创作走向审美写作至少包含两个义项：其一，作为一个过程，近年来的报告文学创作，作家有了更多的意识自觉和相应的能力提升，我很乐见不少作品的文学品相显现出美观；其二，作为一种期待，文学的

---

①[美]迈克尔·埃默里、埃德温·埃默里著，展江、殷文主译，《美国新闻史》，新华出版社，2001年，第12页。
②Connery, Thomas B. *A Sourcebook of American Literary Journa-ism: Representative Writers in an Emerging Genre*[M]. NewYork: Greenwood Press, 1992. P3-19.
③李良荣著，《西方新闻事业概论》，复旦大学出版社，1997年，第69页。
④[美]约翰·霍洛韦尔著，仲大军等译，《非虚构小说的写作》，春风文艺出版社，1988年，第12页。
⑤[美]迈克尔·埃默里、埃德温·埃默里著，展江、殷文主译，《美国新闻史》，新华出版社，2001年，第34页。

报告文学需要作家付出更多的审美化努力，解决好不少报告文学题材题旨都重要，就是缺失对于读者审美召唤力的不足。将有价值的生活存在转化为具有审美性的非虚构作品，我们需要注意对报告对象作有效的提取、有机的组织（结构设置、材料配置等）和有“我”的表述。短篇报告文学创作在审美方面走得较早，做得更好。徐锦庚是短篇高手，他的《行走的脊梁——泰山挑山工纪事》以传神的白描简笔，通过“轮盘上的将军”“泰前五朵金花”“独臂侠”等人物的叙写，富有雕塑感地写实写活了泰山挑山工的精神形象：“步步稳，担担重，汗如泉，劲如松”，“青春献泰山，风光留大众”。《“莱西经验”诞生记》坚持了铁式报告文学“发现—探索”的风格，同时弃长取短、以小写大，作品轻巧畅快，冲破了报告文学厚大深重的屏障。作家自己退到后头，让获得“改革先锋”奖章的周明金作为农村基层党建“莱西经验”的实践者和创新者站出来，道出自己的故事。作品的精巧就在于，当读者还在饶有兴趣地听着“莱西经验”的诞生故事时，“莱西经验”也不知不觉地流入脑中。莱西乡村实施联产承包责任制后，基层组织遇到的种种问题和村干部的困惑，莱西农村遇到的问题和困惑，在全国都具有普遍性，随着中组部两次派人到莱西调研以及“莱西会议”召开，“莱西经验”走向全国。“莱西经验”的核心就是为人民服务。1944年9月8日，毛泽东同志在张思德的追悼会上第一次以“为人民服务”为题发表了影响深远的演讲。2014年2月7日，习近平主席在俄罗斯索契接受俄罗斯电视台专访时谈道：“我的执政理念，概括起来说就是：为人民服务，担当起该担当的责任。”党的十九大后首次中央政治局民主生活会上，习近平总书记强调，职位越高越要忠于人民，全心全意为人民服务。全心全意为人民服务也是中国共产党立足新时代、迈步新征程必须坚守的思想指引与行动指南。“莱西经验”提出到现在三十年过去了，在新时代依旧有新的生命力。《代村人的好日子》以报告文学的方式，生动、具象地描绘了“莱西经验”的内涵。山东临沂代村一度是远近闻名的贫穷村，破旧的老屋，随处可见的粪堆、柴火堆、垃圾堆，曾经甚至令代村媳妇打了退堂鼓。而如今，代村是出了名的富裕村，成为中国新时代农村的代表，村主任王传喜被中宣部授予“时代楷模”称号。如此的巨变和反差，铁流在作品里一一为我们揭秘。长篇作品也有若干好看之作。徐子建的《父亲的军装》写他父亲徐成沄不一样的人生故事。一百零三岁的徐成沄先是国民党的军医，后又参加共产党，获得抗战纪念勋章。家族故事、个人故事和民族故事浑然一体，个人视镜中透见波澜壮阔的大历史，丰富多质，读来别有意味。航宇以“路遥最后的日子”见证者的身份，记写《路遥的时间》。一个伟大作家在生命的倒计时中，有着怎样的艰难无助、沉郁无奈，牵引着读者的心。胡美凤的《流风》是江阴刘半农、刘天华、刘北茂“三杰”的合传。作者比较好地处理了传记写作中真实性与文学性的关系，使所写人物既事信而不诞，又能得形见心传精神。

报告文学创作是高难度写作，比起费尽心力采访、反复核查信息真伪，作家的智慧和勇气更需要被重视。“知识分子，理应坚持独立思考，科学分析，独立观点，独自语言，独立表达，笔下流出的是真实的事，发自心底的话。写作真正的报告文学，的确难度较大，良知则要求我们不能绕开问题走，要迎着问题上，把人们要知道的问题、死疙瘩写深写透，敢于碰硬，直面真相。”[①]正如赵瑜所言，报告文学作家应当有力地关切中国的历史和现实。写《马家军调查》时，赵瑜不是去猎奇、揭秘，而是调研那支辉煌战队“兵变”的深层原因，以警示后人。文章发表十年后，当年编辑过这部作品的《中国作家》杂志社回忆道，“这部以马家军的辉煌与悲怆为题材、长达四十余万字的长篇报告文学《马家军调查》，是颇具风险性的作品。……从80年代到90年代，记者、作家由于质疑了金牌的背后，遭遇风波者屡见不鲜。体育界的某些朋友，他们在收获体育金牌的同时，也收获了野蛮，收获了好大喜功，有的甚至收获了瞒上欺下，收获了文化品位的低下，养成了极不健康的思维定式。”[②]在写作《寻找巴金的黛莉》时，赵瑜更是将“作家报告人生，报告社会，报告20世纪中国人特别是知识分子之命运”视作“职责”，“本来，我们为研究界保护和公布这批书信，无疑是任何一位晚辈作家应该做的，因为我们热爱巴金。但是，仅仅如此还很不够。追索巴金以及20世纪的读书人或曰知识分子们，在中国这片古老土地上，走了一条什么样的道路？问题深远而又现实，似乎更加重要”[③]。

《昆山之路》是杨守松的代表作之一，作品讲述了“昆山之路”的建设者、开拓者们——市委书记李全林、市长郑坚、副市长郑慧珍、副县长严文奎、市委副书记陆泉兴、副市长余增荣、财政局交通局外经委等各级官员，各乡镇负责人，还有乡镇企业的经营者们在争取国家批准、发展工业配套区、招商外商独资企业、发展三产、道路建设、城市配套设施建设、科教文卫事业建设、公检法建设等各领域的昆山的路径、昆山的经验和昆山的

---

①刘斌，《赵瑜：纵横谈“求真”》，载《时代报告·中国报告文学》，2015年第3期。
②赵瑜，《马家军调查》，《中国作家》杂志社，《铁肩担道义 重手著真情（代序二）》，人民文学出版社，2005年，第7页。
③赵瑜，《寻找巴金的黛莉》，人民文学出版社，2009年，第33页。

精神。《昆山之路》原载《雨花》1990年第11期，同年江苏文艺出版社出版，获中国作协1990—1991年全国优秀报告文学奖。作品描述了昆山经济发展所走过的一条艰难曲折而又成果累累的道路，赞颂了在改革开放大潮中不畏艰难，自费建设昆山经济技术开发区、敢为天下先的开拓拼搏精神，讴歌了一群有真知灼见、实干精神，敢于承担风险、勇于奉献的优秀共产党员。

作品勇于直面问题，揭露问题。这些问题甚至不仅仅是昆山的问题，更是更大范围的、更普遍的更深刻的问题。

任何一次革命，都不可能是所有的人都举手以后才开始的。改革开放开始起步的时候，有几个人是完全理解的呢？

土地批租和县山之路，同步走了十年。绝大多数人都体味到了它的诸多好处，还有几个人嘟嘟囔囔，又有什么奇怪呢？

事实是最能说明问题的。

更何况，我们的民族工业或者说昆山本地的工业经济并没有放松或者削弱。

这一点，我们将在稍后写到。

问题倒恰恰在于：干事的人被不干事的人评头品足，积极改革开放的人被反应迟钝保守滞后的人埋怨指责。

可悲的是：这几乎是中国的一个普遍的怪现象。

这就要求干事业的人具有坚强的意志和无私的精神。

作者敢于表达自己的观点和感受，勇于把“我”融入作品。

这时我正在采写《苏州“老乡”》，我感到李全林有着某种难言之隐。他不想违心地随波逐流，又不得不说一些时髦话。但从他接受采访时所娓娓道来的思绪看，大致方针是成竹在胸的，他不可能超越历史（任何一个人哪怕是伟人，都不可能超越历史），不可能不去敷衍，但他心中的大主意是决不改变的。大约所有的人活在世上都不可能一点也不敷衍不说假话不做违心事，但在原则问题上，在良心道德的“公理”上，所有的人又不可能以人性的普遍弱点来遮掩自己的卑鄙和无耻。李全林正是在把握原则和党性这一点上来开展自己的工作的。

杨守松在昆山生活多年，可以说是昆山人写昆山，内容来源于扎实的采访，更有常年融于生活的经验，话语本地化，风格本土化。

人的思想说贱也不贱，没有路想路，有了路又怨路：晴天一路灰，雨天一身泥，坐在车里“颠煞”，天好灰尘“蓬煞”，下雨走路“泥煞”，走在路上“吃力煞”，想来想去“恨煞”。

报告文学的美，是大气磅礴的壮美，是深刻厚重的丰美，是理性思索后的纯美。报告文学创作审美化路径，起发于长久感知，落笔于理性思考。报告文学作家，要有一双善于发现的眼睛。在日常生活中，发现了问题，就走进问题中央，探索它、揭示它。铁流的《支书与他的村庄》首次发表是2007年，在此之前的2004年，时任北京市市长的王岐山向城中村吹响开刀号角——“北京市城中村改造的步伐一日不快，我们城市的环境整体水平就跟不上，新北京、新奥运的战略目标就是一句空话”；再到2007年的广州，时任广州市市长张广宇又发市长令——“城中村改造，再难也要做！”城中村不仅仅是北京、广州的问题，铁流经过几年的采访，观察了全国许多城中村。越是强烈的心灵冲击越激发出报告文学作家的社会责任，当目光在大城市的光鲜亮丽与城中村的破旧杂乱反复切换，与大多数普通人一样，作家内心经历着茫然与无措，但铁流作为报告文学作家，又与大多数人不一样，他选择将心里一肚子的话说出来。《支书与他的村庄》不满足于反映问题，而是将“高新敏”作为一种解决问题的方式书写出来。达翁村农民与中国其他地区的农民一样，土地是他们的生命，当被城市包围茫然不知所措时，高新敏的办法是——没有地种了，就种商业。对众多解决城中村问题的方法而言，高新敏的法子只是其中一种，但是是适用于达翁村的。道路千千万，只要“一心想着老百姓，一心为老百姓办实事”，城中村问题就能解决，其他的问题也能解决。作品以人写事、以事明理，是铁流最具代表性的探索发现式报告文学。

越来越多的报告文学作家注意到了审美的重要性，在创作中不断地追求文学的美学价值。在报告文学领域已颇有建树的何建明，仍在每一次创作中追求创新，尤其是更加考量作品的审美。《浦东史诗》叙事角度巧妙，从自己家族中几代人都与上海浦东有着不解之缘切入，让个人的“寻根”贯穿着千年来“浦东的前世今生”，同时将浦东在跨世纪的脱胎换骨涅槃中鲜为人知的“凡人伟业”娓娓道来。作品一开始，作者就通过亲身的经历写出了大上海在20世纪八九十年代时的破败和窘困。因为家里住房狭窄，谈恋爱的年轻人只能到外滩，一对挨一对地靠在水泥防汛墙栏杆上，形成了一道密不透风的人墙；作者当兵时从上海换车回常熟老家，如今高速公路一个小时的车程，那时弄不好可能会走上两天。这种亲身经历的对比，令人印象深刻，也使作品有滋有味。

第二节　双重品格：时代责任和审美意义

王晖用“裂变与复兴”评说新世纪报告文学：“可以说，裂变与复兴，既是报告文学当下状态的真实写照，也是其赖以生存的转型时期政治社会生态特性的深刻反映。”[①]其中，“裂变”是指报告文学呈现“多元态势”，而“复兴”是与20世纪90年代相比较所呈现的一种趋势。这大致是符合新世纪报告文学创作实际的。“对于现实的深入介入和对于报告对象的深刻反思等报告文学文体重要的精神品格，不以我们的意志为转移地弱化了。但文学的边缘化是常态社会的正常图景，它有可能生成适宜文学自由发展的社会政治文化生态。新世纪的十年是多元纷呈的十年，当然也是良莠不齐的时期。就报告文学而言，一方面有去知识分子写作的倾向，另一方面依然有作家坚守既有的文体写作理想，将报告文学设置成一种特殊的‘社会预警’方式。一方面报告文学作家充分认知文体反映现实的独特功能，以报告文学记录新的世纪中国社会发展的重大进程和这一时段发生的重大事件等；另一方面作家又注意拓展报告文学的题材空间，写作大量具有史志意味的作品。一方面报告文学作家顺延这一文体的写作范式，以新闻、文学和政论建构文本；另一方面又努力于文体的新变，在新

① 王晖，《新世纪十年：报告文学的裂变与复兴》，载《光明日报》，2010年9月1日。

闻性渐次、主体性表达退位中，重构非虚构叙事本身对于受众的召唤力。”[①]从报告文学理论研究的发展史来看，对审美意义的关怀远晚于对报告文学“战斗力”的关注。要知道每个时代最经典的报告文学作品必定富含那个时代最鲜活的生命力，“从来没有哪个时代像当代这样让我们置身于审美的汪洋大海”[②]。审美报告文学是以批判文学艺术作品美学意义的创新视角来审视这一文体和作品内容，例如用“进一步在从人情、人性与人生的角度切入，在家与国、情与理以及传统与现代的冲突中深入揭示人物的崇高精神和美好心灵；另一方面，又更注重在弘扬时代精神与民族精神的同时展开对英雄的‘宏大叙事’”[③]来证明报告文学向审美的转移甚是独到和深刻。

比如何建明的《国家》，写的是中国在战乱国利比亚撤侨三万多人，是新中国成立以来最大规模的海外撤侨行动。那瞬息变换、间不容发的危机，最高层的决断和意志，恪尽职责的外交官、军人和公民们的勇气和效能，那些在沙漠中奔跑的人们的喘息、恐惧和希望、欢喜，千山万水、千军万马、千头万绪，被作家叙事组织得精彩和壮阔。2011年年初，利比亚内战，枪炮四起，战火绵延，一封封加急电文自我国驻利比亚大使馆发来：利比亚政府已失去多个地区的控制；2月20日晚起，这里已陷入全面动乱状态；我在利建筑工地多处遭遇袭击和破坏……流血冲突和暴力抢劫每分每秒都在发生，身处利比亚的三万余名中国公民随时都会遭遇生命危险。为了中国公民的安危，外交部、国资

①丁晓原，《“复调”与“复式”：新世纪十年报告文学观察》，载《文艺争鸣》，2011年第4期。
②余虹主编，《审美文化导论》，高等教育出版社，2006年，第122页。
③章罗生著，《中国报告文学新论——从新时期到新世纪》，湖南大学出版社，2012年，第300页。

委等多部门共同行动，国家派出“特别行动小组”，从2月22日—3月5日，十二天时间，铺就“生命通道”，在战乱中的利比亚奇迹般地撤离侨民35860人，这是一个举世瞩目，值得铭记史册的大事件。何建明先后采访五十多位事件亲历者，进行了大量的调研，以全景式、多层面、立体化的手法，真实再现了利比亚撤侨行动这一历史事件。通过作家的讲述，一个个生动鲜活的故事、一个个感人至深的细节、一个个热血沸腾的场面，让人热泪盈眶。高层领导心系民众安危，如何运筹帷幄；外交部大楼灯光彻夜通明，外交官怎样废寝忘食；驻海外使领馆工作人员打破常规，殚精竭虑处理复杂的外交事宜；特别行动小组舍生忘死亲临一线，普通员工随机应变、行侠仗义……所有人的目的只有一个：为了我们的同胞早日回家。作家在题记中这样写道：“如果离开了自己的国家，你还会有什么？如果没有了自己的人民，国能是什么样？”国家与人民的关系，或许是政治学的问题。而现在，在全球化时代，在中国人越来越深入地参与世界各地的生活和历史的时候，这个命题展现出了更为复杂和紧迫的含义。它向我们证明了宏大的、充满“正能量”、具有感召力的写作也是中国的真实存在，是中国生活很重要的一个部分，也是中国报告文学必不可少的组成部分。

中国报告文学的英雄审美，不是崇尚个人主义和超级英雄，而是尊重中国精神、尊重集体意识的审美。这与西方的文化品格不同。较为熟知的是好莱坞式的英雄，都是超级英雄——强大无比、没有缺点——无论经历过多大困难险阻，最终战胜邪恶，不仅得到天助，也是人心所向，不是单个的英雄，就是复仇者联盟式的单个英雄集结。而中国的英雄塑造，受中式传统文化影响，是为了整体利益可以做出牺牲的。与其说是英雄，不如说是侠客更贴切。可以看到许多报告文学作品是人物报告或是事迹报告，其中，优秀的报告文学在审美引导上是注重正能量精神传播的，同时突出集体意识汇聚。《木棉花开》是记述中共广东省委第一书记任仲夷的报告文学作品，全文一万七千字左右，直接叙述任仲夷的文字也不过数千，而大量的文字是对社会面貌的叙述：

> 省委门口有一个副食店，每天凌晨3点钟，黑黝黝的寒风中，市民们揣着鱼票、油票、糖票等花花绿绿的票证，开始在这里排队抢购。什么物资都缺，广东产鱼，广东人更喜欢吃鱼，可市民们每人每月只有5角钱的鱼票，还不能保证供应。副食店7点30分才开门营业，买鱼的队伍长长的，比鱼还多。排在前面的阿公阿婆太困了，要回家再睡一觉，就放下一个替身：一把凳子，一顶帽子，或一个菜篮子……

时代全景的描述：

> 疯狂的年代过去了，苦难的中国终于找到了自己的轨道，而濒临香港、澳门和台湾的广东省还是一片低地。长期以来的战争思维，国家在这里基本上没有工业项目投资；交通更是落后，京广铁路在广东境内竟然全是单线。从广州到珠海、深圳，中间都要转乘四五次轮渡，需要花费一天的时间；农业也不行啊，是全国最大的缺粮省份，虽然国家每年调进5亿公斤，但仍是饥肠辘辘，路人相闻。1979年全省工农业生产总值人均只有520元，远远低于全国平均数字636元。还有一个数字更让粤人汗颜，偌大的广东省，面积是香港的200倍，而每年的创汇总量却不足人家的十分之一。与

台湾相比，更是无法同日而语。

“我”的主观视角：

2007年8月，我应邀到广州采访丰田汽车公司，晚上和广东作家吴东峰、鲍十诸位喝茶，聊及广东经济已超越香港和台湾时，话题自然而然地谈到了已故的任仲夷先生。吴东峰兄感叹道，任仲夷是广东的恩公，实在应该写一笔。此时，窗外桂兰氤氲，室内茶香浓浓。我心内猛然一顿，似乎感应到了一个使命的召唤。

在哈尔滨，我曾听到关于他亲手研制和推广冰灯的故事，那里的人们至今仍然尊称他为“冰灯之父”；我也去过辽宁，他冒险为烈女张志新平反的故事更是妇孺皆知。其实，在座各位并不知晓，我与任仲夷本是同乡，相距不过百里，他的传奇在我们冀南一带也早已广为流传。

以及“他人说他”：

广东省委宣传部原副部长张作彬告诉我，当时的省委真是左右为难，中央三令五申，严禁收看，坚决拆除，而城乡群众怨声载道，情绪激烈。长期下去，不仅进一步激化干群矛盾，而且将严重影响外资的进入。任仲夷苦思许久，终于下定了决心。一天，他打电话把张作彬找去，给他布置了一个特殊的任务。

不全知视角的英雄叙事：

经过多方考察后，他认定省委常委、广州市委第二书记梁湘是最佳人选。

身材魁梧的梁湘是军人出身，新中国成立之前即随叶剑英南下接管广州，他不仅是一位具有开拓精神的实干家，还十分熟悉城市管理和经济工作，更重要的是，他身上充溢着一种饱满的理想主义激情。

但六十二岁的梁湘毕竟是一位老资格的省级干部了，而且性情刚烈如火。他明确表示不去深圳，愿意继续留任广州。

…………

不过，任仲夷并没有轻易放弃，他再一次地约见了梁湘。

这一次的谈话，他的秘书琚立明正好值班。那是1981年1月的一天晚上，心事重重的梁湘步履蹒跚地走进了任仲夷的办公室，这可以从他的满脸愁云里看得出来，也可以从他上楼时拖沓迟缓的脚步声中听得出来。任仲夷微笑着从座位上走出来，与梁湘握手后，又亲自为他沏了一杯热茶，而后就随意地坐在了旁边的一把竹制躺椅上。

据琚立明回忆，一直到凌晨时分，任仲夷办公室的门才缓缓打开。他进去的时候，两人的正式谈话已经结束，原本诙谐幽默的梁湘又恢复了本性，他似乎刚刚讲了一个广州时下流行的笑话，任仲夷猛然“哈哈”大笑起来。他仰躺在竹椅里，一前一后地晃悠着。雪亮的灯光下，浑圆的银白色的笑声在四壁间清脆地撞击着、回响着，他头上的丝丝白发也仿佛是一绺绺导电的钨丝，在闪烁着明晃晃的光泽。

1981年2月，梁湘慷慨赴任。

更为难得的是，用一个英雄成就另一个英雄：

几年后，六十七岁的梁湘悄然卸任。站在市府大楼门口，面对着近千名依依不舍的深圳人，他满眼泪花，哽咽着说："如果我必须生一千次，我愿意生在这个地方；如果我必须死一千次，我也愿意死在这个地方！"那一天阴云密布，电闪雷鸣，但所有的人都黯然不动，任凭冷雨浇淋。梁湘汪然出涕，猛地扔掉雨具，双手抱拳，大声鸣誓："我在此先立下遗嘱：死后骨灰安葬在梧桐山上！"说到这里，整个深圳泪流滂沱，号啕失声。

历史已经证明，梁湘是这座城市的英雄！而成就梁湘的正是任仲夷！

可以看出，中国的报告文学的英雄叙述是全面书写。围绕人物，是从时代到社会、从人物本身到他人眼里的他，从主观叙事到客观描写，更有以英雄塑造英雄等全方面、多层次的表达。报告文学的英雄书写的另一个审美引导是"英雄为人"，这也继承了文学即人学的中国文学审美传统，也是非虚构真实品质的坚守。

李鸣生的《澳星风险发射》直面英雄也是人的事实，既然是人，就不可能每次迎接的都是成功，遇到失败也是应该有的事情。作者将澳星的1992年3月22日的"发射终止"作为客观存在视之，并对此作全展式的报告，细致描绘了中国特色的失败心理和失败文化。正是因为真正领悟了诗人惠特曼所说的"当失败不可避免时，失败也是伟大的”深意，作者才勇敢和坦然地书写英雄也有失败时。作者以为，一个民族，如果不只会欢呼成功，而且还能正视失败，接受失败，超越失败，甚至达到一种欣赏失败的境界，那这个民族该是多么的伟大而不可战胜。“英雄为人”日常生活也是平常的、有趣的，可爱温馨的。《发射将军》中的李福泽在大饥饿年代，因为吃不饱肚子，带人出去打黄羊；为了与苏联专家罗金组长交朋友、“套”技术，约他去弱水河畔钓鱼。

“英雄也为人”也表现了中国报告文学创作的思想高度。正如李鸣生以为，“一个作家的思想非常重要，无论你是写什么的。思想决定作品的高度，决定作品的品质，甚至说思想决定一切。而这种思想，必须属于自己的”[1]。他在《飞向太空港》的后记里说，“十五年的发射场生活，使我比一般人更有条件看到天空，也更有机会随着火箭卫星的一次次升腾，对我们居住的这个星球以及顽强地活着的这个星球上的同类进行立体的思索，从而改变了我跪着看待人生的姿势，获得了一个与众不同的审视世界的角度。”李鸣生将中外航天合作置于中国改革开放的大背景之中，“周游列国的中国专家们”等章节，极其真实地反映了改革开放之初始，人们在观念、能力、文化以及适应国际规则等方面所面临的种种问题。作者基于空间文明的思想，将不同文明的交流设置为一个叙写重点，以开放、包容的姿态，使作品超越政治叙事，建构起一个更为宏阔的文明叙事，记录了中国西昌卫星发射中心以“长征三号”运载火箭成功发射外国卫星——美国“亚洲一号”的故事，其中既有中美专家在大凉山深处的合作与

① 杨鸥，《李鸣生：中国航天史诗的书写者》，载《人民日报》（海外版），2010年8月6日。

友情，也有东西方文明在现代卫星发射场上交汇时的碰撞与冲突。其中，“卫星，一次总统待遇的远行”“火箭，另一个伟大的文明”“我们都是地球人”“跨越国界的飞行”等章节都直接关联了不同文明交流的叙事。

报告文学创作绝对不是自言自语，也不是抒发小情绪，报告文学创作是面向人类、面向世界的——向后面对悠久的历史，向前面向无尽的未来，朝向最广泛的人群。报告文学作家不是为了满足自我抒情的需要，而是要为集体著书。基于此，报告文学应追寻开阔和深刻，因为从创作之初，报告文学作者就要做好接受检验的准备——既要经得起历史的检验，又要经得起人民的检验。

只是为了“完成任务”的写作，是很难令读者产生“紧张而快乐的阅读”体验。“现在的作品，无论纪实的所谓‘报告文学’，还是虚构的所谓‘小说’，最缺乏的，就是这种撼动人心的力量。有的作家不仅缺乏发现有价值的叙写内容的眼光，而且还缺乏叙述故事和描写细节的能力，所以，读他们的作品，就难免有沉闷甚至受虐一样的感受。为文不作媚时语，这话说说容易，做到很难。然而，赵瑜做到了。在当代的报告文学作家中，能够与市场和媒体等异化力量保持适当的距离和清醒的反思姿态者，似乎并不很多。”①

赵瑜借巴金写给山西少女赵黛莉的信，在文中也谈了报告文学“被看”的问题：

在这封信里（笔者按：巴金写给赵黛莉的第五封信），

① 李建军，《完整的世界在这里反映出来——论赵瑜的〈寻找黛莉〉》，载《文艺争鸣》，2010年第3期。

巴金先生明确提到一篇作品，即中国早期报告文学名篇《一九三六年春在太原》。宋之的先生这篇作品，和夏衍先生的《包身工》以及萧乾先生同年的《流民图》，加上范长江先生稍后推出的《中国的西北角》等力作，被学界认作中国现代报告文学奠基石。此后，这种从欧美“舶来”的新文学品种日越兴盛，直至半个多世纪以后成熟稳定下来。巴金先生正是通过阅读此类作品，去了解昔日山西，“知道你们那地方的环境是很特别的”，阎锡山管得真严，他可不要什么无政府主义！“我只能够这样简单地告诉你，免得给你招来一些麻烦。”巴金很细心，他在1937年上半年以前，往往慎用“抗日”这个直接词语。信寄阎锡山辖地，他同样十分谨慎。殊不知阎锡山为保故土，是真正要决死抗日的。阎锡山在1936年管得严酷，只是因为红军突然东渡黄河入晋，而这时，全国抗日民族统一战线尚未形成，国共两党尚未二度合作。红军突来，威胁阎政，阎故拒之。待到一年后，“七七事变”，抗日战争全面爆发，国共合作，阎锡山力倡枪口一致对外，中共八路军三个主力师，唯有在这一伟大基础奠定后，才能在山西公开立足。如果这时有人写一部《一九三七年夏在太原》，情况就完全变了。

我进而想到，我国文艺理论建设曾受历史局限，一度极“左”而又教条，难免生出些偏颇。中国早期报告文学或称非虚构写作、纪实作品构成，绝不仅仅与红色革命有关。须知除了前述夏衍、宋之的、萧乾、范长江等人的作品，除了瞿秋白的《饿乡纪程》《赤都心史》，除了茅盾、叶圣陶等人描写“五卅”运动的作品，除了朱自清反映“三一八”惨案的作品，除了阿英《上海事变与报告文学》的集子，还有更多关于报告文学的写作与探索——成果累累，极其丰硕。抗战以降，此类成果更多更大，而我们却只去选取与红色革命、红色战争、红色律动相关的作品，此外悉数免谈。

这是一种大偏额，也是一种大无奈。

以巴金为例，他同样是位“五四”以来纪实文学写作大家，成就了大量优秀作品。但我们只选取他20世纪50年代写的《我们会见了彭德怀司令员》和《生活在英雄们中间》等抗美援朝时期的文本，对他晚年写出的《随想录》评价亦高，被誉为“一部讲真话的大书”——却从来不去研究巴金曾经站在其他“主义”立场上，呕心沥血，为中国现当代纪实文学的早期开拓做了哪些贡献。人们似乎这样认为：他们那种革命失败了，还有什么可说？简单考察一下，巴金先生在创作前期的非虚构写作是其大项，成果令人惊叹。早在1923年，巴金就以著名无政府主义者为主人公，发表了《大杉荣年谱》，稍后完成《柏克曼传记》，1926年接连撰写了《俄国虚无党人的故事》和《法国虚无党人的故事》，此后结集出版《革命的先驱》一书，同时期为《新女性》杂志撰写《妇女解放的悲剧》；尤其值得一提的是，著名国际无政府主义革命家高德曼，在与巴金通信时，一并寄来一份令人恐怖的《在赤俄流放地和监狱中的著名女革命党人名单》，他从中得知，大多数被关押者竟是二十岁左右的青年女子，多至七十余人。巴金考察调研了这一批人，她们浪漫而又悲苦的殉道人生让巴金不能安坐。于是他一篇一篇来，先后推出他所敬重的俄国女革命家苏菲亚、沙苏丽奇、妃格念尔、包婷娜、游珊·海富孟等十位代表人物的系列报告，合集成书《俄罗斯十女杰》；巴金另一本悲壮的报告文学集，名为

《断头台上》，他集中笔墨反映国际社会中无政府主义先驱们的卓越斗争和惨烈牺牲；第三本《俄国革命史话》，则激情报告反抗沙皇暴政的十二月党人和农民起义领袖们，为他们立传。青年巴金毫不讳言自己的立场："我自己早已在心灵中筑就了一个祭坛，供奉着一切为人们的缘故在断头台上牺牲了生命的殉道者，而且在这个祭坛前立下了一个誓愿：就是，只要我的生命存在一日，便要一面宣扬殉道者的伟大崇高的行为，一面继续着他们的壮志前进！"

很可惜，巴金此类作品以及更多作家的早期非虚构文学，只因其立场观点与后来的主流评判存在种种差异而被整个研究界忽略、抛弃了！尽管此类作品精彩纷呈，为数众多。①

报告文学创作的多样性让人联想到诺贝尔文学奖得主、白俄罗斯女作家维特兰娜·阿列克谢耶维奇的《我是女兵，也是女人》。这部作品从叙事精巧度上看，不属于最强行列，但其受到广泛阅读和关注，也是因其"与众不同"的创作方式——质朴到连一个形容词夹杂在里面都显得多余。

报告文学作为时代文体、文学表达，应该是兼具责任担当和审美意义，两者合为激发阅读的驱动力。作为读者，对于报告文学的审美期待与其他文体是一样的。就像读到《英雄和背后的英雄》，一开篇，作家杨黎光就打开了我们记忆的盒子，英雄的形象就像跑马灯一样在脑海里闪现——他是小学课本上那幅头上缠着带血的绷带、身穿被弹片撕裂的海魂衫画像，是那个被炮弹

① 赵瑜著，《寻找巴金的黛莉》，人民文学出版社，2009年，第56—58页。

弹片打穿额骨的生命奇迹，是“八一勋章”名列首位的英雄麦贤得。然而随着叙述的推进，幕后英雄逐渐走进我们的视野——她是英雄的守护者，麦贤得的妻子李玉枝。半个多世纪以来，她对丈夫的悉心照料和两人温情相伴，其中的动人故事以蒙太奇的方式被浓缩进这篇报告文学作品之中。湖南作家纪红建“俯下身子”搞创作，他的《平凡与伟大》给人质朴平和、细腻隽永的印象。这篇作品让我们看到了袁隆平院士这位伟人的平凡。那个虽然离开重庆六十多年但到了饭店总要点上几道重庆风味的袁隆平，那个因为几天没有听到邻居声音担心得非要打个电话去问问的袁隆平，那个每天坚持打球、游泳、拉小提琴的袁隆平，那个晚饭后要到附近逛逛超市的袁隆平，和那个解决了八亿人温饱问题的袁隆平是一个人。纪红建不走新鲜猎奇的道路，而是踏踏实实、娓娓道来，他笔下的袁隆平鲜活、亲切，甚至还有些可爱，让人心平气和地阅读完之后还回味无穷。回过头来，我们再谈走向审美的写作。一定程度上来看，这是报告文学文学性的问题。其实，很多报告文学作家已经很重视和强调审美性的问题，能从他们的作品里深深感受到，比如何建明、徐剑、李春雷、赵瑜等人。我觉得报告文学可以像，也应该是和其他文体一样，具有巧妙合理的叙事结构、千锤百炼的语言文字、生动鲜活的人物刻画、独具风格的创作呈现、深刻思辨与真情饱满的写作传达，而在这些表征之下，是报告文学作家真正的“把心掏出来给读者”。

第三节 “讲真话”的美学建构

有一种观点认为，读者选择报告文学不是为了追求艺术审美，而是因为能从中获得新闻以外的更多信息，在他们看来，报告文学不必特别强调文学性。评论家雷达说，“纯审美的幻想是不切实际的，报告文学的本质特征乃是它的‘报告性’，也即：非审美性是它的主要方面，审美是它的次要方面。报告文学是一种边缘文体，它的大半个身子在新闻，只有一条腿跨进了传统意义上的文学。非要它把整个身子转而倾向纯文学，那不是成全了报告文学而是断送了它的前途。”①

其实，报告文学的审美与报告文学的功能并不冲突。报告文学创作有明确的写作目的——书写时代、反映现实。审美意义，是文学乃至一切艺术都应追求的，报告文学理应将审美作为其文学性的一部分。报告文学的写作目的回答“为何而写”，而审美价值则是衡量报告文学“写得怎么样”的一个指征。笔者认为，审美性是报告文学作为文学文体天然具备的，也是值得追求的。所谓美，可以有诗意的美、散文的优美、小说跌宕起伏的变化之美，也包含像《我是女兵，也是女人》朴素的美、《谁是最可爱的人》鼓舞人心的美、《哥德巴赫猜想》催人奋进的美。

“现实美、形象美、细节美、叙述美、诗意美、语态美等多维美学形态”，龚举善分析新时期的报告文学文本后说，“报告文学的审美对象以非虚拟化的‘真’给人以信赖感、参照感，又以其‘新’诱发作家和读者的审美好奇心和探究欲。这样，它的

---

① 雷达，《报告性·理性？文学性》，载《文学评论家》，1992年第4期。

‘热浪’与‘红火’就有着美学上的合理性与必然性……新时期报告文学在塑造形象方面显示出了惊人的笔力，一切有利于性格摹绘的方式方法都被派上用场，以图写出人物的先锋性、时代感和立体面。”[①]试想，假如新时期报告文学作品不具有这丰沛的审美力，就不会受到那么多读者喜爱，更不会以辉煌的姿态进入当代文学史。

回到文章最开始说到的，现在很多报告文学并未能让人感受到美，不是说写作对象不“美”，而是作家没能把它写得好看，没能把写作对象真正的美写出来。我想以《寻找巴金的黛莉》为例，试图说明报告文学的审美性是需要作者精心组织和构建的，那些只经过简单采访，就把收集到的素材简单复述出来的文字根本不能称为报告文学，更何谈美。《寻找巴金的黛莉》至少有三个层次。第一个层次，“我”（作者）在古玩收藏市场意外发现了巴金早年写给一个叫黛莉的少女的信，跨越七十年的历史，由“我”去追寻这七封信的主人赵黛莉是作品的叙述逻辑。追寻的过程充满了悬念、惊喜、失望、峰回路转、巧合等等，如小说般情节曲折、扣人心弦。“追寻的历程”作为叙事主线，“我”也像侦探般进入本与我无关的历史故事中，探案的过程伴随着关键人物古董商的离奇死亡、找错当事人、好友巧助力提供新线索、辗转多地顺藤摸瓜等等。这个层次的美就像陈晓明所言：“写得平实纯净，淡雅幽深，只是渐渐透出苍劲之力。那种曲折跌宕，峰回路转，悬疑四伏，锱铢必较的叙述走向，把故事推向深远的历史情境，引人入胜，却也令人扼腕而叹。”[②]

① 龚举善，《新时期报告文学美学品格的多维形态》，载《华中师范大学学报》（人文社会科学版），1998年第2期。
② 陈晓明，《历史的沉痛心迹——读赵瑜〈寻找巴金的黛莉〉》，载《中国青年报》，2010年2月1日。

第二个层次，当年的巴金写给十七岁少女赵黛莉的七封信，在《寻找巴金的黛莉》里，赵瑜将这珍贵的信的全部内容公开，这是作品的事实主体。第一、第四封信里巴金与黛莉谈自己的作品，“你在十六岁时读了《家》。我知道你会喜欢它，因为那主人公正是一些和你同样的青年。他或她有一颗纯白的心，有一个对于正义的信仰，爱一切需要爱的人，恨一切人为的、不合人性的传统”，“我可以告诉你，《家》和我的家差不多，我的确是在那种环境中长成的。《家》和《春》里面的人物有一部分也是真实的人物，但《家》和《春》里的事实都不一定是真的。我可以在每个人物的身上，看见我的姊妹兄弟的影子，而且我也想把过去的一点宝贵回忆留下来，使一些我所爱的人物隐约地活在我的小说里。所以我说，是回忆逼着我写《春》的”。第二封信巴金谈到自己，“我是一个充满着矛盾的人，所以我的文章也是的。我在生活里追求着光明、爱、人间的幸福，我在文章所追求的，也是这个。但我行为却常常不能和思想一致，这是社会环境使我如此的，所以我不是一个健全的人，也不是一个幸福的人”。第三、四封信谈到对左拉小说的看法，“左拉的小说是长的好，但可惜中国还没有译本。他的书我看得很多，但除一两部外，有许多我简直不敢看”，“左拉是法国自然主义派小说家，他的书我几乎全读过，但大部分我都不喜欢，而且读了一遍就不敢读第二遍。他写得太残酷太冷静，而且他那种绝望的宿命论也是够可怕的（他晚年的作品《三都》《四福音》绝不同了）。像《娜娜》那种作品，我读第二遍就要作呕的（商务译本更坏）”。第五封信中，巴金劝慰黛莉，“你还是继续求学吧。我并不是叫你埋头读死书，不问外间的一切事情。你在课余仍可以看报、读书或者参加一些学生运动和社会运动。你得想，在不久的将来也许连这求学的机会也没有了；也许在不久的将来，就会轮着每个中国人都必须为一个大的战斗来牺牲他的一切。所以在这时候你还有机会求学，就应该不放过机会。你不过是十七岁的孩子，而中国还充满着三四十岁的壮年人。第一批献身的应该是他们，而不是你。你不要那样苛酷地责备你自己”。还有，每封信中巴金谈彼时自己的创作和出版，问候黛莉近况、督促学习并给予建议，给黛莉寄送各种书籍等等。信件本身就极具文物价值和研究价值，内容包含了大量信息，再联系当时社会局势或是参考和比对其他文献资料，足可以为巴金研究增填材料，拓宽研究视野，丰富研究内容。

第三个层次，是探索历史之真、文学之真。虽然作品取名“寻找巴金的黛莉”，也是赵瑜作为寻找者搜寻黛莉的足迹，但赵瑜的终极寻找者是巴金，是那段山西社会历史真实，是文学的终极意义。赵瑜是喜欢自己去找寻题材写作的报告文学作家，当他碰到巴金先生的这些旧信件时，又恰逢与自己生长的山西地区关联紧密时，他毫不犹豫，或者说是带着写作兴奋的迅速投入的。他一定是想到了巴金的《随想录》。巴金说，“这些年我写小说写得很少，但是我探索人心的习惯却没有给完全忘掉。运动一个接着一个没完没了，每次运动过后我就发现人的心更往内缩，我越来越接触不到别人的心，越来越听不到真话。我自己也把心藏起来，藏得很深，仿佛人已经走到深渊边缘，脚已经踏在薄冰上面，战战兢兢，只想怎样保全自己。”[①]“奇怪的是今天还有人要求作家歌颂并不存在的‘功’‘德’。我见过一些永远正确的人，过去到处都有。他们时而指东，时而指西，让别人不断犯错

①巴金，《说真话》，见《探索集》，人民文学出版社，1989年，第100页。

误，他们自己永远当裁判官。他们今天夸这个人是‘大好人’，明天又骂他是‘坏分子’；过去辱骂他是‘叛徒’，现在又尊敬他为烈士。本人说话从来不算数，别人讲了一句半句就全记在账上，到时候整个没完没了，自己一点也不脸红。他们把自己当作机器，你装上什么唱片，他们唱什么调子，你放上什么录音磁带，他们哼什么歌曲。他们的嘴好像过去外国人屋顶上的信风鸡，风吹向哪里，他们的嘴就朝着哪里。”[①]报告文学如果也诸如巴金所言，那就真不好看、没人看了。报告文学真正令读者们觉得好看、想看，应该在于讲真话，“大家都把心掏出来，我们又可能看见彼此的心了”。

女性报告文学家的创作时常带来我们惊喜和感动。她们用坚韧克服困难，用温柔妆点文字，用精神的火光照亮人心，她们的作品丰富了报告文学的审美表现。有句话说“报告文学六分采访，三分思考，一分写作”，就是指报告文学的创作需要花费大量的时间和精力在采访上，这也是报告文学写作的难度所在。条件艰苦、环境恶劣、长期孤身一人异地采访，不被理解、采访受阻乃家常便饭，甚至还会遭遇生命威胁，这些对于女性报告文学作家来说，更是难上加难、痛上加痛。尽管如此，女性报告文学作家们也没有让读者失望。杜文娟的《岩兰花开——汶川大地震伤残人员生存状况调查》是汶川大地震十一年后对幸存者的深度采访，这些人是作者一直牵挂的人——在大难中煎熬过的丧子父母、地震孤儿、重组家庭、长大了的伤残孩子、重度伤残的中老年男女等——灾难发生后，那些幸存者们真实的生活与内心活动更加值得关怀。杜文娟无数次地走近他们，或者说她从未离开，

① 巴金，《再论说真话》，见《探索集》，人民文学出版社，1989年，第108页。

她的文字将他们与我们连接起来。侠子的《生命的最后一站——老年病房采访记》也是一部引发深思的作品。因母亲患病，作者“潜伏”老年病房三年，根据这段时间里的真实见闻，写下了那些生命即将消逝者的故事。作品探讨的维度不仅仅有关生命与健康，还有子女面对重病年迈父母时的不同表现和复杂心情。这些故事里的喜怒哀乐，与每个家庭历史和个人成长紧密相关，反射出亲情的多样性。住院老人和他们的子女承受的不仅是身体疾病，更是心理障碍。生命的长度固然要追求，但是高质量的生命品质才是一个人最大的成功、一个家庭最大的幸福。优秀的女性报告文学写作者能在感性与理性之间找到恰到好处的平衡，能从琐碎的日常里捡炼生活真经。《我在美国的陪读生涯》作者翘楚把亲身经历利落抛出——出国前对国内教育的困惑，出国后面临的环境、语言、习俗的不同，女儿青春期的焦虑和面对全新环境的无措，母女二人的矛盾冲突以及互相理解共同成长——陪读母亲真切的经历和感受，在出国留学非常普遍的今天给人以启示。长江是具代表性的当代女性报告文学作家，从事报告文学写作多年，她深谙采访技巧，能敏锐、准确地把握采访对象，通过真诚地与受访者交流，真正走进人物的内心。《明月村的“月亮”》中，长江去到的地方是一个刚刚完成脱贫、正在努力探索新的生活样态的村子。作者走进明月村和村中人，在他们身上寻找“不仅原来外出打工的农民回流家乡，连城里人也纷纷前来定居、创业和生活”的答案，也找到了生活的答案——“只要生活好，哪里不是天堂？”

第七章
载体与文本流转：报告文学从二维书写到三维传播

有人认为，新媒介技术影响了报告文学传播，也使得报告文学的创作、审美、意义等都发生转变。这是有根据的，但也不是最根本的决定因素。进入全媒体时代，报告文学生态整体改变，表现为书写对象多元化、文学传播方式多媒介化等特点。对于报告文学写作者而言，要清晰地认识到媒介时代的来临，勇敢地面对新文化，不惧怕；更要合理利用新媒介技术，使其成为创作的加分项，使得媒介真正成为拉近与读者距离的桥梁。

第一节 传播意识的渐强

报告文学传播工作的起点之一是大众文化的改变，对应报告文学中的“社会问题派”，正如章罗生所言，这派“是整个中国报告文学中风格最鲜明、影响最深远，也是历史最悠久、情况最复杂、毁誉也最多的”，同时它也是“中国作家与知识分子的主体人格和思维方式发生改革的必然结果”[①]，是报告文学作为知识分子写作方式最突出的表现。精英书写草根在报告文学传播史上是一个巨大突破。问题报告文学的崛起是中国报告文学传播的分水岭，它不仅是中国报告文学家写作思路转变的标志，同时也具有中国报告文学传播意识转变的象征意义。

在抗战至20世纪50年代之时，由于民族救亡运动的需要和在延安主流意识的引导下，报告文学最初的“干预政治”与“批判现实”性质逐渐被歌颂、激情呐喊取代，走过一段虚假粉饰的时代。直到新时期，问题报告文学的出现才使中国报告文学彻底冲破传统政治屏障，开启了一片崭新的创作空间。自此之后，作家将写作触角伸到了社会群体中受压抑的弱者、改革开放进程中饱受挣扎渴望解脱的底层人民，还有自然灾害面前真实的冷暖人生以及封建官僚制度压迫下的命途归宿等。自改革开放开始，以知识分子为代表的文化先锋逐渐以多元、理性的态度重新树立政治观，将政治看作“人的言谈与行动的实践、施为，以及行动主体随这言行之施为而做的自我彰显”[②]。政治认识的转变改变了报告文学创作和报告文学家文学意识，原本更多政治宣传的角色转变为理性的大众传播者。

传播意识的进步和传播目的的纠正，使得报告文学创作重新回归文学传播的主流。自20世纪90年代中后期开始，改革开放的成功很大程度上缓释了过去人们与社会之间的矛盾，也逐渐解放了思想，并学会辩证地认识世界，大众认知能力和自主性与过去相比有了明显提升。如果说在过去普通读者之于报告文学的关系

---

① 章罗生著，《中国报告文学新论——从新时期到新世纪》，湖南大学出版社，2012年，第420页。
② 陶东风著，《文学理论的公共性——重建政治批评》，福建教育出版社，2008年，第2—3页。

是“接受式”的，犹如传播学中的“魔弹论”所形容——传播媒介拥有不可抵抗的强大力量，它们所传递的信息在受传者身上就像子弹击中身体、药剂注入皮肤一样，可以引起直接速效的反应；它们能够左右人们的态度和意见，甚至直接支配他们的行动。那么随着大众文化的发展深入，读者对报告文学作品的审美需求与作家创作初衷就变成了“互动式”的关系，即拉扎斯菲尔德所说的“有限效果”。有限效果论表明大众传播没法完全、直接地改变受传者对事物的态度，在人们做出某种决定之际，许多其他因素起着重要的作用，其中包括个人的政治、经济、文化、心理的既有倾向，受传者对信息的需求和选择性接触机制，群体归属关系和群体规范，大众传播过程中的人际影响等等。一方面，伴随着全球化进入中国，过去一度被精英知识分子奉若神明的高雅文化已被渐渐放逐至普通人生活的边缘，大众文化越来越深入地渗透到日常生活之中，它不仅影响着人们的知识生活和娱乐生活，而且也影响了人们的文艺审美趣味，且越来越显露出其消费社会的特征。可见，尽管像报告文学这样的语言文字表现形式曾经在人们审美对象中占据主导地位，但在新的时代，他们也不得不受到来自大众文化和消费文化两方面的挑战。另一方面，文艺创作又无法躲避被大众文化和消费文化消解的命运，只能努力地尝试在精英与大众之间寻求好的平衡。这种被伊格尔顿看作“脆弱的、困扰的、物质的、身体的、客观的、自负的、厚颜无耻的，不是伴随我们生活的但却是我们为之生活的”[①]东西——后现代意义上的消费文化直接影响了大众的审美观念，而“非虚构”写作的创作又恰恰受到大众审美影响。

① 王宁著，《“后理论时代”的文学与文化研究》，北京大学出版社，2009年，第139页。

第二节　全媒体时代与报告文学媒介生态

媒介融合下的非虚构审美是通过画面的构图、色彩、光线、文字的叙述语言和叙述方式把客观事物通过艺术的手法显现出来。电影、电视剧、纪录片、电视节目等对非虚构的美学表现已不仅仅是一种原来意义上的艺术表现方式，而是成为叙述者通过媒介技术等手段对非虚构素材所作的开放式的诠释和理解。真实在非虚构审美中具有突出的地位，它不仅是非虚构的生命内核和得以存在的基础，也是在媒介生态中显现其审美性的必要前提。复制真实是媒介叙事的客观要求，是媒介融合的优势。媒介叙事的世界也不是纯粹的客观自然，而是“情化的自然”，这个“情化的自然”是人的主观意志和客观天然交融在一起的复合体。媒介非虚构文化应该是以共情为基础的传、受者的互动文化。导演关正文在一次偶然的机会看到了由英国一家出版社发起的活动——书信朗读会，邀请名人们朗诵从世界各地搜集来的书信，活动后来被搬上电视，影响范围不断扩大，社会反响也超出举办方想象。于是，萌生了《见字如面》的制作想法。从共情角度来看，非虚构来源真实又通向真实，情感通道是通畅的。媒介需要着力思考的就是如何将情“共”之。经大数据分析，《见字如面》75%的观众是三十岁以下的青年，而42%的观众年龄在二十四岁以下。这一代受众是从小在大众媒介里成长的，深受媒介文化和消费社会浸润，是“娱乐至死”时代中麻木的一代。让·鲍德里亚的《消费社会》一书开篇写道：“今天，在我们的周围，存在着一种由不断增长的物、服务和物质财富构成的惊人的消费和丰富现象，它构成了人类自然环境中的一种根本变化。恰当地说，富裕的人们不再像过去那样受到人的包围，而是受到物（商品）的包围……我们生活在物的时代：我是说，我们根据他们的节奏和不断替代的现实而生活着，在以往所有文明中，能够在一代一代人之后存在下来的是物，是经久不衰的工具或建筑物，而今天，看到物的产生、完善和消亡的却是我们自己。”[①] 消费社会这样一个被商品所包围并以商品的大规模消费为特征的社会不仅改变了我们的日常生活，还改变了我们的社会关系和文化生活方式。我们必须要意识到“人们需要商品，是为了使文化的各个范畴得以显现并且稳定下来”[②]，曾经作为表达自我工具的非虚构写作，已经成为联结社会群体关系的坚固纽带。包括作者与读者、读者与读者关系在内的传播者、受众等群体关系，正是通过诸如纪录片、影视政论片等大众传播商品维系。正如鲍德里亚所言，“电视带来的‘信息’，并非它传送的画面，而是它造成的新的关系和感知模式，家庭和集团传统结构的改变。谈得更远一些，在电视和当代大众传媒的情形中，被接受、吸收、‘消费’的，与其说是某个场景，不如说是所有场景的潜在性”[③]。

尽管如此，这并不代表受众在大众媒介所营造的场域里应该是被操纵、被麻痹的。相反，大众媒介应该承担更多的社会责任，引导健康审美。例如《见字如面》《国家宝藏》等电视节目，通过“非虚构文本+媒介传播”的方式，给年轻观众带来不一样的文化体验。首先，这些节目所涉及的文化元素内涵是传统

①[法]让·波德里亚著，刘成富、全志钢译，《消费社会》，南京大学出版社，2001年，第1—2页。
②[美]索尔斯坦·维布伦著，罗钢、王中忱译，《夸示性消费》，见《消费文化读本》，中国社会科学出版社，2003年，第36页。
③[法]让·波德里亚著，刘成富、全志钢译，《消费社会》，南京大学出版社，2001年，第48页。

的，传承着中华文化的悠久文明，价值导向明确，在快餐文化充斥的消费社会中，旗帜鲜明地展现出正气和涵养。其次，在凭借微信语音、视频就能实现沟通的当下，那些书信承载的写信人、收信人之间的爱情纠葛、亲情牵挂、友情关怀、家国志愿等，更加能使已经不习惯传统书信往来的年轻人感受到文字沟通的美好。再次，时间的留白，能让情感经得起考验。木心写的《从前慢》一度引起大众的感叹——记得早先少年时，大家诚诚恳恳，说一句是一句。清早上火车站，长街黑暗无行人，卖豆浆的小店冒着热气。从前的日色变得慢。车，马，邮件都慢。一生只够爱一个人。从前的锁也好看。钥匙精美有样子。你锁了，人家就懂了——与快节奏的世界相比，从前的慢是一种美好，一种朴素的纯洁。就像书信，虽然不能获得“秒回”，但是因为人的期待、盼望融进等待的时间里，信被额外赋予了情感。这些情感成为书信的一部分，当通过《见字如面》这样的方式被旁观者阅读后，其中的情感也被释放出来，感染到了更多的人。

这与法国著名的哲学家和社会学家布尔迪厄所说的文学场的作用不谋而合。“文学场或艺术场是能够引起或规定最不计利害的‘利益’的矛盾世界，在这些世界的逻辑中寻找艺术品存在的历史性和超历史性，就是把这部作品当成一个被他者纠缠和调控的有意图的符号，作品也是他者的征兆。这就是假设从中表现出一种表达的冲动，而场的社会必要性所规定的形式，趋向于使这种表达冲动难以辨认。抛开为追求纯粹的形式而超脱纯粹的利益这一点，是理解这些社会空间的逻辑必须付出的代价，社会空间通过它们运行的历史法则的社会炼金术，最终从特定情感与利益通常残酷的对抗中，抽取普遍性的升华了的本质；而且它提供了一种更真实的最终更有保证的观念，因为这是一种不那么超凡入圣的观念，这来自人类成果的最高征服。”[①]布尔迪厄将文学场视为社会生活的一种表现，是充分地融汇了社会生活的各种需要的一个场所，并且社会生活中的各种需要又可以影响与制约着文学的形成并转化成文学观念。全媒体时代，非虚构写作的直接动力是文化的市场化以及大众文化的繁荣。场域改变导致了文化资本重新分配，使得大众文化市场更加繁荣，政治文化与精英文化双双边缘化。

依据布尔迪厄的理论推断，非虚构写作与大众媒介的联姻使得报告文学场发生变化。这个变化来自媒介技术的介入、大众文化各因素的促成；同时，新生成的报告文学场也反作用于非虚构写作及大众传播受众的社会生活。大众媒介就是将以语言为主的信息符号转化为可感知的文学形式，进而将包含的信息思维和文化符码传递给接受主体，并被其理解和认同的物态化。例如，2015年，熊顿发表于网络平台的非虚构作品被改编为同名电影《滚蛋吧肿瘤君》，2017年，随着网剧《白夜追凶》《无证之罪》的走红，“真实故事计划”的改编授权备受青睐。还有，曾遭数家电视台拒播的非虚构影视作品《寻找手艺》在上传至某网络平台后，获得豆瓣8.7的高分好评。非虚构文体媒介化后，信息生成的最终指向接受主体。各种被媒介化后的信息和观念只有被接受主体所接纳或识别使得接受者与非虚构写作达成信息共鸣，才能使新的报告文学场发挥最佳效果。否则，则需要找出场里各元素中哪个环节影响了效用发挥。有人会以大众媒介复制方式太过多元而造成大众产生真实与仿真的模糊感来抨击媒介文化的弊端。在他们看来，电子媒介的出现，打破了信息传播的静态

① [法]布尔迪厄著，刘晖译，《艺术的法则——文学场的生成和结构》，中央编译出版社，2001年，第2页。

性和符号单一性，以声像传播为主的电子媒介直接诉诸人的视听感官，以完全富有生活气息的具象性符码来传达信息。摄影、电影、电视、VCD、广告、仿真雕塑等种种形式的图像产品迅速流行，虚拟的幻觉形象越来越在我们的生活方式中起主导作用。各种视像符号包围着我们，体现了一种欲望和离奇的幻想，视觉传媒拼贴、组接着各种视觉影像，组成了比现实更现实的一种“仿像”。极强的影像表现力最终将媒介制造的虚拟世界与现实世界混同为一，不但塑造了大批沉迷于形象魅力的消费者，而且也为商品附加了无尽的象征意义。依托电子媒介进行商业信息和广告的传播，它所带来的不仅是即时的形象享受和消费刺激，受众对媒介的记忆依赖性使得这种符号具有更多的潜在消费价值。传统的意象为主的文化正在被仿像为主的文化所冲击和消解。那么，小说等文学形式在文化市场一枝独秀的“霸权”就是理所应当吗？文学就应该固守原态，任凭时代进步、社会发展却原地踏步、不进则退吗？科学技术的发展，是带着它的意识形态一起走进现代社会的。虽然我们可以批判包括网络在内的现代电子传媒是虚拟的“电子幻觉世界”，以“天涯若比邻”的虚假方式遮蔽了人与人之间更加冷漠的关系，但在整个被媒介裹挟的世界里，电子幻觉世界提供的自我满足和幻觉实现，是传统的平面传媒难以抗衡的。虽然说，受众最广的东西未必就是最有价值意义的东西，但这种使人感知的作用却不能够忽略。它在通过开放、平等、自由的写作、浏览的同时，也在无意中结束了传统文学的历史和观念。因此，现代传媒的发展和多元文化，特别是与科技手段相关的消费文化的兴起，是抵抗以印刷为中心的“个人价值主义的技术”[1]向非虚构新文化转变的动力和象征。

第三节　报告文学的全媒体创作

报告文学的全媒体书写，依赖于媒介技术的进步。作为“改革作家”，张胜友在报告文学的三维传播领域是尝试较早的人之一。他勇于改革报告文学传统的表达方式，于传统纸质媒介报告文学之外，卓有成效地开创了影视报告文学，成为这一新类型创作的最重要的代表性作家。他先后创作了《十年潮》《历史的抉择——邓小平南巡》《让浦东告诉世界》《闽商》《风从大海来》等多部电影、电视政论片，获得了艺术成就最高肯定。其中《十年潮》和《历史的抉择》均被邓小平亲自调看并受到赞许，后者更成为党的“十四大”献礼片；《风帆起珠江》成为中国改革开放三十周年献礼片，并荣获政府最高奖——第二十一届电视“星光奖”。张胜友的作品不仅受到专业的高度肯定，更赢得了很好的受众口碑。“迄今为止，在中国网络电视台纪实台海量纪录片‘评分最高’栏目中，长时期雄踞排名前三的是：《闽商》《风帆起珠江》《古田会议》——它们的撰稿人，都是张胜友”[2]。又如，《光明日报》《文艺报》《新华文摘》等重要报刊甚至按照电视播出节奏，全文刊载张胜友作品的解说词。张胜友的影视报告文学作品之所以受到学界和社会的广泛关注，有两个重要原因——一是他所有的作品都把握着时代脉搏，题材上关注社会变

①陈龙著，《传媒文化研究》，中国人民大学出版社，2009年，第9页。
②简彪著，《中国改革的时代影像——论张胜友的报告文学与影视政论片创作》，见《风帆起珠江》，作家出版社，2013年，第2—3页。

革的方方面面，创作技巧上也与时俱进，将非虚构符码的意义触动多观感；二是张胜友的影视报告文学着眼于叙事现实，更追求高度的艺术审美，充满了浓烈的个人情怀。

影视报告文学，过往通常被称为影视政论片，政论是指这类作品的内容和表达方式，影视是指它的载体。从存在的实际看，政论之外还有其他的非政论的品类，因此，用影视报告文学称名更为周延。这是非虚构文体新的存在方式。随着新媒体的广泛使用，基于新媒体的非虚构写作也自有其独特的体性。传统的文学作品承载于纸上，文字是沟通作者与读者的唯一桥梁。读者关于文学作品的接受完全凭借自身对语言符号的组合和联想能力。这就是索绪尔在《普通语言学教程》中所说的“组合系列”与“聚合系列”两种语言结构，他认为语言的基本单元都是受这套关系制约的。“组合关系的主要部分是句法关系……聚合关系是潜在的，它依赖心理活动而存在”①，而心理状况因人而异，这就使得即使是确定的文字语言都能带给人无限的想象。但影视报告文学是文字语言与图像语言的合体，它有更加丰富的组聚合关系，能呈现出更生动多样的语言效果。影视报告文学的语言结构关系更复杂。影视报告文学文本以文字语言的形式存在，有自身的组合系列和聚合系列，而影视报告文学的另一个并列元素是图像语言，它也有一套组合系列和聚合系列。对于影视报告文学来说，它的内部有四套语言系列，即文字语言A、文字语言a、图像语言B与图像语言b。②每两套系列之间的互相组合都能生成一种意义，即可有文字与文字语言组合系列（AA）、文字与图像语言组合系列（AB）、图像与图像语言组合系列（BB）、文字与文字语

① 李幼蒸著，《理论符号学导论》，中国人民大学出版社，2007年，第144页。
② 为了方便说明和理解，这里分别用A、a区分不同语言和图像系列。

言聚合系列（aa）、文字与图像语言聚合系列（ab）、图像与图像语言聚合系列（bb）等意义生成，这是由于这样多样化的排列可能才使得影视报告文学指说内容更加立体、鲜活和透明。

不论任何符号类型，都包含着能指[①]和所指[②]构成的二重成分，即语言的两个功能：指称对象和表达意义。一方面，两种语言交织作用使得影视报告文学在叙述对象时可提供的元素更多。有文字语言的描绘，也有图像语言的模拟。另一方面，因为影视的图像语言不仅有画面，而且还有声音。哪怕仅仅是图像语言，所传达出的内容都非常丰富。影视图像由每一个单位时间的画面串联起来，文字与画面依靠声音融合。画面时而波澜壮阔、时而幽静婉约，声音时而激情澎湃、时而清新甜美，根据表现需求的不同，影视报告文学将画面和声音进行重组和搭配，有时画面定格配合缓缓的人声讲述，有时画面不停切换而音乐声戛然而止，从而营造出一番更高境界的和谐。这种和谐就是通常所说的意指，即“传播符号的能指和所指分别指向形式和内容，两者的结合构成意指，从而与现实事象发生联结”[③]。以《风帆起珠江》的声画语言为例，伴随着一阵浑厚悠扬的序曲音乐，镜头从模拟的历史旧画面切换到了如今真实的珠江全景，穿越了象征改革开放的邓小平巡视形象，一片繁荣现代化的珠江三角洲商贸区展现在观众眼前，短短一分钟的序篇声画，虽然没有一句人声解说，但是珠江三十年的历史与现在全被浓缩在里面。第一篇章《万古江河》开篇，也是一个很巧妙的意指形成范例。“这是美国人从太空拍摄的珠江三角洲的照片。一张拍摄于今天，另一张则

---

①能指，即所有那些不借助于语言之外的前提就不能被描述层面。

②所指，即在情感上、心理上、意识上或仅仅概念上的形态，它与客观事物的实体虽然没有直接的关联，但它是客观事物的抽象和概括。

③余志鸿著，《传播符号学》，上海交通大学出版社，2007年，第92页。

拍摄于三十年前”，伴随着解说词，画面上出现了两张对应的照片——一张呈现的图景标志着这片土地过去的荒凉，而另一张照片里出现了各式密密麻麻的建筑，展现了如今这块土地的繁荣昌盛。试想，如果没有声音语言，整个关于历史与现在的对比都不能让人理解；如果没有图像的配合展示，这个对比又只能是观念上的想象，无法达到具象的落实。只有当所有符号发挥最大效用时，意指意义才能最优达成。如上述所言，张胜友的影视报告文学作品体现出能指和所指的高度融合，为意指的表现提供了有利“环境”，这就是为什么他的作品内容特别饱满和精彩的原因。

通常，影视报告文学叙事结构宏大、审美格调高远。这与张胜友的才情恰好相适配，他在这一新的时空中精骛八极，心游万仞，尽显报告文学采用影视介质的表达之便和表达之美。例如，《风帆起珠江》将中国改革开放的实践置于中华民族近代复兴和现代经济全球化浪潮的背景中，分为序篇和《万古江河》《开启国门》《深圳破冰》《潮涌珠江》《继往开来》《中国之路》六个章节，将中国改革开放的过去、现在和未来串联成一体。在语言表现方面，用了生动的排比、形象的比喻、名言警句，听起来铿锵有力、气势如虹；也有许多接地气的民间话语、新兴词汇，十分贴近群众，令人印象深刻。开篇就言“珠江——历史注定她将演绎和见证中华民族之大变局”与结尾“中华民族从苦难深重中觉醒，中国人民在改革开放中奋进，一面旗帜，一条道路，一个理论体系……终于走出了一条适合于中国国情的科学发展、和谐发展、和平发展之路——中国之路”遥相呼应，中间各部分脉络分明、环环相扣、层层递进，架构出《风帆起珠江》的宏大叙事与审美境界。张胜友影视报告文学作品的审美意义可以从读、听、看三方面进行解构。首先，张胜友擅长用短语句式，用词简洁有力，极富激情。例如与苏文菁合作的第三届世界闽商大会献礼片《闽商》，全文共五个篇章，即用《闽在海中》《闽商无疆》《闽商有道》《商道泱泱》《融通天下》五个篇章将闽商的历史和精神书写完全；《闽商》的每一篇章主旨鲜明、内容翔实，然而组合出每篇章的众多文字小节却都是简短精练，最长的自然段不过一百多个字，最短的就一句话，每一个语言都力求最凝练、最精辟。开篇，“这是一部闽人与海的传奇”，虽然只有一行文字，却将整篇文章的基调和内容奠定；篇中叙述了闽人的祖先、闽文化的发源和发展、福船与闽商的由来、闽商的经营故事和商业道德、闽商对中国乃至世界发展的推动作用等等，并最后用四句话提炼——“闽商书写了中国人民源远流长的商业历史”“闽商实现了人类发展史上了不起的跨文化对话和融合”“闽商展现了人类创造财富的可能与使用财富的典范”“闽商的历史与现在，昭告了中国海洋文明在未来的发展方向”。其次，张胜友的影视报告文学既能带来听觉上的震撼，又能产生强烈的视觉冲击。几乎他所有的作品都采用“序+若干篇章+结束语”结构，声音和画面的交相呼应，为作品营造出音乐史诗剧的感觉。以《风从大海来——献给厦门特区建设30年》为例，开篇的序曲就像教堂唱诗班的悠长和声，伴随着平静的旋律，“厦门，一个充满魅力的名字，祖国东南沿海璀璨的明珠”豁然于眼前。第一章诉说了厦门三十年来的风云激荡和生生不息，声音表现也是丰富多样，低沉的管乐配合了这座城市过去屈辱的历史，高音调的弦乐则鼓舞着厦门不屈不挠、坚持发展的决定。第二篇章就是浪漫温馨的回旋曲部分，因为这里面讲述了老百姓住房保障的实施情况、农村孩子享受到了教育公平以及厦门旅游的可持续发展，以及海洋岛屿生态治理等，这些是最切近普通百姓生活的问题，处理过程肯定会遇到各种困难，但是最终“联合国人居奖、全国文明城市、国家园林城市、国家卫生城市、国家环保模范城市、中国优秀旅游城市、国际花园城市”等称号是对这个城市最好的回馈。第三篇章则是全曲高潮部分，正如“两岸融合”的主题一致，画面也是两岸贸易、文化交流的生机勃勃、生机盎然的景象。这一部分的曲调旋律总体呈上扬趋势，直至终曲是激扬澎湃的赞歌。

张胜友的影视报告文学就其内容和表达功能而言，许多可归为影视政论片一类。政论片无疑需要着眼于“论”，无论是画面还是音响，归根到底都要为政论服务。张胜友的影视政论片之所以每一部都能引起社会广泛关注，关键在于其的“论”精深到位、高超绝伦。在《石狮之谜》中，张胜友一针见血，将石狮改革的特点论为“财富”。不但论点把握精准，在论述方面更展现出了绝妙之处——

> 大海问：“推动人类社会进步的车轮是什么？”
>
> 一个遥远的声音：“财富。”
>
> 大海问：“人的最大价值是什么？”
>
> 一个浑厚的声音：“创造财富。”
>
> 大海问：“石狮人的性格是什么？”
>
> 海浪声、惊涛拍岸声伴随着一个坚毅的声音：“敢于创造财富……”

张胜友将大海这个石狮人最熟悉的景物拟人，进行了三次追问。大海的问，其实是作者的明知故问；声音的回答，其实是作者的自问自答。通过明知故问和自问自答，张胜友却自然地完成了论点的提出。紧接着，论述得以展开并随着声音的由远而近、由弱到强而娓娓道来。张胜友带领我们从历史的长河寻根探源——公元十世纪石狮就成为“海上丝绸之路”的通商要道，到迷乱年代里石狮人通过仿制纪念章发了一笔大财，再到改革开放石狮的“地摊经济”……“创造财富”始终是石狮文化的主旋律，这也为张胜友的论点提供了有力的历史证据。张胜友在下篇《醒狮雄风》里，通过对改革开放后石狮“竞选市长”、经济转型、通电通水通讯通路系列工程、提倡“民办特区”等事实，成为论点的现实论据。由此，张胜友在“论”上的高超技艺可以概括为三个“精”：论点取精用宏，论述精彩绝伦，论据准确精到。在《东莞：城市传奇》中，三“精”的论政特点也充分展现。在题目与序曲中，东莞就被明确论定为“传奇”——“东莞，以其传奇身姿走入中国乃至世界的眼睛里”。全文分为上篇和下篇——《城市之门》和《城市之光》来论述作为城市传奇的东莞。说东莞是“城市之门”，那是由于其自古而然“地处广州至深圳经济走廊的中西地段，毗邻香港、澳门，扼东江和广州水道出海之咽喉”的地理优势、“三来一补”与“两头在外”开创中国特色乡村工业化道路的“东莞模式”的成功、借势在港乡亲发力振兴珠三角经济、“海纳百川，厚德务实”的“东莞精神”彰显、“想致富，先修路”在东莞最先叫响而远播全国以及各项基础设施在东莞的最先试点。其中，张胜友选取“中国工商总局颁发的第一个牌照”、香港人张子弥在东莞开设“中国第一厂”、全国第一批上市乡镇企业的广东宏远集团、成功人士黄剑中热心慈善、东莞火车站、“世界第一跨”的虎门大型悬索桥、大陆首家台商子弟学校等论据充分论证。从论点的提出到论述的开展，再到论据的支撑，张胜友都做得扎实、合理。虽然最终的呈现是经由虚拟的新媒介呈现，但是张胜友的影视政论片却是完全建立在真实的基础上，且论证严密，是非虚构书写的典范。

第四节　报告文学全媒体创作的广度与深度

报告文学的全媒体书写当然不仅限于电视政论片，还包括电视报告文学、报告文学的电影改编以及一切的报告文学网络创作与传播。比如“大型电视报告文学片”，五十三集电视报告文学片《无极之路》和三十集电视报告文学片《新教育风暴》；获得56亿票房的电影《战狼2》原著就是报告文学《国家》；还有电视剧《命运的承诺》《智慧风暴》以及纪录片《我在故宫修文物》等。以下具体谈一谈报告文学全媒体书写的可能性。

首先，电视报告文学是报告文学与电视艺术的综合，它以画面为基础，按照报告文学的要求，把画面、解说、音乐、音响有机地结合起来，将实现生活中具有典型意义的真人真事和人物的内心世界，真切感人地呈现在观众面前，它使人既能从中得到某些思想上的启迪，又能获得一定的艺术享受。电视报告文学在坚持真实性的前提下，吸取了故事片、电视剧刻画人物形象的表现手法，强化了戏剧性和艺术效果，是“报告文学+电视”的创新模式。《大路向太阳》讲述的是中铁十三局集团公司三处一公司十队党支部书记刘清华，在隧道施工中突遇意外山体大塌方的危急时刻，舍生忘死救工友，在他身上集中体现了牢记党的宗旨、恪尽职守、高度负责的敬业精神，在困难面前身先士卒、危急关头冲锋在前的事迹，由吉林电视台与中铁十三局集团公司联合录制，吕爱武担任策划，韩志晨担任编导，冯晨、梁君担任总监制，片长三十分钟，2002年3月29日由吉林卫视频道首次播出。八一电影制片厂出品的纪录片《东方神舟》讲述的是中国自主研制的“神舟”号载人飞船把第一位航天员杨利伟送上太空，实现了中华民族的千年飞天梦想的过程。《千秋三峡》第一次在银幕上把三峡工程作为人类改造和利用自然的一个壮举来加以审视和把握。《人民至上》是“5・12”大地震抗震救灾的纪录片，通过全景式记录结合一个个催人泪下的真实故事，表现了大灾之下喷涌的人间大爱。据《人民至上》制片人陆黎介绍，他们在救灾中采集到大量第一手珍贵影像声音资料，这次在片中首次呈现给观众。

与聚焦人物为主的电视报告文学不同，纪录片以围绕主题的叙事状物居多。例如纪录片《故宫》，以《肇建紫禁城》《盛世的屋脊》《礼仪天下》《指点江山》《家国之间》《故宫藏瓷》《故宫书画》《故宫藏玉》《宫廷西洋风》《从皇宫到博物院》《国宝大流迁》《永远的故宫》等篇章，从故宫的建筑艺术、使用功能、馆藏文物和从皇宫到博物院的历程等方面，全面展示故宫辉煌瑰丽、神秘沧桑的宫殿建筑，丰富多彩、经历传奇的珍贵文物，讲述不为人知、真实鲜活的人物命运、历史事件和宫廷生活。除了真实场景的拍摄以外，该片创作还以真实再现的手法，根据故宫的历史文献记载、历史文物“痕迹”和历史见证者讲述等真实背景，通过人物扮演、情景模拟、场景摆拍等手法表现出故宫的历史。结构上从表及里，从外向内，从物理上的故宫到与故宫命运相联系的人，再到今天的故宫，时间上从今向古、又一轮回流转至今，情感逐渐增强。观众伴随着纪录片的推进，仿佛触摸到了历史的脉搏，深深震撼于源远流长的中华文明。又如讲述青藏高原上人与自然和谐相处的纪录片《第三极》，全片借“第三极”

这个地理概念，通过近四十个故事，串联起青藏高原上的生命之美和人们的祥和生活，反映藏族传统文化得到继承、传统生活方式得到延续以及自然环境得到保护等。《第三极》秉持了非虚构作品“从小切口出发”的特点，全片以普通人的事为内容。像青海一家牧民寻找小藏獒的故事，藏族人用狼毒草和雕版印刷术制作书籍，守护寺庙的喇嘛经常为登珠峰的人祈福，牧民们背着不能行走的羊在小岛上产羊羔等等，具体而又生动地讲述了在这片特殊的土地上，个体与家庭、与动物、与自然界和谐共处的状态。在艺术表现方面，不仅使用了高空拍摄、微观拍摄、延时拍摄、高速拍摄、水下拍摄等多种拍摄手段，还首次采用了4K技术。所以，整个作品不仅信息量饱满，叙事传达生动，节奏轻重缓急，同时配合高清的画面，声、像、文和谐统一于一件完整的非虚构叙事中，实现了非虚构文本与可视化的整合。

其次，是影视剧改编报告文学作品，改编大致分为两个改编方式，一为再现式，即在改编时保持对原著作品的场景、对话、人物等方面的再现，以求更加贴合原著的艺术内涵；二为取意式，这种类型的改编则更加追求与原著在精神方面的契合。通常，电视剧改编作品，因为篇幅较长，可以更多地保留文学原著中对细节的描写和刻画。电影改编作品，由于时长和叙述、符合当下受众需求等原因，剧本会对原著进行故事内容删减、剧情和人物改动等。报告文学作品《根本利益》改变的电影《信天游》2004年上映，由冯小宁导演、郭达主演。在黄土高原信天游的歌声中，一个普通的“戴着帽子的农民”、一个善良的好人、一个勇敢斗士的轮廓在镜头中清晰起来。陶冶的报告文学《郑培民》原汁原味地写了郑培民的一生，从他的少年时代写起，接着写到大学生活，再从普通干部升到省委副书记，也写到他的爱情，写到他对子女的关心和教育……他的人生历程是“民——官——民”，在他当了在老百姓看来是“大官”的时候，始终遵循着“群众利益无小事”这一准则，始终没有忘记自己是一个老百姓，始终没有丢掉平民意识。他人生的字典，停留在“民”字上，当他还没有返回“民”时，便积劳成疾，离开了这个世界。改编的同名电影讲述的是刚刚出任湘西自治州州委书记的郑培民，在全州最贫困的乡村火龙坪村村民期盼的目光中郑重许下承诺，一定要帮助火龙坪村修建一条连通山外世界的公路，让山里的世界和山外的世界息息相通。从此郑培民的生命就和这条山路、这块土地联系在了一起，就在火禾公路通车的这一天，郑培民倒在了北京的工作岗位上。影片由郑洞天导演，黄梅莹、修宗迪等主演，荣获第十一届中国电影华表奖。根据鲁迅文学奖获奖作品《生死一线》改编的电影《五颗子弹》艺术地再现了我国某监狱在被特大洪水淹没的极其困难情况下转移一万多名服刑人员，无一逃跑无一死亡，在国际上产生轰动影响的故事。影片重点记叙了在转移途中失散的三个犯人与一个警察的生死抉择。退休的狱警老马（刘佩琦饰）在特大洪水袭来之际临危受命，负责押解三名不服调命的犯人转移，三个犯人分别是杀人犯（姜武饰）、贪污犯（吴大维饰）和惯偷（李滨饰），他们性格各异，各有各的小九九。逃亡机会千载难逢，他们心中蠢蠢欲动，却慑于老马枪里的五颗子弹而不敢造次，转移途中，险象环生。由刘恒编剧，尹力导演的《铁人》被称为“第一部石油工业创业史诗”，影片以全国劳动模范王进喜的生平事迹为主要素材，讲述20世纪60年代大庆“石油大会战”与当代沙漠石油钻探作业两代石油工人的故事。为了满足观众的审美需求，该片在拍摄手法上也有所创新。片中故事的背景年代并没有全部设定在20世纪五六十年代，而是采用了时空交错的手法。剧组先后转战新疆、海拉尔、大庆实景拍摄，将首度在大银幕上展现我国石油工业创业史。党益民的《守望天山》被拍成电影，它没有跌宕起伏的故事情节，也没有宏伟壮观的战争场面，一个退伍老兵几十年如一日的生活被娓娓道来。文学作品的作者党益民在开篇手记中说，陈俊贵的故事其实很简单：部队在修筑天山公路时遭遇大雪封山，官兵被围困，供给眼看告急，上级派陈俊贵等四名战士去40公里外送信求援。因为大雪，本来一天的路他们却爬行了三天三夜，随身带的二十个馒头只剩最后一个时，班长郑林书把这个救命的馒头留给了年龄最小的陈俊贵。陈俊贵因此活了下来，而班长、副班长英勇牺牲，陈俊贵和另一名战士冻伤致残。陈俊贵退伍回家后，本已有了安逸的工作并娶妻生子，却在看了一部反映修筑天山公路的电影《天山行》后，心灵受到极大的触动，于是毅然放弃工作，带着妻子和出生仅三个月的儿子重返天山，为班长、为一百六十八名烈士守墓。不简单的是，陈俊贵这一守就是二十四年。电影是对文学作品的二次创作，影片中的陈玉柱是现实生活中的陈俊贵，但也不全是，电影是导演、编剧、演员、制作团队等通力合作的结果。影片以恢宏开阔的天山作为试听背景，雄浑苍茫而又危机四伏的边疆景象、异域风情的音乐伴随着故事情节发展切换。陈玉柱日复一日的守候慰藉了他对班长的歉疚，而他时刻饱受着内心的煎熬——妻子的受苦，儿女的委屈，生活的艰难——都是他为兑现承诺所付出的代价。侯孝贤导演的《悲情城市》是部分取材于一部非虚构作品——蓝博洲的《幌马车之歌》。钟浩东本名钟和鸣，1915年12月出生于宝岛台湾，是知名作家钟理和同父异母的兄弟。抗战时期，他和萧道应等热血青年曾回到大陆参加抗日和革命运动，返台后成为中国共产党地下党员并积极开展工作，1949年在“白色恐怖”中被捕，后惨遭杀害。三十八年后，蓝博洲将钟浩东的传奇故事写成报告文学《幌马车之歌》。《悲情城市》是由侯孝贤执导，陈松勇、梁朝伟、辛树芬等主演，影片以“二·二八事件”为背景，讲述了林氏家族兄弟四人的遭遇和生活，影片于1989年10月上映，后获第四十六届威尼斯国际电影节金狮奖。《大火种》是根据铁流、徐锦庚的《国家记忆——一本〈共产党宣言〉的中国传奇》改编的影片，由苗月执导，陈瑾等主演，再现了1926年冬中国首版《共产党宣言》如火种般在中共党员和人民群众之间传递的感人故事。改编自作家曹谷溪的报告文学《周总理回延安》的同名电影体现了共产党人不忘初心、牢记使命的情怀，也是为2018年周恩来总理一百二十周年诞辰献礼。

再次，是以剧本的形式进行报告文学影视化的创作。如果说上面一类报告文学的影视剧改编是基于已有的报告文学书写之上，那么这一类的影视化创作就是在没有一个完整和全面的报告文学文本的基础之上直接进行的、以剧本为形式的创作。这时，编剧承担了非虚构文本的创作者的角色。以文本的题材和表现分类，大致可以分为下几种：第一，革命历史题材的史诗品格表现。重大革命历史题材电影对史诗品格的追求是从《开国大典》《大决战》开始的，重大革命历史题材电视剧对史诗品格的追求是从《开国领袖毛泽东》《长征》开始的，而《解放》的创作成功则标志着这种追求达到了一个更加自觉的新境界。《开国大典》是从中国共产党取得三大战役的胜利开始直至1949年10月1日在北京举行开国大典的历史过程。这个剧本最难把握的是协调宏观与微观的关系，因为开国大典前夕发生的任何一段历史都可以单独拿来拍一部片子。最终编剧们没有简单地按照编年史的方式安排，而是将所有重大历史事件推到后景，只作为人物活动的舞台，影片的总体风格是从大处着眼，宏观上采用写意的手法，而在描写人物和细节时采取工笔细描的手法——用历史唯物主义的眼光审视、剖析过去的历史，站在20世纪80年代的现实高度对四十年前已经走过的历史加以评价。《大决战》三部曲包括《大决战之辽沈战役》《大决战之淮海战役》《大决战之平津战役》，分别在1990年、1991年、1992年上映。作品的历史背景是1948年秋，人民解放战争进入夺取全国胜利的战略决战阶段。以毛泽东为核心的中共中央正确把握时机，以宏大的革命气魄和高超的指挥艺术，连续组织了辽沈、淮海、平津三大战役，基本上摧毁了国民党赖以维持其统治的军事力量，大大加快了解放战争在全国胜利的进程——1945年8月，日本帝国主义宣布投降，饱经战乱之苦的中华民族在短暂的胜利喜悦过后，即将迎来决定民族命运的重要时刻。随着蒋介石（赵恒多饰）撕毁停战协定，国共两党内战全面爆发。经过两年的正面对决，国共双方的差距逐渐缩小，战局终于迎来决定性的时刻。1948年年初，毛泽东（古月饰）、周恩来、任弼时等共产党重要领导人离开陕北根据地，与刘少奇、朱德率领的中央工作委员会在河北会合。经过一番审慎的考量与讨论，领导人命令林彪（马绍信饰）所率领的五十万东北野战军全面发起夺取东北的辽沈战役。对东北去留举棋不定的蒋介石被迫应战，中华民族的命运之战拉开序幕；1948年9—10月间，辽沈战役和济南战役相继胜利，标志着解放战争决定性转折点的到来。在此危急关头，蒋介石紧急调配旗下三个兵团十七万人的优势兵力固守中原，同年11月，华东野战军向黄百韬（许还山饰）兵团发动攻击，规模最大的淮海战役正式打响。地下党员何张防线的临场起义为当时占下风的粟裕（谢伟才饰）

赢得战机，顺利切断了黄百韬的退路。在此之后，国共双方调兵遣将，各逞其能，中原战场顿时变成规模宏大、破坏力极强的巨大漩涡，淮海战役朝向令人始料未及的规模迅速扩大，国共两党的抗争进入攻坚阶段。辽沈战役和淮海战役后，蒋介石受到极大触动，意图撤回华北六十万国民党军队进入淮海，构筑一条坚固的江淮防线。在此危急关头，毛泽东主席在西柏坡发出指令，授意林彪率领东北野战军秘密跨越长城，会同聂荣臻的华北野战军发起平津战役，分割傅作义（李定保饰）军团以作各个歼灭。傅一面婉拒美国势力入驻华北的请求，一面说服总统打消军队南撤的念头，顺利在华北取得空前的权力。谁知在此期间，解放军已悄悄完成对平津的包围。傅作义感到大势已去，决定通过身为共产党员的女儿傅冬菊（陈红梅饰）与对手和谈。只是和平的果实来之不易，在此之前还要经受更多的考验——为了写好剧本，《大决战》创作组查阅了包括当事人回忆录在内的大量资料，采访了战役参加者和有关人士三百余人，还实地考察了三大战役旧战场。《大决战》来源于历史真实，也坚持尊重非虚构，还原历史——这也是非虚构的品格之一。以叙述林彪这个人物为例。作为辽沈战役和平津战役的主要指挥员之一，林彪这个人物在戏中的分量可想而知。当时有人担心片中反映林彪这个人会有麻烦，主张剧中不写林彪；还有人主张，如果写林彪的话就把他写成反面人物。杨尚昆得知这一情况后，特别就林彪角色问题作了重要表态。他说："剧中要有林彪，如果不写林彪，那当年东北战场的仗是谁打的？而且写林彪一定要实事求是，不能因为他后来不好，就把这个人写成从头至尾都坏。"杨尚昆的这一表态对于剧本真实地反映林彪、反映三大战役起到了非常重要的作用。实际上，作为当年的战友，杨尚昆对林彪的感情可谓一言难尽。据扮演林彪的马绍信回忆：《大决战》完成后，杨尚昆在接见剧组主要演员的时候，急切地问“林彪呢？林彪呢？”当有人指着站在后排的马绍信说：“在那儿呢！”杨尚昆便急速上前，紧紧握住了马绍信的手，抖了又抖，眼里充满了复杂的感情，那份深情、那份无奈、那份理解溢于言表。[①]

这里，提出一个问题。影视化的非虚构可不可以有合理想象？笔者认为，可以有，并且一定会有。《平津战役》原剧本有一个细节，写的是林彪到达指挥部后，在地图上到处找山海关。负责这场战役拍摄的导演韦廉和剧组就此采访了当年林彪身边许多工作人员，获知林彪对地图的熟悉是惊人的，他指挥打仗不上前线，就是对着地图研究。韦廉据此对该情节进行了重新设计：林彪到达指挥部后，参谋人员正在往墙上拼接地图，右上角还空一块，林彪到地图前用棍子指着空白处说：部队从这里进关。参谋人员拼好地图，小棍指的地方果然就是山海关。[②]合理想象不破坏非虚构的真实性。现实主义具有三个基本特征：一是客观性，即在艺术观念层面，按照客观生活的本来面目去描写，再现客观事物及人与人之间的社会关系；二是典型性，即在艺术形象层面，注重创造典型形象；三是批判性，即从与现实的关系来说，大胆暴露社会问题，体现批判性。[③]编剧用“林彪指地图”的合理想象，遵循现实主义表现原则。想象之“合理”还是“不合理”，通过现实主义原则判断——是否以客观现实为根本，即按照客观生活的本来面目去真实地再现客观——不是对客观现实的机械模仿，而是要通过创作主体的艺术加工、重组和再建，创

①袁成亮，《电影〈大决战〉诞生记》，载《百年潮》，2008年第10期。
②袁成亮，《电影〈大决战〉诞生记》，载《百年潮》，2008年第10期。
③王一川，《当前中国现实主义范式及其三重景观——以新世纪以来电影为例》，载《社会科学》，2012年第12期。

造出能揭示问题本质的艺术真实和情感真实。

电影这种艺术表现在对史诗品格表达时，比起讲述历史本身以外，传递人物精神是其主要功能。电影《建国大业》严格来说，没有独立的故事结构，没有一个完整的故事。影片由韩三平与黄建新联合执导，王兴东参与编剧，众多内地及港澳台一线演员参与表演，片长135分钟。强大的创作阵容使电影《建国大业》从开机伊始就格外引人注目。影片以第一届中国人民政治协商会议召开前后的历史为背景，反映中国共产党和中国各民主党派和衷共济、团结奋斗，为建立多党合作和政治协商制度历经曲折艰辛直至取得最后胜利的历程。大量的人物，大量的历史事件，不可能做到叙述上的历时一一对应，也无法做到空间上的绝对复刻。意象上的复原，叙述上的省略、放大都是需要的，以烘托出影片厚重感、历史感、纪实的风格。

与电影相比，电视剧在还原和再现真实方面做得更加细致。五十集电视连续剧《解放》由王朝柱编剧，影片通过对中原突围、延安保卫战、孟良崮战役、辽沈淮海平津三大战役直至渡江战役等的重点描写，首次全景式地展现了解放战争波澜壮阔的历史，从1946年6月底蒋介石撕毁停战协定和政协决议，对解放区发动全面进攻开始，到1949年10月1日中华人民共和国成立，真实地再现了以毛泽东为首的老一辈无产阶级革命家率领解放军和人民群众，运筹帷幄，战胜以蒋介石为代表的国民党腐败政府和军队的曲折过程。在尊重历史事实的同时，强调艺术创作的规律——大事不虚，小事不拘。剧中有史可查的角色多达四百七十九个，重要的历史事实和情节都是有据可查的，时间、地点、会议、人物等都经过考证。

除此以外，报告文学作家还在全媒体的各个领域进行创作。

比如，王宏甲为自己创作的《无极之路》的电视报告文学片写主题歌：“无论世上已是什么季节，希望总在沃土之中；不论大地呈现什么景象，她依然是我亲爱的家乡。叶落在走来的路上，我理解了所有的艰难。阳光千秋万岁地流淌，追求光明就是信仰。掬一捧很早以前就憧憬过的泥土，我们上路，我们上路。作一次壮丽的远征，与你同行，永世永生。”文学性体现在人物形象上，也体现在语言里。这样的创作是报告文学作家在文本之外的全媒体书写，这非但不背离报告文学创作范畴，更是报告文学家更加全面地表达自己创作初衷、创作观念、对被书写对象的情感的方式。在全媒体时代，报告文学创作形式受新媒介技术发展影响很大，许多作家在文学创作时也会考虑全媒体传播。报告文学的创作在宽度和深度方面都有了拓展，正如波斯曼所说的，“技术变化不是附加的，它是生态学的。一种新媒介不是增加了什么，而是改变了一切。”

第八章
旋律与变奏：媒介融合时代报告文学创作的责任

报告文学虽然是个年轻的文体，但它的活动空间很大，表达的灵活性手段也可以很多。报告文学的书写源自真实，指向当下，从历史中来，面向未来而去，在时间轴上无限，在空间轴上也无限。它可以担负起跨文化沟通，承担起呼唤人类理性的责任。报告文学从人文关怀的角度追求和倡导人类普遍的生命意义，关于人与自然、人与社会以及人与人之间矛盾关系进行探讨。笔者以为，中国报告文学需要有蕴含清醒的理性精神及浓郁批判意识的、最广义的人道主义精神的作品。

第一节　中国报告文学“走出去”的必要

政治和经济的成果并没有让中国文化获得应有的礼遇，在文学方面，中国仍有很大的发展空间。全球化背景下的中国当代报告文学并未有突破，存在水土不服。中国报告文学并没有得到广泛关注，许多重要的国际文学奖项，中国报告文学都是失语状态。这与中国的文学大国以及日益增长的非虚构远景不相称。2016年5月17日，习近平总书记主持召开哲学社会科学工作座谈会并发表重要讲话，深刻阐述“文化自信”，并且首次用“三个更”形容文化自信：“坚定中国特色社会主义道路自信、理论自信、制度自信，说到底是要坚定文化自信，文化自信是更基本、更深沉、更持久的力量。”充分说明文化自信在国家、民族的发展道路上具有十分重要的意义。“十三五”时期，中国文化的传播和“走出去”仍将是一项重大工作。《国民经济和社会发展第十三个五年规划纲要（草案）》第六十九章《提高文化开放水平》中指出，加大中外人文交流力度，创新对外传播、文化交流、文化贸易方式，在交流互鉴中展示中华文化独特魅力，推动中华文化走向世界。拓展文化交流与合作空间，加强国际传播能力建设。打造旗舰媒体，推进合作传播，加强与国际大型传媒集团的合资合作，增强文化传播亲和力。所以，在全球视域下探求中国报告文学发展乃至中国现当代文学的发展方向是十分必要的。

写作《战争的面孔不是女性的》《切尔诺贝利的回忆：核灾难口述史》等作品的白俄罗斯作家阿列克谢耶维奇以“她回响着多种声音的作品，成为记录我们这个时代苦难与勇气的丰碑”获得了2015年诺贝尔文学奖。诺贝尔奖评审委员会的评价是十分到位的，“多种声音的作品”正是阿列克谢耶维奇写作的主要特点。“我一直在寻找一种体裁，它将最适合我的世界观，传达我的耳朵如何倾听、眼睛如何看待生命。我尝试这，尝试那，最后选择一种体裁，在这种体裁里，人类的声音自己说话。”[①]阿列克

① 《寻找永恒的人——阿列克谢耶维奇自述》，https://theinitium.com/article/20151009-culture-feature-Svetlana-Alexievich01/。

谢耶维奇关注到的问题，包括战争、女性、核问题等，看似一个地区的问题或一个特定历史的问题，但是仔细想来，这些问题也是全世界、全人类的问题。文学的一个很重要的附庸功能就是意识形态的影响，正如英国学者伊格尔顿指出：“在选取一种形式时，作家发现他的选择已经在意识形态上受到限制。他可以融合和改变文学传统中于他有用的形式，但是，这些形式本身以及他对它们的改造是具有意识形态方面意义的。一个作家发现身边的语言和技巧已经浸透一定的意识形态感知方式，即一些既定的解释现实的方式。”①

第二节　作为传播对象的报告文学

尽管有一些中国作家的作品已被译成英、法、德、俄、日、韩等文字，但是是否真的在国外获得实质性的关注，或是说中国报告文学的国际影响力究竟如何，尚且让我们留有期待。还有一点，“有些汉学家在选择中国当代文学作品翻译介绍给西方读者时，可能会将集体无意识带进去，他们往往把一些‘闯祸’的作品视为‘异识’作品，这些作品一旦被纳入这种意识形态系统，其文学价值便会大大增量。这些作品也因此变为名作、名著而广为流传”②，这在报告文学中尤其应该被注意。因为报告文学书写的内容一定是得到“真实”验证的，当他们被作为艺术文化作品走向世界舞台时，这些文本一定程度上起到介绍和传播中国的

---

①[英]伊格尔顿，陆梅林、陈桑等译，《马克思主义与文学批评》，见《西方马克思主义美学文选》，漓江出版社，1988年，第686页。
②程光炜著，《文学史二十讲》，东方出版中心，2016年，第365页。

作用。习近平曾经将张雅文的报告文学《盖世太保枪口下的中国女人》作为国礼送给比利时总统，在加强两国友谊联系中产生了很好的作用。读者，甚至是对中国毫无了解的人，很容易因为报告文学了解中国、产生对中国的印象。那么，中国报告文学从创作之时就应该知道它承载着的责任。

加拿大传播学家麦克卢汉将人类文化传播的演进划分为三个阶段——“其一是拼音文字的发明，其二是16世纪活字印刷术的推广，其三是1844年发明的电报，预示了电子革命的来临。归纳起来即口语媒介时期，印刷媒介时期和电子传播媒介时期”①。正如著名传播学家施拉姆认为：“媒介就是插入传播过程之中，用以扩大并延伸信息传送的工具。”②对于文学而言，媒介的发展影响着其传播速度、物化形态、文本内容，甚至塑造了新的文学活动、文学形态和文学观念。“没有媒介就不存在文学”③，就像王一川形容的，“媒介不只是文学的外在物质传输渠道，而就是文学本身的重要构成维度之一，它不仅具体地实现文学意义信息的物质传输，而且给予文学的意义及其修辞效果以微妙而又重要的影响”④。

“文学传播学不是文学与传播学的简单相加，而是在文学研究的基础上，吸收传播学的理论与方法。运用传播学的理念与术语，从新的视角和方法审视文学传播现象。考察文学传播过程，讨论这种不同于一般大众传播的文学传播的特殊规律及其原理、

①[加]埃里克·麦克卢汉、弗里克·泰格龙著，何道宽译，《麦克卢汉精粹》，南京大学出版社，2000年，第356页。
②[美]韦尔伯·施拉姆著，中国人民大学新闻系译，《报刊的四种理论》，新华出版社，1980年，第144页。
③王一川，《大众媒介与审美现代性的生成》，载《学术论坛》，2004年第2期。
④王一川，《论媒介在文学中的作用》，载《广东社会科学》，2003年第3期。

原则。”①

中国是世界上最早发明印刷术的国家，在欧洲出现印刷术之前，中国已经流行印刷术约一千年了。印刷传播是把文字通过印刷技术记录在纸张上，以纸质文本的形式，让人们通过阅读文本来完成丰富多样信息的传递。印刷媒介的出现，使传播活动较之从前有了巨大的飞跃。因为使用印刷技术，可以把所要传播的内容进行大批量的复制，除了便于携带、方便保存之外，印刷还带来了受众面的扩大。但是，印刷传播只是传播技术发展的起点，很快，广播、电视、新媒介等大众传播介质迅速崛起。许多人都关注到了大众传媒对纸质文学媒体造成了极大的冲击，这个冲击的结果是带动了其他传播形态的文学形式如影视同期书的热销。影视同期书有两种不同的出版形式，一种是先有图书，然后根据图书改编成影视作品；另一种则是先有影视作品，在拍片的同时策划图书出版。

报告文学需要适应与其他非虚构文类共生同长，并始终保持自身独特的价值品格。“非虚构”（Non-fiction）起源于19世纪60年代的美国新新闻主义，是对当时小说化浓郁的新闻报道的称呼，其代表性作品包括《刺激酷爱迷幻考验》（汤姆·沃尔夫）、《刽子手之歌》（诺曼·梅勒）、《冷血》（杜鲁门·卡波特）等。国内较早使用“非虚构”概念的是王晖和南平等学者。从1986年开始，他们发表《美国非虚构文学浪潮：背景与价值》《1977—1986中国非虚构文学描述》等文，讨论非虚构文学的意义以及新时期中国非虚构文学的发展等问题。非虚构文学进入中国主流文学媒体视野源于2010年《人民文学》提出的“人民大

---

①柯卓英，《文学传播的理论建构》，载《新闻知识》，2008年第1期。

地”非虚构写作计划并开设“非虚构”栏目，推出了《中国在梁庄》（梁鸿）、《中国，少了一味药》（慕容雪村）、《词典：南方工业生活》（萧相风）等作品。之后，《中国作家》开设“非虚构论坛”、《钟山》推出“非虚构文本”、《智族GQ》发起“非虚构写作”基金支持计划等。李炳银认为：如今，对“非虚构”写作现象，认识理解纷纭分歧不少，最大的分歧是有很多标为“非虚构”的作品其实是存在着虚构的成分，只是将“非虚构”当作一个自己以真实诱惑读者，却不愿意承担真实的严格责任，还要拥有相对自由的写作状态的技巧手段这个焦点问题上。像《人民文学》这样的刊物，其栏目设置中就有非虚构、报告文学、报告小说、新时代纪实等，这种概念混乱的局面会令人更加疑惑。2019年年底出现的新型冠状病毒疫情深刻影响到人们的生产、生活，甚至引发全球的政治、经济和社会变动。新媒体成为最主要的获取信息和交流的方式。疫情期间，人们对非虚构的渴望与依赖极度强烈，非虚构文学在全媒体上再次引发震动。其中，有作家日记，也有普通人的疫情生活纪事，比如“全民故事计划”“谷雨实验室”等公众号发表的系列非虚构作品，还有主流媒体的深度报道，以及豆瓣、微博等自媒体平台上的非虚构生产与传播。在全媒体非虚构文学生态中，写作是双线交织（线上、线下）的全民书写，诸如打工者的“蓝衣坊”、关注“LGBT”人群的“虹桥”、聚焦女性的“让身体说话”、书写城市日常中的闪光点的“市井雄心”等工作坊，在互联网上形成一定规模的写作营地，同时以网站、微博、知乎、博客、APP、公众号等形式开展融媒体社群活动。

非虚构文学在全媒体上井喷式发展，所触及的文学责任、媒介伦理等问题需要深思。非虚构文学因具“非虚构性”而成立，但目前对非虚构性的界定并没有一致认识。许多冠以“非虚构”之名的作品是主观真实、片面真实或是部分真实的，而受众的阅读感知是个人化的，假如因作者认知不到位或读者接受有偏差（还包含故意曲解文本和过度阐释文本等情况），导致舆论混乱、谣言四起，再经过全媒体的指数级传播，会造成严重后果。

第三节　媒介融合时代报告文学的责任

纷乱繁杂的网络世界与优秀报告文学的独立品格形成鲜明对比，面对新媒体的碎片化、消费化，报告文学对真实的坚守精神显得更加珍贵。在新型冠状病毒疫情爆发期间，全网每天充斥着大量不知真假的信息，搅扰着人们的精神。没有渠道分辨文字真假，使得信任受到威胁。人们不仅要为身体健康担忧，还要承受心理的煎熬，对真实的渴望极度迫切。这时候，我们看到了像《人民日报》这样的权威媒体发表的真实故事。正如开栏的话："新冠肺炎疫情发生后，全国人民齐心抗疫，四面八方，千里驰援。广大医务工作者义无反顾、日夜奋战；人民解放军指战员闻令而动、敢打硬仗；广大人民群众众志成城、守望相助；广大公安民警、疾控工作人员、社区工作人员坚守岗位、日夜值守；广大新闻工作者不畏艰险、深入一线；广大志愿者真诚奉献、不辞辛劳……这中间，有太多的瞬间值得铭记，有太多的感动值得珍藏，有太多的故事需要书写。”[①]《温暖的光》照亮了三位白衣天使——佘沙、邓小丽和张琴。

---

①《千里驰援（抗疫一线的故事）》，载《人民日报》，2020年3月2日。

佘沙是四川省第四人民医院沙河院区内科的一名护士。武汉首先报告新冠肺炎疫情后，四川省第四人民医院第一时间派出五名医护人员随省队出征，由于第一批选派的是重症监护室和呼吸科的护士，佘沙没赶上。在工作群里看到医院第二批援鄂报名的通知，她立即请战。佘沙找到科室的赵永琴护士长，提出申请，着重讲了三点理由：第一，我年龄小，如果不幸被感染了，恢复肯定会比年长的护士快。第二，我没有结婚也没有谈恋爱，家庭负担小。第三，身为汶川人，我得到过很多的社会帮助，如果我有机会去前线出一点力，我一定义无反顾。邓小丽是一位羌族女孩，85后，来自四川省人民医院骨二科。看到医院召集支援湖北医疗队的通知，邓小丽第一时间报了名。她说，她有重症护理经验，希望能到一线来尽一份力。汶川地震那年，邓小丽在汶川县威州中学读高三，也是这场地震改变了她的人生轨迹：高考填报志愿的那段时间，如火如荼的救援工作在汶川各个角落铺展，看着那些解放军战士和救死扶伤的医护人员，邓小丽重新定位了自己的人生目标：成为他们那样的人！跟佘沙同龄，地震那年，张琴也正读小学。地震救援、灾后重建的情景，在年幼的张琴心里播下了感恩的种子。十二年过后，张琴也成为一名白衣执甲的战士，有如当年逆行汶川的医护人员一样，在武汉疫情最吃紧的时候，前往武汉一线。

这篇作品的作者是青年作家曾散，他长期致力于青年题材的报告文学创作，疫情期间也是第一时间奔赴湖北，采访和书写青年群体的战疫，《甘心》也是其中一篇作品。武汉关闭离汉通道的消息铺天盖地传来的时候，甘如意有些蒙了，她当时在老家正陪着父母烤火，电烤桌的温度如同新冠肺炎疫情资讯的热度，灼得她隐隐作痛。回乡下的这些天，甘如意的内心颇不平静。作为一名从武汉回来的基层医生，她惦记着300多公里外的武汉，密切关注着疫情新闻和单位工作群信息。形势急转直下，谁都始料未及。

1月26日是大年初二，没等手续办齐，传来消息，所有去武汉的公共交通停运，就连甘如意所在的杨家码头村去往县城的主路都只能通行两个轮子的车辆。甘如意那张编号为“009”的临时通行证，车牌号一栏填写的是“自行车”，通行事由是“到武汉江夏区金口中心医院上班”。

…………

甘如意那天发了一条微信朋友圈：“多年没有骑自行车，膝盖疼”，加上一个流泪的表情。看得出，漫漫征途的第一步给了她一个下马威。……

对复杂的路况甘如意虽然早有心理准备，但有时候冤枉路还会让她沮丧，她只能靠手机导航一段一段前行。……

下午1点，甘如意到达荆州长江大桥。工作人员告诉她，桥上已经不让自行车通行。她只好把自行车寄存到一个副食店里，打电话让父母日后抽时间取回去。……

失去唯一的交通工具，甘如意只能步行经过荆州长江大桥，等她走到荆州市区，天已经黑了。她找不到开门营业的旅馆，手机也已没电，只能向一个未营业的旅馆老板求助。老板多方打听，终于找到一家还能安排住宿的地方。……

中午11点，一辆出租车把甘如意放在了荆州市中心城区的街道，看到路边停放的共享单车，她艰难地决定继续单骑远征。沿着318国道骑行，她下一站目标是70多公里外的潜江。……

上午10点，浓雾渐渐散去，高速公路潜江路段开始放行，甘如意搭乘的顺风车终于驶向了快车道，她的返岗历程也终于按下了快进键。……

武汉所有公共交通早就停运。甘如意只好又找了一辆共享单车，靠手机导航，骑过杨泗港长江大桥，到武金堤上，继续向前骑。……

经过六个小时的骑行，晚上6点左右，甘如意终于到达她工作的地方——武汉市江夏区金口中心卫生院范湖分院。

甘如意四天三夜单骑逆行的故事感动了许多人，曾散用了朴实的叙写，不赘述一个形容词，写出了95后青年一代面对艰难时的勇敢和坚韧，让我们看到了这个时代的希望。李春雷作为当代报告文学的中流砥柱，也是出手不凡。《感谢纸尿裤》保持了他一贯的创作水准，细腻且鲜活。此次书写的对象是位男护士，李春雷处理得新奇中带点儿幽默，温暖中饱含深情，令人不知不觉读后眼眶湿润，但觉得心安。

二十九岁的健壮小伙子，第一次穿上纸尿裤，怯怯羞羞，脸色通红，好似番茄。

开篇即抛下一个悬念。面对即将赶赴武汉，小伙子也有过犹豫——

妻子即将休完产假返岗，如果自己离家远行，前途未卜，想想可爱的儿子，实在于心不忍。旋即，他又骂自己懦弱、软蛋、胆小鬼。于是，连夜写下了“请战书”。……他，再一次严正地表达了决心。张征惊喜过望，回复微信，字数只有一个，可感叹号却多达六枚，像六个大拇指，像六颗小炮弹！……病毒传播多以气溶胶为载体，悬浮空中，无声无息、无影无踪、无孔不入。因此，上岗前后的防护异常关键，项目繁多。比如，他们最重要的“铠甲”——全套防护装备，包括两层医用口罩、医用防护帽、护目镜、两层橡胶手套、连体防护服、高腰鞋套等等。仅仅穿戴，就需要十分钟。但这些仅仅是毛毛雨、小碟菜。俗语说，登山容易下山难。在这里，完全可以加倍翻番再乘二地说，穿衣容易脱衣难！由于沉浸重症病房六个小时，浑身沾满亿万病毒。出来之后，必须进行最严格的消毒。……且让我们耐心地看一看脱下防护装备时冗长、烦琐的程序吧。简而言之，需通过四个密闭专区，前后二十七个步骤，仅手部消毒就多达十二次。特别是最后的全身洗消，必须依次进入三个沐浴间……整个卸装洗消过程至少需要五十分钟。

但这还不是最麻烦的问题。

在病房期间的排泄问题，如何解决呢？……于是，纸尿裤隆重出场了！

谜底揭晓。读者也为医护人员捏把汗，感同身受地觉得他们不易。

本人，二十九岁，身体健壮，一个生猛的大男人啊。张征劝他，若不穿纸尿裤，至少要连续禁水绝食十八个小时，对脾胃有损。即使不吃不喝，如果闹肚子呢？孩子，还是穿上吧，有备无患，免得尴尬呀。他仍是犹犹豫豫，给妻子发微信，征求意见。……妻子回复内容的字数，只有一个，而感叹号也多达六枚，像六颗小辣椒，像六根大钢钉。

李春雷抓取细节、巧妙的语言处理能力着实体现出报告文学家不俗的创作才能。

在媒介融合时代，报告文学不仅继承了新闻传统的信息获取、消息传播和舆论把关的职责，也继承了文学传统启迪心灵、陶冶情感和引导审美的功能，在更加多元的媒介环境中，报告文学也肩负着监督社会、审美影响和文化传播等责任。以社交媒介为例，新媒介在传播报告文学时一定程度上已经对传播中国文化起到了积极影响。比如说微信，它打破传播阻隔，集人际传播、组织传播、大众传播于一体。微信作为最重要的社交媒介智能终端，提供语音短信、视频、图片和文字、共享流媒体内容等通信服务，并且基于朋友圈、公众平台、摇一摇、支付、游戏等插件实现社会交往。目前微信已经覆盖绝大多数智能手机，用户活跃度极高。受众不仅可以通过即时通信实现“人——人”之间的人际传播，还可以在微信群组内交流以及朋友圈进行组织传播，更可以通过设置议题以公众号和服务号的形式实现大众传播。“GQ实验室”“咪蒙”“新世相”等公众号都发表过非虚构作品，受到大众广泛关注，并且阅读、转发、评论热烈。他们各有自己独特的风格，选题新颖，表达有趣，获得强烈共鸣。形式方面，有的是公众号编辑文字写作，有的是插图加文字说明，有的是视频加解说，有的是粉丝把自己的故事上传，“众筹”出非虚构。《除了冲锋衣，理工男还喜欢什么Fashion》《中产生活速成指南》《当代尬聊总结报告》《李志自述：欲望是特别好的东西，我怕它没有了》《健身效果喜人，我却压力山大》《我遇见一个开兰博基尼的农民》《他画了1000多个姑娘，各个娇艳动人》《记一次体重失控的时尚活动》《“大年初三5个相亲对象，比见客户还累”：回家很爽，但爽不过三天》《月入两万的我，不敢比同事先下班》《27岁的你呆滞、无情、没有想象力》《婚礼开始前两小时，我怂了》《看到人们这样怀念单田芳，我终于相信，时代再快我们也不会淡忘从前的珍宝》等等，这些非虚构都在大众的手机间互相传递，他们不是中国社会的全部，但都是一个个面向，一个个真实。

正因为新媒介传播速度快、传播面广、影响范围大等原因，对标注为非虚构的新媒体作品需要提出更高的要求，这些媒介需要更加严肃地坚守职责。2019年1月29日，咪蒙旗下公众号发布文章《一个出身寒门的状元之死》以10万+的阅读数量刷爆朋友圈，但疑似因编造故事、刻意煽动泪点再引发负面舆论风波。2019年2月1日，咪蒙就此在网上发表道歉信：“针对咪蒙团队在网上引发的负面影响，我们进行了认真深刻的反省。我们为所犯的错误，真诚地向大家道歉。”《人民日报》官微就咪蒙事件发表评论：“咪蒙发道歉信，避实就虚，避重就轻，暴露出一贯的擦边球思维。当文字商人没错，但不能尽熬有毒鸡汤；不是打鸡血就是洒狗血，热衷精神传销，操纵大众情绪，尤为可鄙。若不锚定健康的价值坐标，道歉就是暂避风头，‘承担起相应的社会责任’就变成一地鸡毛。”

在新媒介时代，报告文学创作要有分担议程设置和引导舆论的责任。作为一种私人化和公共化并存的行业，媒介的性质始终围绕用户进行内容生产与提供。无论是传统出版时代还是电子出版时代，受众对于优质内容的需求越来越强烈。随着移动互联网和智能移动终端成为用户获取信息的宠儿，用户对信息真实性的在意程度越来越高，而不是信息的表现形式。新技术力量驱动下媒体边界的淡化或消失，也意味着整个媒体的运作逻辑、管理模式和媒体文化的改写。不论如何转型，内容的质量始终支撑媒体的生存发展。公众通过媒介知晓事件或问题，依非虚构写作提示的角度思考，按照作者对各种问题的重视程度来调整自己对这些问题重要性的看法。文学创作者也是媒介传播者、信息把关人、舆论引导者。

全球化大潮中，文学已经没有边界。各个国家之间的文学发展，因为语言而产生的沟通障碍越来越少了。相反，文学作为文化交流的方式，越来越被全世界关注。作为书写中国最重要的文体——报告文学，应该更加重视起全球化背景下的中国书写和中国文化传播。

首先，以中国报告文学创作群为核心的创作者要认识和了解国际尤其是西方非虚构创作情况。近年来，国际非虚构文本有像《普罗旺斯的一年》这样的旅行散文，像戴瓦·索贝尔《经度：寻找地球刻度的人》的科普读物类，像西蒙·温彻斯特《教授与疯子》的历史记录，像约翰·科莱考尔《荒野生存》这样的自然报告文学，像约翰·伯兰特《午夜善恶花园》的纪实文学，像弗兰克·麦考特《安琪拉的灰烬》的回忆录等。旅行散文类、科普散文类、历史文化类、自然报告类、书信集、回忆录等等，都受到广泛的关注与喜爱。像于坚《印度记》这样的作品，作者记录了自己旅行的所见所想。从旅行的起点等机开始，见到的印度的人和印度城市的建筑物、街道、自然景观、贫民窟、恒河，联想到印度的历史、宗教、文化，随着旅行行程的推进，从城市到乡村再到城市，从导游到僧侣，再到各层级的普通百姓，作者记录下了所行之处的眼见之物、相识之人，也记录下所思所感。这当然也是非虚构"行动"写作的一种。范景中的《有物曰竹》从竹的历史写开去，从中写到西，由古及今。其中大量引经据典，古诗词佐证、中英引文，论述厚重，详尽了竹的伦理、宗教象征、美学意义和文化品格。王彬彬的《瞿秋白的不得不走、不得不留与不得不死》是一篇阐释型的作品，标题即观点，文章各部分分析与说明，摆事实、作论证。作者以逻辑串联材料，文本以"非虚构"的姿态证明作品的力度。宁肯的《中关村笔记》也是一篇将人和事、个体与集体、时刻与历史结合得恰到好处的非虚构作品。作者沉潜到中关村过往，以人为经，以事为纬，勾勒出一个伴随改革开放进程崛起的中国硅谷发展史——"幕后英雄"冯康、陈春先与中关村的硅谷梦、柳传志和联想、王志东和新浪、王选与"千年之约"、王永民与汉字输入、程维和滴滴、吴甘沙和智能驾驶、苏菂与车库咖啡等十九个段落与手记。宁肯选择的人物有一个内在的标准——他们构成了历史、推动了历史，在历史发展过程中，还起到了地标性的作用，他用平视和俯视的姿态去观察他们，并与他们对话。

其次，重视非专业作家创作群体的报告文学，融通精英写作与大众审美。新媒体、个人自媒体的出现，使得非虚构写作打破传统的专业壁垒，像"有故事的人""全民故事计划"等为普通人提供了写作和表达平台。"有故事的人"是由凤凰网推出的非虚构写作品牌，其非虚构写作的理念是"每个人都有故事，都可以写出故事”，并且认为非虚构写作者“可以来自名流，来自职业写作者，也完全可以来自贩夫走卒，升斗小民”，曾推出的主题故事有初恋、过年、爱情、亲情、母亲、城中记、欲望、回忆、父亲、美食、手艺人、青春期等。在传播资源方面，拥有着强大的媒体矩阵，包括微信公众号，凤凰网、凤凰新闻客户端，还有一点资讯客户端、企鹅号等知名网络媒体，又与北京人民广播电台故事广播合作，推出广播节目《故事酒吧》（调频FM95.4），与作家出版社等知名出版机构合作，出版“有故事的人”系列图书。“全民故事计划”旨在“用真实故事，记录中国当下日常风貌，力图去发现并推出日常生活里打动人心的真实故事”，这些故事来自警察、医生、教师、企业职员、学生等普通写作者。还有，网易非虚构写作平台“人间”的蓝衣坊栏目设立了国内第一个专为一线打工者设立的写作工坊。“2016年是非虚构作品的井喷年，非虚构作品的版权受到热捧，版权价格也创造新高。《太平洋大逃杀》《1984，生死漂流》《黑帮老大的最后敌人》等作品不但受到读者的高度关注，而且卖出影视版权。从传统的纸质杂志、门户网站非虚构写作平台到自媒体，非虚构写作和作品都成为新贵产品。网易人间、腾讯谷雨、界面正午、真实故事计划、全民故事计划、有故事的人、中国三明治、NONFICTION地平线等一批新平台，连同《南方人物周刊》《智族GQ》《时尚先生》《人物》杂志都大力深耕非虚构写作项目，均从深度或广度开始了商业探索。”[①]这些新媒介平台，还会通过举办写作比赛的方式，打通专业和大众之间的非虚构写作通道，比如澎湃新闻在2019年春节联合复旦大学新闻学院举办了非

①沈闪，《“非虚构”：写作的“十字路口”——刘蒙之访谈录》，载《写作》，2018年第4期。

虚构写作大赛，奖金高达30万元。在征集通知里，主办方这样写道："本次大赛欢迎具有新闻性、公共性的选题，也期待看到静态的、历史的、个人化的选题。你可以是学生、打工者、海外华人、媒体人、专业研究者、乡村建设者、职人匠人、特殊经历者……大赛欢迎任何对非虚构写作有兴趣的人，基于自身经历、采访调查或文献资料完成这次写作。题材自定，包括但不限于：职业故事，记述行业生涯的风雨冷暖；深度万象，关注众生群像与社会问题；家族志，观察故土人情在时代洪流中的命运变迁；个人故事，具有重大精神意义的生活经验；历史书写，打捞沉没的历史人事……"可以看出，这种创作主体不限、题材不限、体裁不限的非虚构写作，完全打破了传统文学的创作壁垒，让报告文学自由生长，在开放的环境中孕育出融合和多元的审美旨趣。

再次，加强报告文学创作的传播意识，克服文本创作与文学传播之间的障碍。报告文学创作不仅要关注文本的写作，也要思考文学传播等问题。在新媒介时代，文本与传播共同决定了文学作品的效益。首先要作品本身质量过硬，其次就是要考量大众接受、传播方式、新媒介的二次传播、翻译、海外影响等问题。文学传播与文本本身就是相互依托的关系。好的作品，是值得被传播的；相应的，读者和大众也期待好的作品，好的作品同样能带来优厚的经济回报。

至今，中国报告文学还未站上世界最高领奖台。尽管得文学奖项不是评判作品质量的唯一标准，但它是提高文学传播效果的高效方式。在《国际性写作报告文学的三个话题》中，丁晓原就用翔实的材料证明报告文学不是独具中国特色的一国文体，而是一种具有一定的历史存在的国际写作方式。他也考察了其他地区和国家的报告文学发展，包括在我国台湾地区被称为"报导文学”的报告文学，以及俄罗斯、美国、德国、日本等地的报告文学发展，提出“我们的非虚构文学需要拓展表现时空，特别是需要从常态的生活存在中探寻新的书写质料”，中国报告文学理论研究同样可以从世界文学中汲取养分。报告文学创作可以参考IP的创作思路，文本创作时就兼顾考量大众接受度、文本传播、影视化、新媒介多次开发、翻译和国际传播等问题。